情欲與哲理
Lust & Philosophy

〔美〕艾沙姆·庫克 著
高明哲　黃多多 譯

Magic Theater Books

情欲與哲理
[美]艾沙姆·庫克／著
高明哲／譯
王忱／封面設計
魔幻劇場出版社，2012.12
高明哲 黃多多／譯（修訂版）
魔幻劇場出版社，2014.2
ISBN: 978-0-9862934-5-0

Isham Cook
LUST & PHILOSOPHY
Copyright © 2012 Isham Cook
Chinese (Simplified Characters) Edition Copyright © 2012
Revised Chinese Edition 2014
By Magic Theater Books
Book cover design by Wang Chen

譯者序

　　如今的出版市場，我們看到的小說大部分都在公式化地討論純潔愛情、婆媳關係、吸血鬼、清宮故事，《情欲與哲理》最初的創作動機就是要與傳統類型小說劃清界限，絕不討好讀者和所謂世俗。作者試圖完成一部"思想觀念的小說"，而不僅僅是一部"講故事的小說"。可以說這是一部野心不小的小說，討論的主題多樣，囊括性、情欲、愛、時間、變化、藝術以及它們之間矛盾又緊密的聯繫。這大概也是作者能大肆討論"情欲"卻不顯得輕浮的原因，標新立異的理論和嚴密的哲學思辯是本書的真正精華，"情欲"是載體，"哲理"才是內核。

　　這是一部足夠新穎、有趣、高品質的原創作品，而對於我來說，小說中最讓新奇的元素要數性與致幻劑了。作為一名年輕的中國女性，我曾被巨大的"羅曼蒂克工業"用諸多純愛小說、電影和音樂洗過腦，因為喝酒上臉所以連酒精都較少接觸，會願意閱讀乃至協作翻譯這部滿是"性"與"致幻劑"元素的小說，是因為其主題雖然聽上去離經叛道，但當你真的拿起這部小說，輕鬆地沉浸其中後，就會發現自己被書中一個個離奇的故事，一段段耳目一新的觀念深深吸引，不忍釋卷。

　　名為《情欲與哲理》，小說中自然不乏香豔的性描寫，但絕非粗俗的淫穢作品。你難以想像，作者如何引用和解讀莎士比亞、聖經故事來描述主人公艾沙姆對他心中的 "10分"完美女人——曲奇的"求之不得，寤寐思服，輾轉反側"；你會嘆服作者形成的那套關於異性吸引力的完整理論：從胸的手感、眉毛的形狀一直到所謂"情欲智慧"，巨細靡遺，滴水不漏。

　　在穿插敘述主人公早年經歷時，小說多次描寫了使用致幻劑的感受，那種非正常狀態下的幻覺描述起來有很大困難，但作者卻生動地做到了，也讓我們得以一窺上世紀六七十年代美國流行

的致幻劑和嬉皮文化。另外，本書採用非線性敘事手法，思維多
有跳躍之處，這不僅是有意為之，而且花費了作者許多匠心和巧
思來營造時空錯亂又彼此交融的效果。從這個意義上來說，這本
小說本身也可看作一劑致幻劑，帶領讀者踏上一次旅行，去往七
十年代的英國和德國，九十年代的日本和上海，以及當下的北京
和芝加哥……

　　由於作品涵蓋的主題和文化背景離譯者都有一定距離，這給
理解和翻譯都帶來了一定難度，但同時也使翻譯過程變得頗有趣
味，因為可以在作者的帶領下去瞭解西方音樂史、劇場的構造、
食物的選擇、園林藝術等不勝枚舉的新鮮話題。但畢竟水準有
限，歡迎讀者對譯作多多批評指教。幾經修訂，希望目前這本譯
作能帶給讀者一次順利、愉快的"旅行"。

　　最後感謝王忱、雪蘭以及虞苗老師對翻譯提出的諸多修改意
見。

黃多多

2013年秋于徐家匯

在一個大太陽的下午，我看見一名年輕女子同她的美妙
身體一同在等待有軌電車。
　　　　　——勒內·馬格利特

男人戴文胸，點子最重要。
　　　　　——葛列格·布朗

第一章：現在

中國，北京，海澱區。北京外國語大學位於西三環的北拐角，然後公路開始向東延伸，進入北三環。在這個本就單調乏味的大都市，人們找不到比這個社區更乏善可陳的地方了。你甚至感覺不到是在亞洲，你只是在一個叫作城市的地方。這片簡陋的校區四周沒有綠樹掩映，只有圍牆，院牆後面是廉租公寓式的住宅，十幾歲的保安身穿不合體的灰色制服，在門口站崗。

高架橋把北外分為東西校區，東院和西院由地下通道連通。我住在西院，但在東院教課。除了交叉路口和U型回轉區，高架橋下的空間都被用作了停車場，整個結構宛如一塊巨大的磐石。本應用作校園草地的空間卻橫亙著一條大馬路，我曾試圖尋找這其中的象徵意義，後來得出結論這是中國人一貫擅長的"破壞性創造"。

高架橋兩側是三環輔路，人行道非常寬敞。我經常沿馬路西側向北走，去蘇州街地鐵口，去海澱圖書城，去周邊滿是大型商場和飯店的中關村電腦世界。而和我要講的故事有關的是從北外西院出發十分鐘內經過的這段路，大概有700米，一直到蘇州橋繁忙的十字路口。

這段路上縈堆的各種商鋪是川流不息城市生活的縮影。現在我們從西院門口出發向北走。

多年來，總有一個看不出年齡的女人守在西院大門右側，她的衣服和皮膚是一種顏色，就像保安的幽靈一樣，從早到晚或站或蹲地守在一個角落，賣手機SIM卡，生意非常好。過了北外賓館以及人們普遍認為味道還不錯的北外海鮮酒樓，我們就看到一座兩層的商業樓，其中有和北外搶生意的私人翻譯學校、蛋糕房、眼鏡店、手機維修點、女包商店，小超市（賣高纖維的全麥麵包、番茄醬沙丁魚罐頭，櫥窗裡展示著宣傳"裸體藝術攝影"書籍的人體陰毛招貼畫），一家非常受歡迎的"愛上層樓"咖啡館。咖啡館裡面的隔間掛著簾子，給學生情侶提供了個卿卿我我的半私密空間。接下來是一個山東餐館，裡面的服務員穿著淡紫色的緊身旗袍。之後是鮮花店和到處掛著迷你玩具的飾品店，中國的女孩子喜歡把這些小玩意掛在手機或背包上。緊接著是重慶小吃和一家小服裝店。為公橋的丁字路口是個商業大廈的車道，車道北面緊鄰一座簡陋的居民樓，底商為照相館、紋身小店、美容美髮店、郵局和煙草店。

煙草店緊鄰一條美食街，傍晚時分，煙霧繚繞的炒栗子攤和水果攤會故意擺在路中間。過了這個路口，我們將看到這條路上唯一有意思的建築———一座被仿蘇州園林風格的院落環繞、用不透明玻璃做裝飾的樓房，這是一家建築公司的總部，中國建設銀行租用了樓房的北翼。接下來映入眼簾的是北京電視塔，軍隊大院，大院沿街樓房的前部依次被麵包房、24小時便利店、美容美髮店、馬蘭拉麵、杭州小吃、廉價化妝品店、低檔女子服裝店、酒品專營店、國營火車飛機售票點租用。一家裝修浮誇的火鍋店緊鄰一家過路旅館的入口，之後是一家書店，書店裡面有一個複印服務點和一家女裝店。緊接著又是一家低檔服裝店，一個極糟的新疆飯館，一家煙酒店，又一家女子服裝店，一個東北（滿族）飯館。最後，在蘇州橋的十字路口處是一家藥店。

在暖和的日子裡，路的兩旁被濃郁的槐樹覆蓋，增添了幾分生趣和亮色。這條路沒有特別吸引人的地方，但出於習慣我卻慢慢喜歡上了它，如果還有其它原因的話，那就是它見證了我對曲奇的迷戀。

我第一次見到她是在一個春日的午後，當時我正走在這條路上，去往人大附近的咖啡館。走在我前方的是個身穿做舊緊身牛仔褲和牛仔上衣的女人，臀部特別豐滿。受好奇心驅使，我在走到蘇州橋的時候超過了她，想一睹芳容。每次遇到這種情況，若我看到的是一張平凡的臉，會如釋重負；而當我看到的是與其身體相稱的美麗容貌，則會感到一陣絕望。眼前的這個女人的確非常迷人，眼眸深邃，30歲左右的年紀，身上有一種質樸的美，能與周圍的環境融為一體，卻並非對自身魅力渾然不覺。她望著前方，沒留意到我在打量她。我不回頭地繼續前行，不去理會掠過心頭的痛苦。

我總能碰到特別漂亮精緻的女人。如果每次遇到類似情形都要躊躇是否上前搭訕，我一定會把自己折磨瘋的。我們外出時希望是放鬆的，會本能地避免戲劇性事件或其它容易引起神經緊張的情況。我們培養起保護殼，這樣每天散步時就可以自由自在地沉浸于自己寧靜的思緒中。當然沒人禁止我們停下來和陌生人打招呼，但我們需要一套行為準則，一個清晰的標準來判斷是否需要破例上前搭訕。

對於我來說，這個標準就是九分美女和十分美女的區別。現在我碰到的是一個十分美女。大概一兩年前的一天，我在人大對面的當代商場地下超市旁邊的酒品專營店裡碰到一個胸部和臀部都十分豐滿的漂亮女人。她當時正在店裡工作，一下子就吸引了我的視線。我不想對她做過多細節性的描述，你們知道她是十分美女就足矣。如果她只是個九分的話，我或許會感到傾慕和一絲意亂情迷，但會繼續趕我的路。然而她不是，而是個十足的十分美女，我當時就停住了腳步。我進了超市，一邊慢慢朝進口葡萄酒區走去一邊尋思接下來應該怎麼辦。確定無疑，那天的日程已經被這次相遇打亂了。我必須抓住這個機會，和她搭上話。

我走出收銀台，擺出自信的架式，向目標慢慢靠近，這可真是個嚴峻的考驗。這是一家出售價格驚人的進口XO的酒品專營店。20世紀90年代，中國的暴發戶們把XO酒摔向大理石牆，用來炫耀他們的財富。如今的富人們沒有那麼粗俗了，但還是會出高價購買上千美元一瓶的法國白蘭地，故意不拆標籤，作為禮品送人以維護其商業夥伴關係。這些象徵性的貨幣從一個人的手中傳到另一個人手中，從不曾被開封或品嘗。

我從商店另一端慢慢向她走去。這家店出售國產葡萄酒。我問她為什麼不賣些進口紅酒，就像我剛剛從旁邊超市買的這種。我當時特別緊張，甚至不知道對她的回答該作何反應。不過她很隨和，和我聊了起來。我趁機朝她要電話號碼，她笑著給我寫了下來。幾天後我打給她，約在附近的一家咖啡館見面。

她如約來到咖啡館。當我得知她並不是店裡的售貨員時，頓時松了一口氣。因為中國服務行業的工作人員大多來自農村，沒有一技之長，一周七天都在工作，薪水微薄。漂亮的服務員和售貨員是不值得去追的，因為她們連和你約會的時間都沒有。閏媛是做酒品批發生意的，繁忙的春節期間偶爾到賣場檢查下酒的銷量。她27歲了，有個在部隊的男朋友。這對情侶看起來挺有錢的；她有私人司機，開車把我送了回去。我並沒有完全放棄希望，因為一周過後她和我一起參觀了藝術博物館，還應邀到我的住處坐坐。當她坐下時，那豐滿的臀部在沙發上"蔓延"開來接觸到我的身體。在一起翻閱一本藝術書籍時，我趁勢用胳膊摟住了她。閏媛拘謹僵硬地坐在那裡，然後馬上就離開了。我可能有一些操之過急，但和一個十分美女在一起，卻只能發乎情止乎禮，實在太折磨人了。我必須盡快將自己從這種痛苦煎熬中解脫出來，讓我們的關係有所進展。

這麼多年來，我只遇到為數不多的幾個十分美女，和她們的交往通常沒什麼結果，不過和建春的那段往事——又是一個結局慘澹的故事——倒是有點戲劇性。幾年前我在首都師範大學教課時，她報了我的成人英語寫作班。她當時24歲，是一所小學的英語老師。她不僅身材豐滿、長得很美，而且非常難以控制和捉摸，簡直是個讓人無法忍受的謎。她的衣服顯示了女性特有的清純，但又十分富有挑逗性。班裡其他同學穿著土氣乏味，但她總穿一件絲質的上衣和兩邊開叉的絲質短裙，即使天氣最寒冷的時候也是這副打扮。她的胸罩一定是透明的，因為透過上衣你可以看到深色的乳暈。她極度靦腆害羞，或者故意裝出這副樣子。課堂上點名提問時不肯說話，而且一下課就消失了，即使課間休息時也是如此，好像害怕我會靠近她，所以搶先一步跑掉了。而我絲毫沒有表現出這個意思，除非無意間流露了什麼。同樣地，她還總是遲到幾分鐘，在鈴響過後才走進教室。

　　通常情況下，如果女生只把我當做一個老師來看待（幾乎所有的女生都是這樣），她們在我面前會非常放鬆，事情本來也應該是這樣。我對她們沒有絲毫的威脅，課堂上的我和在電視教育節目中遠端授課的老師沒什麼兩樣，一點也不令人感到緊張害怕。建春的重重戒備則有些不對勁兒，這刺痛並激怒了我。我終於在那個學期倒數第二節課的時候抓住了她。在我佈置的一篇自傳性質的作文中，她提到對巴赫感興趣，於是我試探地問她能不能給我列一張中國古典音樂作品的清單我好去買CD來欣賞。最後那周下課時她走到我跟前，把單子給了我。我並不喜歡主動對學生展開攻勢，但這是我最後的機會了。以討論音樂為藉口，我要了她的電話號碼。她說她大概幾周後有時間，但我等不及了，第二天就給她打了電話。她似乎很開心接到我的來電，我們約定好下週一在中國美術館見面。

　　她在大門緊閉的美術館外等我。我忘了美術館週一不開館，於是向她提議說去五福茶藝館，走過去大概十五分鐘。到茶藝館後，我讓她坐在我旁邊，這次她再也跑不掉了。她比我想像的要健談得多，向我透露了童年裡發生的一些不幸故事。五歲時，她父親發現她母親與人偷情（顯然未遂），打了她母親一頓並將其趕出了家門。她還和我說起自童年就十分崇拜的一位叔叔。那人很有身份，是政府出版社的編輯。十七歲時，有一天她叔叔約她出去散步，趁沒人注意時撫弄她，建春讓他住手。她細節說得很模糊，不完整。我猜撫弄的部位應該是乳房。如果是陰部的話，她母親的反應會強烈得多，而不會讓她忘掉這件事。她叔叔立馬道了歉，而且之後再也沒侵犯過她，但這件事仍然深深地傷害了她。

我說這件事都過去七年了，她應該釋懷，不需要再糾纏於是否原諒他了。一顆淚珠順著她的臉頰落了下來。我開始懷疑那個男人的行為是不是比我猜想的要惡劣得多。她把腿靠在我腿上，說話時雙手顫抖著，碰到了我的手。我伸出胳膊抱住她。這個美麗女人曾經在課間為了回避我而一直躲在女廁所，現在她那豐滿的沉甸甸的乳房緊緊壓在了我身上。這感覺像撲鼻的刺激性氣體，像蒸一場有化學反應的桑拿浴，像穿過身體的高壓電流。但我不願意像她叔叔那樣不堪，所以竭力克制住了自己將魔爪伸向她雙乳的衝動。她答應下周和我約會。第二天早上，她給我打電話，沒有原因地取消了約會，並且不願意再見面。幾周過後我在校門口見過她一面，我倆禮貌性地點了點頭。僅此而已。

其實事情並不是毫無希望的。我承認，或許她對我一點意思都沒有，下決心切斷一切聯繫以免誤導我。不過也許她一直希望我打電話給她，我們不能完全排除這種可能性。實際上她或許一直故意用精緻著裝和逃避策略來引誘我，或者掙扎於引誘和逃避兩種想法之間，搖擺不定。有一種對中國女人的成見（在某種程度上有幾分道理）認為她們看似冷漠，有著最為堅固的外殼，但其實只要輕戳幾下這層殼就瓦解消失了。建春或許極為容易弄上床，沒准再打一個電話就搞定了。我如此輕易就放棄了這麼一個幾乎唾手可得的十分美女，的確令人費解。

當結識新人的時候，我們會嘗試建立某種聯繫。我們總能和陌生人找到一些共同點。即便這些共同點僅限於喜愛吃辣或者厭惡總統。只要雙方都試圖傳遞基本的友好訊息，就足夠了。然而如果雙方都不願付出一丁點努力來保持友好的話，則彼此的存在對於對方來說都是難以忍受的。你們還不如成為敵人呢。

那麼，為什麼讓敵人以十分美女的形式出現在我面前呢？這是多麼殘酷又諷刺的事情啊！我試圖找出建春身上的閃光點，但運氣欠佳，沒有找到。我可以不在乎她在課堂上一言不發，有些神經質的羞怯；不在乎她在去茶館的路上抱怨天氣冷，而這段路不過15分鐘；不在乎她點了昂貴的茶卻連嘗都沒嘗（我付錢）；也可以不在乎她拒絕微笑，甚至將她不肯笑解讀為並非由其乏味性格所致，而是對社交場合必須強顏歡笑的一種莊嚴反抗。如果我們的共同之處還有喜愛巴赫的話，我可以忍受所有的這一切。但當我聊起這個話題時，她好像完全不記得曾經提到過這個作曲家，沒有顯示出絲毫對音樂的興趣。她轉換了話題，談論的內容局限於對婚姻的各種期望。她終於可以對某件事發表自己的觀點了：如預料的那樣，她是一個“傳統女孩”，堅信忠貞的婚姻和穩定的家庭。

是否對於一些人來說，這可以是生活的全部內容了？對“忠貞”或“穩定”家庭的追求是否也能算是一項興趣愛好？我沒有提及性這個話題，我猜想性對她來說一定沒有任何趣味可言：尖叫、流血，之後就是逼迫要了她童貞的男人娶她為妻，建立一個避風港，遠離婚前性行為引起的諸多麻煩。

這還是90年代的思想觀念，那時候《時尚》和其它女性雜誌還沒有把性教育介紹到中國；當她叔叔對她進行性侵犯時應該還是80年代。中國婦女可以像世界任何地方的婦女一樣在性方面開放自由；也可能走到另一個極端，對性無知到令人難以想像的地步。建春或許還受那個古老傳說的影響，這個傳說是專門嚇唬女孩的：女人一輩子隻在新婚之夜有一次性生活，然後就有了孩子（如果沒有獨生子女政策，或許還可以多嘗試幾次性生活）。另外一條傳給女兒的古訓就是壞女人才長豐滿的乳房，而且乳房被男孩摸過之後會越長越大。她乳房在就要變豐滿時，碰到了叔父的手指。我估計她對這件事情一定感到既疑惑又愧疚，所以才會在課堂上和我調情，為的是弄明白時常困擾她的心理問題。

　　無論她的意圖是什麼，或者根本就沒意圖，她每展露出的一個新的個性側面都令我越來越不安。最重要的是我怕她精神不穩定，因此婚姻對她來說就意味著迫切的避風港，這樣一來她就不用去上班，而我將成為她全家人的醫療保險，提供看病吃藥的費用。往最壞處想，我將成為她精神病住院費的來源。

　　最後聽到建春的消息是在幾天過後。一位學生和我關係不錯，是建春的同學，已經結婚了。一天那位同學打電話問我是否"強迫"建春了。"什麼？！"我驚訝地答道。原來她和那位同學暗示過自己與一個外國男人之間發生了一些不幸的事情，她沒有說那個男人的名字（後來得知那是在我之前的另外一名老師）。那位同學擔心是不是我把她帶到我的住處糟蹋了。我向那位同學保證，從來就沒這回事，建春看起來根本就不喜歡我。關於這位看似觸手可及但又不幸溜走的十分美女我要說的也就這麼多了。

　　我也沒必要再次提起曲奇，除了那天稍晚一些時候我又碰到了她。值得一提的是這次她沒有從北往回走，而是仍然向北走去，這次從更為偏南的地方出發。不管她午飯過後去了哪裡，關鍵是又回到了校園附近。我猜想她或許在周圍工作、學習或者居住。碰到她時剛到傍晚時分，我回到校園，正要去弄些吃的。

　　我從後面認出了那驚豔的臀部。她這次和一個女性朋友在一起，走到了美食一條街的拐角處。流動的水果攤于傍晚時分聚集在那裡，等城管走後他們才把車推到校門前人多的地方。就在我轉到前面確認她是不是曲奇時，她把臉轉向了朋友。我又得轉個圈兒才能看到她的臉。她這時不可能沒有注意到我這個色迷迷盯著她看的尷尬外國人了。我順著轉身的方向走了過去，沿著美食街西行。她倆分開後那朋友走在我身後，而曲奇則繼續向北走。

　　在大街上和陌生人打招呼、提出做愛要求並不一定有著難以逾越的難度。我曾經因為各式各樣的原因被不知從哪冒出來的男女攔住，因此我也可以同樣這麼做。理論上講，和陌生人搭訕是不費吹灰之力的，因為一切發生得太快太突然，你能夠馬上得到結果。事情發展很有可能並非不盡如人意，你說不定能得到禮貌回復。一些人對你的關注感到受寵若驚，繼而還會和你發展為朋友。我想起了縈迴於我腦際的赫爾曼·黑塞《荒原狼》中的語句：

　　　　所有的女孩都是你的……洪流把她們帶到我身邊，把我沖
　　向她們，又把我從她們身邊沖走……在她們面前，我卸下全部防
　　備。

　　在實際操作中，我需要鼓起足夠的勇氣。不像我在酒品專營店邂逅閨媛那次，目標是靜止的。移動的目標要求你快速思考，根本沒時間準備。不過現在我忽然想出一個點子。即使她沒有認出我，但我認出了她，在一天中邂逅兩次，這種巧合真是太難得了。"你住在附近嗎？"我可以提諸如此類的問題。但我沒有搭訕，而是沿著美食街走了下去。我這樣做，只有一個解釋：我對最渴望得到的東西懷有一種恐懼。

　　我忘掉了她。

第二章：過去

"今天咱們去雷氏雜貨店好嗎，媽媽，好不好？"

芝加哥大道和中央大街十字路上的雜貨店出售成百上千個戰列艦塑膠模型，我正在收集這些模型，想把它們收集全了。

我有個小秘訣，能在零花錢花光後，還買得起這些模型。媽媽去洗手間的時候我就從她錢包裡拿出一美元。在我們去往雜貨店路上時，我遠遠地跑在她的前面，把錢半遮半掩地放到地上，再蹦蹦跳跳地朝她跑回去。然後我再跑到原來放錢的地方，這時我已經在她的視線範圍內了。我撿起錢，跑向媽媽。"媽媽，看我撿到了什麼！"

"太棒了。"

"我可以買一個新的戰列艦模型了！"

那時我剛滿九歲。八歲那年發生了許多好玩的事兒。去年夏天我參加了先鋒者日間夏令營。我們做了各種手工藝品。一天，我搭乘夏令營班車回家時，一個女孩兒在我身邊坐了下來。

"嘿，我是辛尼，"她說道，"你是艾沙姆吧？"

我以前從來沒有見過她，但她表現得如同我倆是最要好的朋友一樣。她要了我的電話號碼，想讓我去她家做客。

我剛到家她就給我打來電話。"你一定會喜歡這個遊戲的，"她的語氣帶著寬慰和自信。"我的朋友露西也來，我們要玩'轉瓶子'。你會看到她就在你眼前'沖洗'出來。"她意思是就像寶麗來相機拍出來的圖片慢慢成像那樣，我們通過轉瓶子一件件脫掉自己的衣服。然後我們讓各自的母親通電話，安排我過去。

第二天我母親開車把我送到了辛尼家。辛尼的母親和我打了聲招呼就去購物了。我、辛尼還有露西坐在她臥室的地板上開始玩'轉瓶子'。辛尼的智障妹妹像個蹦床運動員一樣在床上跳來跳去。她媽媽提早回來了，就在我們剛要"沖洗"出來之前。

不知道為什麼我之後再也沒見過辛尼。

還有件事很有趣，我經常見到另一個女孩艾米麗婭，她和我同齡，但和辛尼一樣，說起話來就像個小大人。她住在我們樓裡面，她母親和我母親是朋友。她們有時候來我家做客，一直待到很晚，因為母親們喜歡聊天。然後她們把我倆放到床上，讓我倆睡覺。

"艾沙姆，"她一天晚上對我說，"我想給你看個東西。你看過女孩兒長啥樣嗎？瞧，這就是我尿尿的地方。"她把腿敞開了。"這兒，"她一邊說著，一邊牽引著我的手，"就摸這塊兒，這個小玩意。摸起來就像個小蘑菇，是不是？"

後來他們全家搬去加利福尼亞了。

但最有意思的事情還是雷氏雜貨店的戰列艦。那裡的戰列艦不光有美國的，還有各種其它國家的，比如德國和日本。這樣一來，比較哪些戰列艦更好就特別有意思，就像在電唱機上比較披頭士和滾石樂隊的音樂一樣。我最喜歡美國戰列艦，但德國的也特別棒。

1968年，印第安那州南灣聖母大學。艾沙姆把"厭戰"號戰列艦塑膠模型的船身裝滿上百根火柴，沿著船身的上端塗了一層薄薄的膠水，又小心翼翼地把甲板粘上去。四個炮塔留到最後粘。他把一整管兒膠水沿著每個炮塔椿對應的洞倒下去，船身裡面的火柴都浸濕了。把炮塔椿移走後，他把炮塔放到炮臺上，沒有粘膠水。

他把船放到聖馬利亞湖平靜的湖水上，輕輕一推，船走出了兩三碼遠。他發明了一種讓火柴沿著火柴盒側面砂紙射出的彈弓，將火柴在空中飛的時候點燃。只要火柴頭還燃燒著，它們就不會在抵達目標前熄滅。

　　一隻鴨子嘎嘎叫了一聲，拍拍翅膀飛走了。已經是薄暮時分。艾沙姆假裝自己是一艘和敵軍交戰的德國戰列艦。火柴炮彈開始落在"厭戰"號的上面和周圍。大部分落在船上的沒怎麼發揮作用，都熄滅了。這時一枚火柴等不及了，把炮塔打到一邊，點燃了炮塔下面剛剛塗上的易燃膠水，火苗竄到了船身裡面。接著呼的一聲，如閃電一般迅速，船碎成一片，消失在一團由蒸汽和煙組成的雲海中。

　　上面再現的是歷史上規模最大的海戰之一，1916年5月31日至6月1日的日德蘭戰役。實際上"厭戰"號戰列艦儘管遭受嚴重的毀壞，但經受住了戰爭的考驗，一直到第二次世界大戰時仍英勇服役。英國許多其它的戰列艦則沒有存活下來。德國的戰列艦能夠經受住敵軍的猛烈攻擊，在不斷遭受轟擊時才逐漸垮下來沉入海底。英國的戰列艦則由於炮塔裝甲很差，不堪一擊，一轟就炸。

　　開戰幾分鐘後，就出現了戰事對大艦隊不利的信號。16:00，"獅號"船身中部的炮塔受到了德國戰列巡洋艦"呂座"號於七公里外的攻擊。如一位當時身處"獅號"船上的目擊者所述，"船頂像打開的沙丁魚罐頭那樣被捲起來了，大洞裡冒出黃色的濃煙，大炮翹了起來，指向天空"［傑佛瑞·貝內特，《一戰海戰》］。炮彈點燃了無煙炸藥，在炮塔內的一百名工作人員全部喪生。就在火焰即將擴散到彈藥庫前的幾秒鐘，F.J.W.哈威少校"儘管只剩下最後一口氣，仍發出關閉彈藥庫門的命令；事後發現一些人的手仍在門把手上，他們誓死完成了自己的任務。"如果門沒有及時關上，由海軍中將艾沙姆·比蒂指揮的英國戰列巡洋艦艦隊的旗艦就爆炸了，日德蘭戰役的局勢將發生有利於德國的決定性逆轉。

　　五分鐘過後，英國防護巡洋艦"不倦號"的前炮塔被"馮德坦思"號的炮彈擊中，彈藥庫也被穿透了。之後，如附近一座戰列艦上的目擊者所述，"烈焰滔天、濃煙滾滾，遮掩了人們的視線。所有的東西都被炸到空中，一座50英尺的蒸汽船整個被拋到約200英尺的高空。"所有的一切都被摧毀，1021人，只剩下4名倖存者。

又過了20分鐘，戰列巡洋艦"瑪麗女王"號的前炮塔被"塞德利茨"號或是"德弗林格"號擊中："船中部射出了鮮亮的紅色烈焰；接著船前部也被引爆，緊跟著船中部發生更大規模的爆炸。即刻整艘船都爆炸了，"船上近千名工作者，只有少數幾個人生還。

18:33，英國戰列巡洋艦的Q炮塔被"德弗林格"號擊中, 整座船爆炸了。一位德國目擊者看到"船的兩端垂直立在水面上，船看起來好像斷裂成了兩半，兩端沉在海底。"1027人中生還的6個人"緊緊抓住船的殘骸。我們乘船經過，看到他們正在歡呼喝彩，我覺得再也沒有比這更壯觀的景象了。"〔同前注〕

另外兩支英國戰艦，裝甲巡洋艦"防禦"號與"黑王子"號也爆炸了，船上無一人生還。

在24小時的戰鬥中英國總共損失了14艘戰艦和6097人，德國損失了11艘戰艦（其中沒有一艘爆炸）和2551人。通常的說法是英國獲勝要歸功於德國公海艦隊在數量和火力方面抵擋不住英國戰列艦，於是德國在其艦隊還沒遭受到大規模攻擊的時候就逃了，讓英國的大艦隊在接下來的戰鬥中控制了北海和英吉利海峽。但德國人和英國人相比更善於擊沉對方的船隻，這迫使英國人重新審視戰列艦的設計和佈局。

於是在這次戰爭後不久，"胡德"號就開始建造，並於1920年完工服役。它當時是規模最大和速度最快的戰列艦。讓我們來和1915年修建的、在戰場上最強大的"厭戰"號做個對比。"胡德"號有860英尺長，而"厭戰"號的長度為645英尺；"胡德"

號排水量為41200噸，"厭戰號"為33000噸；"胡德"號最快航速為31節，"厭戰"號為24節。儘管兩艘戰列艦的主炮都裝備了8門15英寸口徑主炮，但"胡德"號的炮臺擁有15英寸厚的裝甲，而"厭戰"號的裝甲厚度僅為11英寸。

　　一直到1936年希特勒向世人展示了"俾斯麥"號，"胡德"號才有了競爭對手。"俾斯麥"號在外形尺寸、速度和火力方面都和"胡德"號相當。"胡德"號被一些人稱為設計得最為優美的戰列艦，但"俾斯麥"號在重量和裝甲方面更勝一籌。"胡德"號仍然是世上最長的戰列艦。在不犧牲速度、保持原重量的條件下要增加長度的話，就必須在其他方面做出犧牲。想像這艘戰列艦是由太妃糖做成的，現在咱們把它拉伸：首先犧牲的是甲板的厚度，而這正是"胡德"號的致命缺點。"胡德"號的甲板只有3英尺厚，而俾斯麥號的厚度為5英尺。

　　這兩艘船於1941年5月24號在北大西洋相遇。不到幾分鐘，"胡德"號就受到一擊，穿甲彈穿過船殼，落入後面的彈藥庫，於是"胡德"號爆炸了，1421人當中只有三人生還。三艘英國戰列艦聯手，才把"俾斯麥"號擊沉。

　　不滿足於用塑膠和火再現戰列艦的毀滅場景，艾沙姆尋找了另外一些更優質和持久的材料。他用模子鑄了一個青銅的嵌板，尺寸和洛倫佐·吉貝爾蒂的"天堂之門"中的嵌板一樣，然後把嵌板放在四條桌子腿上，和地面成平行位置。青銅桌子代表的是泛著金色光芒的海景，而蝕刻的細小波紋代表海浪。海面上浮出一隻戰列艦，這就是"無畏號"，1905年開始建造，1906年正式服役。

　　我們來再往前追溯一下戰列艦的歷史。"無畏"號戰艦的問世立刻使其它的戰列艦黯然失色，引發了一輪新的海事軍備競

賽。以前的戰列艦只在單個的前炮塔安裝兩個重力主炮，以及周
圍的一排副炮。而"無畏"號有五個炮塔，採用10門12英寸口徑
主炮。不用調轉船身，就可以在舷邊八門火炮齊射。裝備如此懸
殊，"無畏"號不用開火，就使世界上的海軍力量都臣服于英國
海軍力量之下。除非修建能夠與其匹敵的無畏戰列艦，才能打破
這種局面。其它國家於是開始奮起直追。

艾沙姆把手放在青銅色的海平面上，撫摸著他那金色的"無
畏"號戰列艦。戰列艦的桅杆像針尖一樣硬。炮塔轉動，在火花
和煙霧中射出小子彈。子彈的衝力很大，能夠擊碎玻璃或者把嬰
兒的眼睛打出來。"無畏"號的大小相當於一個巨大的勃起的陰
莖。

好了，我承認我是在大肆狂想。我從來沒有鍍金的青銅戰列
艦，也沒用膠水和火柴重現白德蘭半島之戰的場景。是的，我經
常沿著聖馬利亞湖散步，在操場和附近的金頂玩耍過後向湖面拋
鵝卵石打鴨子，但那時我早已失去了對戰列艦的興趣。
我從來都沒想過為什麼會興趣全無。我從一開始就對搭建的
戰列艦模型知之甚少，只是草草瞥一眼盒子上的說明而已。我只
想知道哪列戰列艦最大，或者大炮最多。我收集的也沒有你想像
的那麼全，只有為數不多的幾隻，比如說美國的"南達科他"
號、"衣阿華"號，德國的"格拉夫·斯佩海軍上將"號、"蒂爾
皮茨"號和 "俾斯麥"號，以及有史以來最棒的戰列艦——日本
的"大和"號——長度和速度不及"密蘇裡"號，但火力卻比後
者猛。威武的"大和"號於1945年4月在中國東海遭受美國魚雷和
空中炸彈的攻擊，沉入海底時發生爆炸，2500人喪生，我對此根
本就無法理解。"大和"號不是在和同等水準的戰列艦作戰時遭
到慘敗，這充分展示了戰列艦在軍事上的弱點。我對此沒有一絲

概念，更不用提去瞭解這些戰列艦背後的歷史了。

　　我在貪婪和欲望的支配下，頭腦一熱，將所有的戰列艦模型扔到一起，像狼吞虎嚥吃香蕉船冰激凌那樣將各部分草草組裝起來。我把戰列艦各部分安裝到對應的狹槽裡，但由於不小心，很多地方都被我弄壞了，上面還有膠水過多形成的“蜘蛛網”。將每部分從架子上像扯臍帶一樣擰下來之後，還得用刀片把塑膠疙瘩刮下來，我對此也沒有任何耐心。另外還得把船下身塗成紅色，在槍管塗一層薄薄的銀色金屬，然後在桅杆上纏一條線，這樣一來旗子就可以迎風飄揚了。但我急於將戰列艦組裝完，把這最後的步驟也省去了。我組裝好一隻戰列艦後，很快就將之拋在腦後，又開始迫不及待地撕開下一個裝有新的戰列艦的盒子。

　　在搬到印第安那州前的那個春天，我們和艾維斯還有哈威德去美國西南部旅行。母親沿途給我買了很多戰列艦模型。他們欣賞普韋布洛保留地和印第安遺址的時候，我就忙乎那些戰列艦。他們總是在汽車旅館租兩間相鄰的房間，他們三人住一間，我和我的戰列艦住另外一間。

　　他們似乎對我組裝戰列艦的速度感到十分驚奇。汽車從一個汽車旅館開到下一個汽車旅館，戰列艦被放到汽車的後窗架上，晃晃蕩蕩、不斷地翻著跟頭，那些易損的桅杆也一根根地掉了下來。事先都不通知我一聲，我母親已經把所有的戰列艦都扔掉了。那次旅行過後，我再也沒有組裝過戰列艦。

　　艾維斯、母親和我搬到了南灣。這樣一來，她們就能參加那裡的英語語言文學研究生專案了。我們在聖母大街租了一套舊房子，她們花很多時間修整房屋。我們弄到一隻狗、幾隻貓還有一隻鵝做寵物。艾維斯在餐桌禮儀方面對我要求十分嚴格，我從她那學到很多東西。有一次我走進她們的臥室，看到她倆裸露著身體，在床上親吻。她倆假裝沒看到我。我對此並沒感到特別驚奇，因為還在埃文斯頓的時候，我就看到她倆赤身裸體在浴室裡。

　　之後我母親遇到了大學教授喬。喬比我母親大很多，當了二十年的耶穌會神父。他經常過來。有一天發生了激烈的爭執，艾維斯朝他大喊大叫。那次爭吵過後不久艾維斯就搬走了。我母親生活中需要個男人，於是和喬結婚了。他們把我送到了明尼蘇達州北部的米沙沃卡夏令營。

　　夏令營棒極了。我們被分成兩組，分別代表印第安部落中的蘇人和齊佩瓦人。我是蘇人組中的一員。我們每個人都分到了一個木牌，木牌上面有塗成金色的用石膏做的印第安人頭像。在夏令營舉辦的各種活動中贏得足夠的分數後，我們就能得到一根金色的石膏羽毛，用來粘在頭像上。我已經贏了五根羽毛，就差在射箭和游泳比賽中的兩根了。之後夏天就結束了。

　　但那個夏天發生了特別滑稽的一件事。我們的組長，奇克叔叔，帶我們到加拿大邊境劃獨木船。這趟旅行持續了幾天。另外還有幾個男孩和夏令營助理吉姆跟我們住在同一個帳篷裡。吉姆二十多歲。一天早上，其他人都劃著獨木船外出了，不知為什麼，吉姆和我沒有去。我倆在睡袋下麵玩捉迷藏遊戲。他圍著帳篷追我，把我的衣服一件件脫了下來。他對我說要是我把他的陰莖含在嘴裡、吮吸三分鐘的話，他就給我十五美元的糖果券，這可是很多的糖果。然後他掏出了手錶，說他將公正地計時，決不會超過三分鐘。我張開了嘴巴，看著那東西不知道該做些什麼，然後他把我的頭按下去，把他含得更深一些。他的陰莖豎起來宛如一大塊兒糖分都被咀嚼盡了的泡泡糖。

　　回到夏令營後，我在商店裡排隊準備換糖果時，悲傷伴著困惑湧上心頭。我當時沒能明白，發生在我身上的一切，簡單而純粹地，變成了我在道德方面的敗筆。我當然知道吉姆做的不對，但實際上我才是問題的根源。就像我一點也不知道如何去欣賞那閃閃發光的戰列艦一樣，儘管被賜予了無數次機會，我仍然不知道如何去擁抱性方面的機會。這不是第一次遭遇性了，之前辛尼和艾米麗婭已讓我初窺門徑。而我卻是個遲鈍的學生。我本可以把那美麗的戰列艦含在嘴裡，感受那大尺寸陰莖的味美多汁，但我太缺乏想像力，只覺得那東西令人厭惡。

　　我沒能抓住機遇，將它最鮮美豐腴的部分含在嘴裡，輕鬆享受地對待這件事。這是我在道德方面的失敗。

第三章：現在

　　幾個月過去，進入到盛夏時節，這個學期已近尾聲。清晨，我走向西院門口，去東院上課。學生從我身邊匆匆而過。我們總是在上班途中對周遭事物熟視無睹，沉浸於自己的思想裡。你越是專注于自身內心時，外部的一切則變得越是碎片化。一個女子豐腴飽滿的臀部這時映入了我的眼簾，細腰、緊身黑褲隨之進入視野。我抬頭一看，竟是曲奇。這次她依然是和一個朋友結伴而行，也許還是上次那個吧。我倆擦身而過時目光交織在一起。她認出了我，轉過頭來，沖我莞爾一笑。她和朋友說了幾句話，兩人同時轉過頭來看我，笑了起來，之後她又轉過頭笑盈盈地望著我。我們現在已經拉開了距離。我本應該跑過去和她說話的，但她顯然經常出入於校園，我確信肯定會再次碰到她，所以就沒追上去。晨光下，她看上去比印象中更成熟一些，35歲左右，僅僅描了眉，有一種未經雕琢的美。這個年齡，不可能是北外的學生，除非是在成人教育學院上課，而她倆好像正走向那邊；也可能是學校員工。

　　這次偶遇改變了一切。那不是普普通通的微笑，而是赤裸裸的調情。現在這整條路，連同北外西院，都燃燒起期盼的烈焰。返回我居住的外國專家樓時會經過成人教育學院，而曲奇很可能就是那的學生。我們離得如此之近，宛若在沙漏中一般，遲早都會被篩到一塊兒的。今天只是個開始而已。

　　但我卻遲遲沒有等來再次遇見她的機會。我現在開始每天都留意能否看到她，從校園進出的頻率增加了，經常去超市和美食街。我還為自己製造種種理由，沿著初遇曲奇的小路一直往北走，去海澱圖書城附近寬敞的星巴克喝咖啡，到中關村家樂福買進口葡萄酒，或者到鼎好電子商城看最新款的智慧手機。以前我每天經過校門三四次，差不多每天都會出校門右拐，到南邊溜達，此外還會左拐朝北前行，在這段小路上散步。我思量著，如果每天在北邊這條路上多散一次步的話，那麼將大大增加遇到她的幾率。儘管如此留心，日子一天天過去，我還是沒有見到她。一個月後我就要離開北京七周，飛回美國老家度假了。另外，如果她只是成人教育學院短期培訓的學生，我擔心等我從美國回來時她已經離校了。讓我碰到曲奇吧，趁她還沒忘記我的時候。

　　在接下來30天見到她的幾率有多大呢？算一下就一目了然了。一天下午我停在西院門前，統計某一時間段內往北走的行人，然後據此推算在一天內的18小時有多少人從此經過。以北京鬧市區街道的標準來衡量，這段路算不上繁忙。單獨或結伴的人群從這條街上走過，有的悠然漫步、有的疾步而行。偶爾出現一分鐘的空閒，沒有任何人經過。很容易計算。儘管如此，每小時經過的行人達到1000，每天至少兩萬。從成人教育學院到蘇州橋快走的話需要10分鐘，這是據我所知的曲奇活動範圍。如果我平均每天有60分鐘都在這條路上某個地方的話（北邊這條路走兩個來回，到東院進出幾次，每晚再出去散一次步），我可以遇到1000個不同的人。

　　但並不是我遇到的所有人都是這個社區的常住居民。我得算出附近居民的數量，因為附近居民的比例越高，找到曲奇的可能性就越大。海澱區有300萬人口，面積為430平方公里，人口密度為每平方公里7000人。從西院門口南端的廠窪路口到蘇州橋正好1公里，有很多人在此經過，如果把北外人數加進來就更多了，更不用提還有北京理工大學的上萬名學生了。這樣算不是很精確，那我們就採用一個比較保守的數字——每天18個小時，在這條路上走過的附近居民（包括學生在內）有一萬人，或者按附近居民占這條路行人總數五分之三計算。那麼我每天60分鐘在這條路上將遇到600個附近居民，相當於這條街上來往的居民的6%。也就是說，樂觀一些估算的話，我每天碰到曲奇的概率為5%或6%。因此我還是有一個現實並且不錯的概率可以在這個月內見到她的。

我當然想到了可以在人最多的時候出去散步，以增加見到她的幾率：她早上到校、中午出去吃飯或者傍晚離校的時候。我也的確在每天不嚴重影響我行程的前提下，一定程度上增加了這些時間外出的次數。神經症的定義為：頻繁違反自己日常活動規律，來回避或者爭取某些東西的行為；在最嚴重的情況下，這種症狀將導致工作和社交能力的喪失。我通常不會讓任何事情擾亂我的日程，不會僅僅因為曲奇的緣故在這條街上多跑一趟，每次出去我都有充分的理由——去美食街吃午飯，到我經常光顧的咖啡館喝午後咖啡，出去辦事或者和某人見面，鍛煉。我對運動上癮（是一種健康性的成癮而非病理性成癮），每天都要出去兩三趟跑步、散步或騎車。如果鍛煉時間超過30分鐘的話，我還會走到這條路南端或北端，按順時針或逆時針方向散步，繞北外西院一圈。神經症患者會在這條路上來回走幾個小時直到找到曲奇才肯甘休，跟蹤狂則會一連幾小時潛伏在暗處靜靜守候她的到來。但我希望我們的邂逅是自然的，沒有事先策劃的痕跡。我只是每天在這條街上多走幾次，以增加我遇見她的運氣，剩下的一切就交給命運決定吧。

即便經過如此理性的計算和判斷，我還是聽到一個聲音對我說，"你再也見不到曲奇了"。曲奇值得採用更為激進的方式去追求。她如此美麗，瘋狂的追尋應當是被允許的，甚至應是義不容辭的。如果得知某個陌生的性感女郎正在找我，我肯定會喜出望外的。我才不在乎她的出現是偶然還是事先策劃好的呢。如果我真想見到曲奇肯定有辦法——明確目標、立即行動、富有勇氣、執著追尋。成功從來不是偶然的，而是需要進行全面系統的策劃，然後出擊。

我現在開始懷疑她究竟是不是十分美女了。如果真是十分美女，我們早該相遇了。十分美女有三大特徵：美顏，美胸，美臀，三者缺一不可。我們相遇的時間如此短暫，我並不確信她乳房的大小和形狀。即便是厚重肥大的衣服也遮掩不了異常豐滿的乳房。既然我沒有立刻注意到她的胸部，那麼她的乳房肯定不是特別大那種類型。也許仍舊十分圓潤迷人，垂在胸前而非堅挺而出，只不過不是特別碩大。但圓潤迷人的胸部也已經很難得了，缺乏充足的資訊我目前只能假設為中等大小。如果她是平胸的話，就不能稱為十分美女了，只能是個九分。我的潛意識被這種可能性所佔據。這樣一來，我尋找她的動力小一些，也更好理解為什麼一直沒有找到她。

　　從曲奇的角度來講，她也沒為我們的再次邂逅幫上任何忙。比如說，我從來沒有在北外西院食堂見過她。每天有幾百名學生、教工和退休人員都在那裡就餐，每週我去那吃好幾次午飯。也就是說，西院中有很大一部分人每天來往於此，而且它就坐落在成教學院的旁邊。她卻一次都沒來過，真讓人覺得奇怪。或許她來過，對這裡的食物深惡痛絕，所以就再也不來吃飯了。她貌似也不是那種喜歡去咖啡館的人，要不然我早就在"愛上層樓"或者為公橋路口對面的"雕刻時光"碰到她了。

　　說實在話，大部分人都不經常光顧咖啡館。泡咖啡館的只是很少一撥人。酒吧是一個聊天的場所（哪怕大多數時候人們只能和服務員聊），而酒精大大助長了人們聊天的興致。和酒吧不同，咖啡館是人們享受孤獨的地方。在王政復辟時期的倫敦[1]，咖啡館可並非此番景象。那時的咖啡館遠近聞名，是人們進行機智詼諧對話、討論新聞的場所（最早歐洲大陸的報紙只在咖啡館中才有）。人們在這裡談生意，或者進行股票交易，當時的咖啡館是各種社交活動的場所。但即便是在那個時代，和聊天相比，客人們仍然更願意默默注視著其他來客。現在的咖啡館已經變成安靜

---

[1] 譯者注：指1660年查理二世登基至1688年光榮革命期間。

地讀書寫作的場所了。那既然你可以在家或圖書館不受打擾地進行上述活動，為什麼還非要去咖啡館不可呢？

這是一種有趣的矛盾現象——希望被人注意卻不想被靠近。渴望有人陪伴的欲望吸引我們走進咖啡館這一親密空間，但最後我們卻在自己周圍各自築起保護膜，與對方遙遙相望。這應該是現代都市生活最令人心酸的成就之一了。早些時候的咖啡館禮節是允許我們捅破這層保護膜和鄰桌的客人聊天的。為了吸引周圍人過來聊天，人們還會精心選擇自己手中的書籍。但現在，只有在人們不盯著電腦或沉迷于耳機中時，我們才有機會過去搭訕，而這種機會少之又少。大體說來，在公共場所越來越尊重私人空間應是件好事。因此如果把這層保護膜捅破，簡直稱得上一個“事件”，甚至是一次“小型強姦”了。

最近在頗受歡迎的長虹橋“星巴克”發生了這麼件事。我不合常情地拒絕了一個向我投懷送抱的九分美女。回頭想想，我居然會拒絕一個九分美女，太不可思議了。我無法作過多解釋，只能說性格不和。

靠窗的位置有兩把面朝面的無扶手沙發椅，光線正好適合閱讀。其中一個位子空著，另一個位子上坐著一位正在撩起上衣摩挲腹部的美女。只有夏日裡北京大街上的民工才會做出如此不雅的動作，無論什麼樣的女人這麼做都令人詫異。我覺得十分好奇，於是問能不能和她共用一張桌子。她點點頭，示意我坐過去。我掏出了教科書，開始準備 “英語語言史”的講課內容。她一把從我手中抓過書，掃了一眼。

她叫琳，來自哈爾濱，做生意的，具有那種程式化印象中東北女人的典型特徵——身材高大豐滿，對男人充滿攻擊性。在座位上打呵欠伸懶腰時，她的上衣向上掀起露出了半個胸罩。一定是我目光在她胸部停留的時間過長，她開始抱怨批判起那些喜歡盯著女人乳房看的男人。她還吹噓炫耀說要想引起這類男人的注意，簡直太容易了。"實際上，"她說，"大部分男人都喜歡體態豐腴的女人"。每當工作壓力引起體重下降時，男人們就離她而去。像施了魔法一般，她只要把體重恢復到原有的80公斤，那些男人就又回來了。

我發現她的觀點和女人們通常被灌輸的那種骨瘦如柴才是美的思想形成鮮明的對比，令人耳目一新。我向她要電話號碼，她說手機丟了還沒買新的。呵，才怪呢，但我還是給了她我的名片。

過了一些天，我接到她的電話。我們商量好了約會的日期。那天晚上她發短信給我："和一個已婚男人約會，也許不太好。"

在中國，人們認為凡是超過30歲的人都已婚，所以結婚的人也無需戴戒指，反正這種標誌是多餘的。而且中國人認為結婚與否純屬個人私事，和他人無關。我覺得這種態度很好。不過這樣一來要想知道對方的婚姻狀態，只有開口詢問一個辦法了。人們通常在第一次或第二次約會時問這個問題，如果雙方對彼此欲火纏身，則可能會在第一次上床之後問。只要肯說實話，即便是遲到的誠實，也是情有可原的（雖然撒謊的情況很普遍）。琳沒有像我想的那樣進行詢問，而是上來就自以為是地說我已經結婚了，這激怒了我。我告訴她我沒有結婚，但有幾個女朋友。這個回答似乎惹惱了她。

"我知道你自認為很特別很了不起但你沒長相沒錢沒靈魂沒勇氣我不稀罕你"她答覆道，一個標點符號也沒有。有些中國人特別喜歡用這種奇特而似乎又十分恰當的方式發短信（漢語本身並不使用標點，直到後來受西方文本影響，才產生了標點）。

我和她說，她應該感激我的坦誠，誰給她權力發這麼大的火？她宣稱要切斷和我的所有聯繫。我也把她的手機號刪了。

接下來那周的一天，我收到很多她的短信。"我感到很無聊又開始想你了那個傲慢無禮的傢伙難道你不後悔沒抓住機會和美女上床嗎……如果你想和我做愛的話你應該已經給我打無數次電話了。"

你是誰？

"琳琳。"

古琳？

"說對了。"

我不想和你做愛。

"那你可以省錢了去你的吧忘了我我可以自慰哈哈！"

"……我真的很想要你我特別想要你的雞巴。"

"……我知道你不用花錢就可以把女人弄上床我才不是那些賤婊子呢你根本要不起我留著你的錢吧。"

"……你怎麼了為什麼不給我回短信呢是因為生我的氣才不理我了嗎我正在尋思和你做愛將是什麼滋味呢難道你不想和我在一起嗎？"

"……你的禮貌都哪裡去了你為什麼變了我知道你在裝模作樣你應該學會說謊把我哄開心一些我現在看穿你了我很容易就能分辨出無恥的騙子。"

琳是令我無法忍受的女人之一。當然，如果她是十分美女的話，我肯定已經和她上床了，誰在乎會有什麼後果呢。這也不是我第一次和充滿怨氣的神經質女人發生關係了。抑或說這類女人太有創造力，我應付不來。諷刺的是，和曲奇相比，也許我和琳的共同點更多，畢竟我倆是在我們分別選擇的同一環境——咖啡館認識的。

你可以通過一個人做什麼來瞭解他/她，同樣的，你也可以通過他/她不做什麼來判斷其性格。我心裡慢慢浮現曲奇的形象：不喜歡去咖啡館，因此很可能對讀書也沒興趣。我把世上的人分為兩類，讀書的和看電視的，他們水火不容。如果曲奇屬於愛看電視的那一類人，這對我們的長遠關係來說顯然是一個障礙，另外她對咖啡或者任何西方的東西也都不感興趣。不過她確實和大學校園有關聯，所以我們之間也不是毫無希望。但現階段最重要的是把她引誘上床。

她穿了緊身褲，愈加突顯那本就凹凸有致的身材。大部分女人會對碩大的臀部感到難為情，穿衣時會盡力掩飾。曲奇一定因為她的臀部引起過許多男人的關注，並從男人那兒得到過相關建議，所以她開始喜歡上自己的身材，並感激這天生的恩賜。或許她還是一個享受生活的人呢！如果她現在正好三十五六歲的話，那麼這種態度就更值得欣賞讚歎了。因為這意味著她在文革期間出生，而那個時代的人被灌輸了和西方清教主義極其相似的只求生存、不求享受的生存主義哲學。她一定有男朋友了，而且關係穩定，甚至已經結婚了。如此迷人的女人是不可能25歲以後仍單身的。為了應付同齡人和父母不斷施加的壓力，她們會找個人嫁了——不管那是個什麼樣男人（不過這是個有趣的悖論，婚姻其實反而讓女人放開束縛和男人調情）。她們甚至會牢牢抓住對她們表現愛意的第一個男人，至於自己是否對這些男人有感情就是婚後要操心的事兒了。

但對於真的墜入愛河的情侶而言，他們會沉浸在自身的幸福之中，對於旁人來說仿佛變成了隱形人一般。但曲奇則不然，她的出現是極其引人注目的，就像一篇文章中的斜體字一般。一個正和男友或老公處於熱戀的女人是不可能像她那樣溫暖友好地朝我笑的。不過我也沒有什麼進一步證據來證明這笑容另有深義，或許僅僅是我們當時面對面經過，他對我這個擦身而過的外國人報以嫣然一笑，僅此而已。如果我當時真追上去和她說話，她想到要組織好在中學裡學到的一點兒英語和老外聊天，肯定像小鳥一樣撲扇著翅膀逃走了。中國人老認為外國人是不會說漢語的（大部分時候也的確如此），但仍然覺得開始一段對話的責任在我們身上。我的普通話沒有達到學術討論的水準，但用一句"你好"把她套住後，和她就日常生活的各種話題聊天還是綽綽有餘的。

現在比較難辦的是曲奇消失得無影無蹤。我慢慢意識到，她已不在附近，而我可能再也見不到她了。

第四章：過去

　　嘿，你猜怎麼著？今年是初中的最後一年，我終於遇到倒賣迷幻劑的人了。我特別想嘗試一下。有一天我逃掉上午的課，直接去了那人的高中。我不知道他的名字，只知道他就是那個"賣迷幻劑的人"。我在馬路對面的檯球廳找到了他。他讓我在學校食堂外等他，然後去給我拿毒品。他回來時拿了一小條紙，這被人們稱作"白色吸墨紙"，上面有十個染色的液滴，每一劑2.50加元。紙上每一劑之間被打過孔便於分拆取用。"關於迷幻劑，我應注意些什麼？"我問道，這是我頭一回嘗試。

　　"一次不要超過一劑。"

　　他說話時整個宇宙似乎都停止了轉動。雖然只是個高中生，但他看起來仿佛是個飽經世故的成年人。"能給我一劑麼？"他問道。

　　我免費給了他一劑。他把它放到嘴裡。

　　我回到了學校上數學課。"嘿，達米恩，我弄到迷幻劑了。"我對坐我前面的達米恩耳語道。

　　"給我點兒。"

　　我給了他一劑。他接過迷幻劑收起來，等稍後再用。我放了一劑在舌頭上，雖然還在上課，但我一點也不擔心。今天是週五，數學課後就只剩一堂科學課。老師生病，科學課也取消了。我們自由了！

　　我溜達進學校的圖書館，和兩個同學打招呼，一個是巴里，另外一個是蒂娜。巴里是全方位發展的完美學生，既受人歡迎，又做家庭作業。有一次我欺負他，他朝我鼻子打了一拳。不過我們已經和好了。蒂娜的乳房像奶油一樣柔滑，還有一雙溫柔的褐色眼睛。在全班的女生裡，我最喜歡的就是蒂娜了。他們倆總在一起玩。我看不出他倆有沒有幹那事兒，但如果乾了的話我也不會感到絲毫驚奇。班裡的許多女生雖然只有十四五歲，但都不是處女了，而且她們對此毫不隱瞞，還要吹噓一番，我就是這樣知道的。傳言說放學後還有裸體遊戲派對。

"我剛服用了迷幻劑。"我對他倆說。

"你感覺到精神恍惚了嗎？"蒂娜問道。

"我也不太清楚。"

"你真是發瘋了"，巴里沖我咧嘴笑道，然後他倆又繼續做作業了。

根據我從圖書館裡讀到的有關毒品的知識，迷幻劑需要45分鐘才會發生效力。45分鐘已經過去了，我的確感覺到有一股甜蜜溫暖的光開始籠罩在我身上。我走出圖書館，向學校門口的自行車停車架走去。達米恩在那裡，拿著我那已經被打開的自行車鎖，沖我哈哈大笑。"你是怎麼知道我的開鎖密碼的？"

"因為你已經消失到另外一個世界去了！"他逗我道。

我現在想起來兩件事。第一，我把裝報紙的帆布包落在抽屜裡了，而我一會兒送報紙時得用。第二，溫暖的光束開始發出前所未有的威力，這和我以前吸大麻的經歷相比簡直是太強了。往教學樓走的時候，我回頭看了看達米恩，他好像是在望遠鏡的另一端。

大麻會讓人神智恍惚，甚至到恐慌的地步，但極少讓人產生幻覺——看到根本不存在的事物。就像有一次我和一個朋友在我地下室的房間裡用大麻後感覺飄飄然的。當時我們正在吃餅乾。當我把一塊餅乾拿到嘴邊時，餅乾變成了一座小島，而我正乘飛機向其著陸。當時的感受特別強烈，但那不是幻覺，因為我看到的東西還是有現實依據的。

現在真正的幻覺出現了。回到學校的門廳，我看到了令人吃驚的景象：可口可樂、埃索、別克和其它公司的標誌在四周飄浮，平靜地猶如死去的熱帶魚優雅地漂浮在水中。我仿佛被困在夢境中，但同時又對周圍的環境十分清醒。

　　我拿上帆布包，走出大樓，來到吸煙區——自行車停車架旁的一片草地，學校允許我們在這裡抽煙。達米恩已經走了。我和其他一些同學坐在那裡。這樣來回兩次，迷幻劑的效力已全盤展開。顏色特別刺眼醒目，空氣像果凍一樣粘稠，天空佈滿了產品的標誌。

　　"我用迷幻劑了，"我對他們說。

　　他們凝視著我的眼睛，"看，他的瞳仁變大了。你有啥感覺？"

　　"我看到到處都是單詞和字母。"

　　"你能看到**我們**嗎？"瑪麗·喬問道，露出關切的神情。

　　肯沖我做鬼臉。

　　"不要嚇唬服用了迷幻劑的人。"吉爾責備道。

　　草地變成了綠色的文字海洋。樹上都是單詞，每片葉子都變成了一個字母。字母表掛在馬利亞·喬的頭髮上，掛在每個人的頭髮上。我的雙手和胳膊也都紋上了字母。街道融化成池塘，裡面也佈滿了單詞。每個物體的表面都覆蓋著單詞和字母。這些字並不成句，沒有傳達出特定訊息，但我卻完全領會其中的要義。就像風火輪、乳頭和審判日都混在了一起，組成一個整體。一小塊兒紙竟然演繹出如此神奇的景觀，宛如怪物傑克從驚奇盒子中一下子彈出來一樣。我瞬間老了：那件將最鮮美豐腴的部分含在嘴裡的事情，頃刻間已成為陳年舊事。

　　我離開抽煙區，騎自行車來到放報紙的小屋，《埃德蒙頓日報》每天都被運到這裡。我們的工作是負責送報紙，對此我們戲稱為"送廢紙"。卡車把報紙卸到這裡，我們把報紙捆起來，放到帆布袋裡就出發了。我們的頭兒鮑勃非常酷，無論我們在外面玩多久他都不會在意，只要在晚飯前把報紙送完就行。我們沒人讀報，用每週掙來的錢去買糖果，然後向夥伴們炫耀。

我坐在長凳上。報紙小屋的內部變成了一個巨大的搖滾唱片集封面，散落著幾何圖形還有來回閃爍的霓虹燈形成的方格圖案。一張通了電的東方掛毯上翻滾著 "SEX"和"LOVE"。這兩個單詞組成了菱形，像人的嘴巴一樣一張一合地拼寫和朗讀著這兩個詞。對我眼前所經歷的壯觀景象，鮑勃絲毫沒有察覺。我開始上路送報紙。

送報紙的路線就在附近，我對此非常熟悉。今年早些時候我第一次吸食大麻，就是我從肯那裡接手這份工作的第一天。大麻的效力特別強，我感覺耳邊一直有一對鈸在不停撞擊作響。那離家只有幾條街遠，當時我知道自己在哪條街上，也知道那條街是東西走向的。不過我分不清哪邊是東、哪邊是西，仿佛置身于完全不熟悉的環境中。

和大麻的體驗截然不同，我這次用了迷幻劑後，方向感卻特別清晰。記憶仿佛被增強了。我沒把報紙放錯人家，因為我十分清楚哪家訂了報紙，哪家沒訂。我沉著自信地完成了自己的工作，與此同時我也經歷了許多截然不同的體驗。我走上樓梯，進了一所公寓樓，耳邊響著叮叮咚咚簌簌的電子樂。當我到達公寓頂層的時候，樓梯平臺連接到了外部空間。從樓裡出來，草地開始齊聲和我打招呼。幻覺已經發展到淋漓盡致的階段。單詞如龐大的野草一般從草坪中伸出來，呈十字形縱橫交錯。十字的邊角特別鋒利，簡直能把我割傷。我聞到鮮血和嬰兒的味道，跌跌撞撞進了下一個公寓樓。

"送廢紙"完成後我就回家了。父母週末都不在家，整個房子裡只有我一個人。達米恩和丹一起來到我家。丹在這個社區販賣毒品，想從我這弄些迷幻劑。

"讓我們看看這藥是不是真的有效果。"丹把一劑迷幻劑放到舌頭上時半信半疑地說道。達米恩剛才已經服了半劑，現在咧著嘴大笑。

　　我騎車沿著76號大街駛向麥肯納公園，在草坪的一堆字母中坐下來。我忽然意識到關於我賣迷幻劑的事將流言四起，越來越多的人會來找我，於是我又回家了。

　　過了一會兒丹回到我家，還帶來一個我不認識的邋裡邋遢的嬉皮士。

　　"嗯，這藥不錯。"丹和我說。

　　"嘿，老兄，要是能弄些迷幻劑，我就是把自己胳膊砍下來也在所不惜。"嬉皮士說道。

　　"你有多少錢？"

　　他掏出了72加分。我接過錢，給了他一劑。

　　達米恩也過來了，他精神恍惚到無以復加的地步。"蟲子爬得我滿胳膊都是，還爬到了我的冰箱上面！"他邊說邊沖出了門。

　　之後吉爾的朋友們也過來買了一些迷幻劑。她男朋友迪恩有著一頭像"齊柏林飛船"樂隊中羅伯特·普蘭特一樣的濃密卷髮。他的穿著是典型的嬉皮士打扮——褪色的牛仔上衣和牛仔褲（牌子是李維斯或者Lee，不是牧馬人），還有登山靴。我說不上非常瞭解他，但對他十分敬畏。他比我們年長幾歲，混的是比較高級的嬉皮士圈子。我一定是因為能提供迷幻劑而為自己贏得了幾分名聲，因為連他們都屈尊來到我這裡，還點燃了一根含大麻的香煙。迪恩拿出張專輯，放到唱機上播放。是鸚鵡樂隊的一張唱片，封皮上有一個漂亮的虎皮鸚鵡的藝術圖案。

　　我好像被捲進了某個毒品販賣網似的。另外一個我不認識的傢伙出現在我家門口。"想買'紫色顆粒'嗎？"他問道。

　　"我已經有'白色吸墨紙'了。"

　　"迷幻劑是世上最美妙的東西。"他把手一揮，走了。

　　與此同時我媽媽的朋友凱就要過來檢查我在家都做了些什麼。已經五點了，但我沒勇氣讓他們離開。凱為人很好，是個嚴

格的素食主義者，只吃海草，她還有一個吹雙簧管的兒子。如果
這時候她忽然出現的話，簡直是災難臨頭。我把這事兒小聲地告
訴了吉爾。

"嗯。我們該走了，"她和迪恩說。

他們走後我快速把客廳打掃乾淨。沒過幾分鐘，凱就到了。
我到屋外去修剪草坪，以防她看出來我仍然神志恍惚，被迷幻劑
弄得一團糟。風暴已經漸漸平息下來，但即使在黑暗中，我也能
非常清楚地看到各種單詞和字母。我和凱打了聲招呼，然後走向
自己位於地下室的房間，精疲力竭卻一點也不困。時間完全被打
亂了，我一點也沒有想到該去睡覺，或許已經是早飯時間了。

第二天我感覺不錯，已經恢復常態，於是去買了鸚鵡樂隊的
唱片。我問母親能不能在我牛仔上衣的後面繡一隻虎皮鸚鵡，但
喬反對這個想法：搖滾樂隊的任何東西都應受到譴責。我的想法
讓他大為惱火，他將我拽到地下室的房間，手指有些抽搐地指著
那張羅伯特·普蘭特沒穿上衣、手捧白鴿、面帶嬉皮士微笑的宣傳
畫，怒吼道：

"你怎麼可以把這種東西貼在牆上？這真令人作嘔，你明白
嗎？令人作嘔！"

晚夏的一天，德韋恩和羅裡出現在方氏餐館的門口，那是一
家中式餐館，我在這兒刷盤子。已經是午夜，我該下班了。德韋
恩是個身材高大的加拿大印地安人，而他的金髮小跟班羅裡還沒
到青春期呢。我沒料到會碰到他們，但知道他們為什麼過來找
我。

德韋恩嚴肅地宣佈道："那輛車現在可以弄出來了。"

那輛車在幾個街區之外的一個二手車停車場裡。我們最近經
常在停車場裡搜尋目標，前幾天我發現了一輛車門沒上鎖的汽
車，鑰匙就掛在點火裝置上。"嘿，你們快過來！"

他們擁了過來。

"哇。看能啟動不。"

發動機轉動了一下。

"行哎。"

但這輛車前後都有其它車擋著。

"你說咱能把這輛車偷走嗎？"

"我反正打算偷，"我說著抓起鑰匙，"等沒有其它車擋著的時候。"

現在我們向停車場走過去，這一刻終於來了。它後面已經沒有車了，這樣我們就可以順著車道把它開出來。我以前從來沒有開過車。我把車啟動起來，掛上倒擋，然後踩了一下加速器。我們搖搖晃晃地往後開，撞到了車道對面位於我們後方的一輛車。車子橫衝直撞，我好不容易才找准方向，把車弄出停車場開到大街上。

德韋恩已經把所有的事情安排好了。我們要和另外兩個朋友艾克和J. T.在幾個街區遠的蒂普頓公園匯合。我們開進公園。德韋恩下車去找艾克和J. T.。不大一會兒，他就大聲呼喊著，從車邊沖了過去。我和羅裡發現就在公園灌木叢另一邊，有輛警車閃著紅燈，跟條大鯊魚似的來回穿梭。我們下了車開始狂奔，穿梭于房子中間的過道。很快我就把羅裡給弄丟了，也不知道德韋恩跑到哪裡去了。在一條小巷裡，我看到警車的車前燈，於是趕緊在院後面把頭低了下去。還得跑幾個街區。我終於安全抵達了地下室的房間。

那幫臭員警怎麼這麼快就發現我們偷車了呢？我開始播放保羅·麥卡特尼的"逃亡樂隊"讓自己冷靜下來。一面還沒有放完我就聽到前門有人在砰砰敲門。我從後門走了出去，看看是誰。

"是你嗎，艾沙姆？"

"嗯。"

"請你進來下好嗎？"員警說道。

喬已經穿著睡衣站在那裡了。"你竟然偷車！"喬說道，對我的行為感到深惡痛絕，但卻沒對我有丁點刮目相看的意思——我居然有膽子幹出這麼引人注目的事情，即使採取了一種犯罪的形式。"你竟然偷車！"

我發現是艾克和J．T.把我們出賣了。他們根本就沒有到公園來，而是臨陣退縮，給員警打了電話。住在車商辦公室對面的一位婦女聽到我們把車弄出停車場時的喧鬧動靜，也報了警。

"你為什麼要偷車呢？"第二天到我們家來的一位員警問道。我不知道如何回答。

因為我不到十六歲，還未成年，所以只判了六個月緩刑。我每週得和一組孩子一起同監管人比爾見一次面。比爾是位和善的社工，當我們不在青年中心見面做小組討論的時候，他就帶我們去打保齡球或者看電影。

接下來的冬天比爾邀請我們去他那位於孤裡湖的鄉間村舍過夜，往南大約幾小時的車程就到了。我和緩刑小組中的一個女孩瓊說了迷幻劑的事情。她想嘗試一下，花錢買了四劑。我們還想帶一些大麻過來，但想想那種極易讓人察覺的跡象和味道，覺得太過冒險。而且一旦比爾發現我們在他的住處使用毒品，麻煩就大了。但迷幻劑太他媽的棒了，我們可不能錯過這個"夢幻之旅"的機會。

喬開車送我過去，到農舍後和比爾聊了兩句。還沒等喬出門，我和瓊每人就口服了一劑。她給我們組中的潘蜜拉、兩位印第安兄弟柯帝士和卡梅倫每人半劑，把最後半劑又給自己用上了，雖然她剛才已經服了整整一劑。我盯著她，警告說她用的可能太多了，尤其這是她第一次嘗試。

屋子十分寬敞溫馨，有一種家的感覺，非常適合嬉皮士。比爾的鬍子和牛仔褲讓人誤以為他也是嬉皮士中的一員呢。舊沙發、帶有黴味的枕頭、牆上的簾子、幔帳以及地板上的小地毯和那個完美的鄉間嬉皮風格的壁爐特別搭。房子後面有個院子，車道穿過一個只有幾百人的小村莊，通向這裡唯一的一條馬路。房子前面對著孤裡湖。但在冬季，從前方的大窗戶向外望去只能看到大雪和松樹。

比爾為我們準備了午餐，其中一道菜是坎貝爾的字母湯。這世上如果有什麼東西和我的致幻景象特別相像的話，那就是字母湯了。當湯準備好的時候我開始出現幻覺。潘蜜拉和瓊也有了反應。他們大笑起來，有一點無法控制，讓我感到不舒服。我擔心他們會洩露秘密。午飯過後大家分頭去做自己的事情，一些人出去滑雪橇，瓊和我一起坐在沙發上。

"這真是太神奇了，"瓊說到，這時伴隨著電唱機上"齊柏林飛船"樂隊第三張和第四張專輯喧鬧的音樂聲，各種顏色和圖形鮮花盛開般地流過牆壁和屋頂。

我們決定散步去幾個街區外的商店。在我的腦袋裡，"天堂之梯"的音樂還繼續高聲迴蕩在室外靜謐的空氣中。

"我感覺好像在一齣戲劇裡面，"瓊說道。

那個商店順著路向南最多不超過四分之一英里，但走起來好像特別長。商店裡面漆黑不透氣，由一位土著印地安女人經營。她看起來那麼呆頭呆腦、面無表情，簡直可以當作紀念物出售了。我想不起來自己要買些什麼，就站在那裡等瓊。瓊買了一瓶百事可樂和幾條糖果項鍊。雖然我明明白白是在商店裡頭，但感覺那既是實實在在的商店，又像是我用記憶拼接的組合商店，還像是家。瓊戴上了糖果項鍊，我們開始往回走。她沒來由地把百事可樂的瓶子拋到空中，可樂濺得我們滿身都是，她歇斯底里地大笑起來。我們不知不覺走了太遠，迷失了方向。好在只有一條路，我們順原路返回，找到了農舍。

我從屋裡的前窗向外望去。雪花字母靜靜地掛在常青樹的枝丫上，叮噹作響，聲音很微弱，聽起來宛如音樂盒發出的聲響。單詞和字母粘得到處都是。我點了一根煙。我感覺吸氣的時候煙將我的身體填滿了。我感覺自己是空心的，嘴裡的金屬味道一點也不像煙草。立體收音機縮到原來的一半大小，我也數不清上面有幾個旋鈕了，因為它們隨著收音機的收縮不斷移動變換著位置。我的時間感也隨著收音機和音樂收縮，收音機變小時，時間加速前行；收音機變回原來的樣子時，時間則放慢了前進的速度。有時候時間就像吹破的泡泡糖那樣消失了。我走到戶外的廁所去撒尿。本來以為路途會很遠，但走起來卻特別快。不過沒幾分鐘後我回到屋裡時，卻感覺好幾個小時都過去了，時間仿佛是由這鄉間小屋掌控的，而與我毫無關係。

我看到瓊在臥室裡和比爾聊天。比爾說了句滑稽逗樂的話，但我沒聽明白。瓊用黃線和創可貼補她牛仔褲上的一個洞。比爾居然還沒發現究竟發生了什麼事，這讓我感到很驚訝。

天開始變黑，晚飯已經準備好了。藥效高峰已經過去，但迷幻劑的效果還是很強。我一點胃口也沒有，強迫自己把一碗燉菜倒進喉嚨裡。瓊對食物挑挑揀揀，只吃了一點點，她和我們說房間變成了個大圓球，然後爆炸了。

晚飯過後比爾的弟弟開始彈吉它。迷幻劑的效力慢慢消失了，一種放鬆和寧靜的感覺湧上來，仿佛我們所有人剛從一次艱苦的爬山運動中回來。這的確像一次旅行，迷幻劑這次的效力要比我頭一次嘗試時強得多。

後來比爾還是發現了這件事，在接下來那次小組討論中就此質問我們。我不得不承認，他處理得非常好，巧妙運用了社工的專業訓練，沒有太過生氣。我們最後還是得到了積極正面的回饋。他說他非常佩服我們獨立自主的決心，這正是我們以後要負責任地掌控自己生活所需要的衝勁兒和推動力。

第五章：現在

　　九月份我從美國回到北京，在北外開始另一學年的工作。日子一天天過去，每次走在這條路上的時候我都充滿期待，這段路既是可能讓我願望成真的應許之地，也是佈滿未知數的不測之淵。或早或晚，我都會再碰到曲奇，並且早一天遇到和晚一天遇到的概率幾乎相同。有時候我十分自信，如果她在這時出現了，我將很清楚該說些什麼。有時候疑慮爬上心頭，特別擔心她在我深深陷入這種想法時突然躍入視線。只有極度機智、快速讓自己進入狀態，我才可能一舉搞定她。我從來沒有在最需要鎮定的那一秒冷靜下來的本事。像那句老話說的"機不可失，時不再來"。曲奇可能突然出現，根本沒有認出我來，或者裝作不認識我。等我反應過來注意到她時，她已消失不見。

　　也有可能她從遠處朝我走來，這樣一來，我還能有幾分鐘寶貴的準備時間。對我有利的一點是曲奇非常顯著的梨型身材——臀比肩寬，所以即使隔著一段距離，我也能從人群中認出她來。我只需將大腦調成自動駕駛模式，用眼睛掃描視線範圍內臀部豐滿的女人，而不用一直神經緊繃地在人群中搜尋她的身影。如此一來，我有時甚至會以為自己忘掉了她。還有一點方便我認出曲奇的是她獨特的走路姿態，婀娜綽約，深深地印在我的腦中，比那張臉還令人記憶猶新，這也令她在人群中脫穎而出。但擁有充足準備時間的這種可能性也同樣讓我覺得恐懼。她的出現將讓我恐慌，我會如同看著一個向人群掃射的殺手向我走來一般，等待我被子彈射中的那一刻。

　　曲奇並未真的出現，而關於她出現的種種想法本身就足以引起焦慮。我一焦慮，感知器官就開始陷入混亂：聲音變得刺耳無比，顏色變成通上電一般，氣味變得尖銳鋒利。只差一點我就將全面陷入聯覺而痛苦不堪。我大學時期讀莎士比亞的《泰特斯‧安德洛尼克斯》，引發了這種症狀，如今症狀已減輕了許多。

那是加拿大特別冷的一個冬天，我在埃德蒙頓市的阿爾伯塔大學讀一年級。學期結束，學校裡所有的設施都被關閉，我無法去游泳了。我住在母親位於市郊的公寓裡，充滿怒氣、心情壓抑。為了消磨時間，我決定讀完莎士比亞的所有戲劇，從悲劇開始。

我們都耳熟能詳《李爾王》中那些令人傷心欲絕的詩句，也正因為眾所周知，這些詩句痛徹肺腑的力量也就減弱了些。名篇被引用的次數越多，就變得越為平庸。《泰特斯•安德洛尼克斯》可以看作是《李爾王》的前傳，兩者都講述了主人公極度悲慘和屈辱的經歷。兩部戲劇都可以看成是對人物性格遭到毀滅的心理探索，而《李爾王》在這方面的探索相對更加深入。《泰特斯•安德洛尼克斯》是莎士比亞對克里斯多夫•馬婁和湯瑪斯•吉德的暴力戲劇的戲仿。當然，我在第一次讀這部戲劇的時候並不瞭解相關的背景知識。《泰特斯•安德洛尼克斯》在我腦中引發一片混亂，劇中的台詞令我痛苦不已。

泰特斯的女兒拉維妮亞被女王塔摩拉的兒子們輪奸，之後被割掉舌頭、砍掉雙手，使其無法揭發兇手。我不僅對於泰特斯看到拉維妮亞慘狀時的痛苦感同身受，他的語言也鮮活起來，讓我對劇中描寫能身臨其境，泰特斯讓拉維妮亞刺向自己的刀子深深紮進了我的心口：

> 當你那可憐的心發狂般跳躍的時候
> 你不能捶打它叫它靜止下來。
> 用歎息刺傷它，孩子，用呻吟殺死它吧；
> 或者你可以用牙齒咬起一柄小刀來，
> 對準你的心口劃一個洞，
> 讓你那可憐的眼睛裡流下來的眼淚

一起從這洞裡滾進去，
讓這痛哭的愚人在苦澀的淚海裡淹死 。

泰特斯砍下自己的一隻手用以贖回他兩個兒子，但換來的卻只是兒子的頭顱。為了報復，泰特斯將塔摩拉的兩個兒子抓起來，做成餡餅，看到塔摩拉把餡餅吃下，泰特斯以勝利者的姿態向塔摩拉說出了事情的真相。最後那場殺戮戲終止了冤冤相報的惡性循環。這時候暴行本身已經成為了這場戲的真正主角，程式化的情節和這部戲劇的主旨不再相關：如同一群薩滿教巫師在舉行古老的部落儀式，沒人理解儀式的含義，屠殺仿佛成了一種神秘的生產形式，人類就如同巨人王國中被扔向磨坊待磨的穀物。

我自己並沒有被砍掉手臂，周圍也沒有血跡，然而我感到四周充滿了屠殺的氛圍，緊張得令人透不過氣。我徹夜失眠，心臟緊繃成握緊的拳頭。第二天一早起來，廚房的刀具充滿威脅地指向我。中午吃的三明治都仿佛對我進行各種辱罵。充滿敵意的樹揮舞著樹枝抽打我。汽車如同野獸一樣發出低吼，橫眉怒目地看著我，發動機的聲音如同核襲擊到來的空襲警報。

我去了校園診所，被領進心理醫生的辦公室，裡邊站了一排實習生。我向大夫描述了讀《泰特斯•安德洛尼克斯》的感受。他默不出聲地聽著，然後向記筆記的學生小聲嘟噥觀察結果，對我卻什麼都不說。之後是更長時間的沉默。和走進診所前相比，走出診所後的我反而受到了更大的驚嚇，只好去了急診室。一位表情嚴肅的醫生在我胳膊上注射了一針。隨著利眠寧流入血管，我終於開始平靜下來。第二天和第一天一樣糟糕。估計是因為我意識到事情無法變得更糟了，接下來的兩天情況稍有好轉。之後十年裡我漸漸習慣了這種情況，焦慮症狀進入了休眠狀態，只在有困擾或者特別緊張的時期才會爆發，我預想下一次的爆發就會是曲奇的突然出現。

在較為放鬆的日子裡，我對曲奇的到來做好了充分準備，但其它一些障礙又會浮現出來。最大的可能性之一就是我們相遇時她正和一個男人在一起，或者我和一個女人在一起。並不是說在這種情況下就不能跟她打招呼，但肯定會非常尷尬和難堪，她也許會因此拒絕我。

另一種可能性就是上課即將遲到，我正匆匆趕路，還在腦子裡對上課內容進行最後的梳理。如果這時她出現，我只能怪自己不能及時調整狀態了。如果她出現的時候我正在想著她，我有可能抓住機會。我當然可以犧牲學生們的幾分鐘時間。我甚至可以向他們坦白遲到的原因，他們能夠理解，會一笑了之。但我不能否認我們每個人心中本能的行為習慣，例如在員警命令我們停下來時，我們會下意識地轉過身去，同樣的道理，我們在上班途中習慣性地大步朝前走，目不斜視。她也許和我處在同樣的思維模式中，會在我上前打招呼時加快步伐把我甩掉，或者我就在她面前但是她沒有注意到我。我不得不接受這個事實：在行色匆匆的日常生活中，我們倆能在同步狀態下邂逅的可能性微乎其微。在如熾的白晝下，在一覽無餘的視野裡，我們卻仍然猶如黑夜中的兩艘船，短暫交錯，擦肩而過。

另外還有更多的障礙。如果她最近變瘦許多，豐滿的臀部消失了，臉部變得瘦削，以至於我認不出她來了該怎麼辦？或者即使認得出來，她已遠不及以前漂亮迷人了呢？反過來說，要是她增重太多，整個臉都變形了而我因此無法迅速確認是她而瞬間僵在那，怎麼辦？如果她懷孕了怎麼辦？或者要是她一笑露出參差不齊的牙齒怎麼辦？要是我碰巧遇到她蹲在大街上，一邊磕瓜子一邊拿著手機用方言罵人怎麼辦？要是我看見她邊清喉嚨邊吐痰或者在公共場合揩鼻子、然後用袖子抹臉怎麼辦？不過來自農村的婦女一般都穿滌綸褲，而不穿牛仔褲的。不管怎麼說，有一點需要確定，那就是我們的社會地位不能差得太懸殊。我必須要提醒自己不能一廂情願地假定我們是般配的、我們之間不存在巨大的社會文化背景差異。這麼說來，如果我看到她坐在配有私人司機的奧迪車裡怎麼辦？要是我看到她身著職業套裝、在大學領導代表團中領頭前行呢？或者等我下次見到她，她和我腦海中想像的一模一樣，甚至更加迷人呢？

我開始思考那類你永遠無法得到的女人，或者差一點就能得到的女人。我最接近成功、得到一個這類高高在上的女人，是在很久之前的高中時代。那段日子是我生命的萌芽期，每一天都充滿了冒險和傳奇色彩，每段回憶都是一幅生動的油畫。

1975年的夏天，我被趕出了家門，於是一路搭車到了洛磯山下，開始找工作。第一站是班夫，我在一家自助餐館找了份賣霜淇淋的工作。第一天上班的時候兩個身材超棒的女孩走了進來。一個女孩叫謝莉，年齡和我一樣大，是個藍眼睛的金髮女郎。另外一個女孩叫金妮，比我大四歲，一頭波浪形褐色長髮，黑眼睛一閃一閃的，穿了條牛仔褲，後面的兜上有"滾石"的標誌。她們來自溫哥華。雖然謝莉非常性感，但我幾乎沒有注意到她，因為我的目光根本就不能從金妮身上離開。金妮是與眾不同、楚楚動人的。傍晚時分她們又回到飯館，金妮邀請我和她們一起去愛德華國王酒吧。

工作結束後我走向酒吧。一輛掛著亞拉巴馬牌照、閃閃發亮的黑色貨車在酒吧前面的道路上來來回回，發出轟鳴聲。車上的人嘲弄著一個搭便車的人，那個搭便車的人便朝他們豎起中指。隨著刺耳的剎車聲，卡車停下來，三個黃頭髮、身穿黑衣服、外表極為相似的男人跳出來，揮舞著手臂。

"我們來自亞拉巴馬，你們從哪來的？"其中一個人向搭便車的人喊道。

一群嬉皮士圍了上來，用一言不發的方式讓這三個美國人冷靜下來。一看敵眾我寡，他們仨又回到卡車裡。

　　我看見金妮、謝莉和更多的嬉皮士坐在酒吧裡。他們說縣城外幾裡地處有一個青年旅館，提供集體帳篷。於是我們離開了酒吧。那輛黑卡車還停在外頭，金妮走向那三個亞拉巴馬人，問他們能否開車送我們到旅館。我們上了車。就像在做夢一樣，一分鐘前還是懷揣敵意的陌生人，一分鐘後又溫順地如同寵物小狗，他們在車裡表現得十分溫和有禮。到地方後，他們讓我們下了車，然後就禮貌得體地開走了，轉眼間不見了蹤影。

　　青年旅館一晚只需要一加元，是由嬉皮士經營的。你可以在男生間或者女生間要一個單人床位，或者選擇情侶間的雙人床位（沒結婚也可以住情侶間）。我們圍坐在營火旁一邊喝加拿大莫爾森黑啤一邊聽一個嬉皮士彈吉他。金妮偎依在我身邊，抓住了我的手。她是我見過的最美麗的女人，而她現在正抓著我的手！

　　她把我領到了情侶間。裡面有八張小床，每兩張床合在一起，配成四張雙人床。謝莉看上了一位年齡稍微大一些的嬉皮士，纏住他不放，他倆睡在旁邊那張床上。我把我和金妮的兩個睡袋放好。金妮沒有穿乳罩，脫去襯衫後，兩個大奶子滾落了出來。她一直穿著黑色的絲質內褲。我倆鑽進了我的睡袋，她用大腿環住我。她身子十分酥軟，整個人感覺就像個長長的乳房。但金妮來例假了，不讓我進入到她的內褲裡。我不明白為什麼來例假了就不能讓我進去，但她的態度非常堅決。我整晚都睡不著覺，不停地呻吟著。那時我16歲，還是個童子身。

　　金妮答應第二天晚上還和我在一起，但卻沒有再出現在飯館，下班後在酒吧我也找不到她。一想到見不到她，我就覺得難以忍受，於是沿著高速公路向青年旅館走去，這段路有兩裡長，一路上我精神高度緊張，非常焦慮。最後，一輛卡車停在我旁邊。

　　"艾沙姆？"

　　是金妮。我跳進了卡車。第二晚如同第一晚一樣既亢奮又折磨。黎明時分她終於把內褲褪了下去，我給她做了口交。我倆全身裸露著，把被單甩到一邊。我才不管帳篷裡是否有人偷瞟我們呢。衛生棉條的線頭露在外面，但沒有血流出來。如果有血湧出來，我准會特別高興地用血塗滿我的臉，我是那麼愛她。

我們起床穿好了衣服。營火旁彈吉他的嬉皮士正在帳篷外閒溜達，他看到我腰帶上掛著的吉他形狀開瓶器，向我走過來。他對這個小玩意著了迷，很想要。"對不起，我不想把它送人。" "嬉皮士們對彼此都非常慷慨"，他乞求道。如果嬉皮士有某個東西更適合另外一個人，他應該看在兄弟情誼的份兒上把這東西送給他。他彈吉他而我不彈，按理說我應該把這個開瓶器送給他。倒不是錢的問題，畢竟，這只是一個廉價的小玩意兒。但對他來說卻是獨特和有巨大價值的：吉他形狀的開瓶器。這是一個人能給予另一個人最合適不過的禮物了，此刻能夠實行這種交換，是我的運氣，我應該感到十分榮幸。我應該為開瓶器找到真正的家而開心。嬉皮士會非常驕傲地把它掛在脖子前，而它將會像護身符一樣，給他帶來好運……

但嬉皮士乞求得越厲害，我就變得越固執。我的拒絕，當然，是緣自金妮對我的拒絕。如果金妮讓我進入她的身體，或許嬉皮士都不用開口，就已經得到這個啤酒開瓶器了。但他掛在我的拒絕之繩上，我掛在金妮的拒絕之繩上，金妮掛在宇宙的永恆之鉤上。

同樣地，我也意識到了自己沒能夠得到這件事中最核心重要的東西。

那天晚上我沿著高速公路又開始了一次長途跋涉。這次並沒有載有金妮的卡車停下來。他們早一些提到今晚會住在另外一個青年旅館，離我們第一次住的青年旅館有幾裡地，是個簡單的營地，有單個的非集體帳篷。我一路上一直在哭，心亂如焚，都想不起來攔一輛便車。我看到謝莉還有那個和她一起的嬉皮士在營地的帳篷中。她不知道金妮發生了什麼事情，他倆讓我住在他們那裡。

第二天上午我們回鎮裡尋找金妮，這時謝莉也開始有些擔心了。之後我們在大街上發現了她。令我傷心欲絕的是，這兩個女孩宣佈她倆下午就要回溫哥華了。那天下午飯館裡傳言說加拿大皇家騎警正在尋找沒有工作許可的美國人，所以我不久也回到了埃德蒙頓市。因為我當時不確定自己的身份（實際上我是加拿大的合法居民），所以就辭職了。回到埃德蒙頓後，我給金妮打電話。她在電話上聽起來溫柔可愛，但我知道我倆之間已經沒有希望了。

從那以後我開始和身材好的女人發展性關係，模樣如何倒是其次。在北京我一直在一個約會網站中登載著這樣一條廣告：很多男人都有一個體重上限，但我有一個體重下限。要是沒有一定重量壓在我身上的感覺，我興奮不起來。只有體重65公斤或者以上的才需要回復，必須附照片。我理想的女人體重在75到80公斤之間。我想曲奇大概70公斤，而且隨著年齡的增長體重會逐漸增加。上一次回復我廣告的女人，莉莉，說自己有70公斤，她在照片上看起來很拘謹，儘管由專業人士幫忙化過妝，但仍舊不太漂亮。無論如何我決定試一試，於是約好了在學校門口見面（她就住附近）。等她的時候我想到喜歡惡作劇的命運會不會在莉莉出現的那一刻把曲奇推到我面前。事實證明，命運的安排比我預想得還要別出心裁得多，讓我措手不及。

一個由緊身褲包裹著得特別豐滿的臀部和一件短夾克映入我的眼簾。不過我馬上就認出來不是曲奇，這個女人長相一般，向後梳著一條馬尾辮。這豐臀還是值得再瞧一瞧的。不過得再等一會兒她從我身邊走過去之後，我才能從她身後再看一眼。我看了下表：十二點，是我們約好的時間。中國人約會較為守時，莉莉隨時都可能出現。那漂亮的臀從我左邊過去了，我又轉身望了那

女人一眼。一個和她走在一起的我沒有注意到的女人轉過身用探
詢疑惑的目光望著我。是曲奇！等她轉過身去，和朋友繼續向前
走的時候我們已經離得很遠了。穿緊身褲的女人一定是我前兩次
見到曲奇時和她走在一起的那個人。這次不是她朋友的，而是曲
奇的臀部開始變得模糊不清，在身後的大衣下擺裡一起一伏。

　　此時莉莉出現在我面前，她長得一點都不好看。

第六章：過去

　　與此同時，喬並沒有因為偷車的事來煩我。對這件事長篇大論地說個不停會讓他精心記錄的其它小錯顯得微不足道。在充滿敵意的沉默之後，他就會長篇大論、慷慨激昂、鄭重其事、義憤填膺地教訓我一頓，這通常三周發生一次。直到他開始教訓我，我才知道自己都犯了些什麼錯，無外乎是些瑣碎的小事。他將這些錯誤逐條記錄在一個黃色的長條記事本上，錯誤清單隨著年頭的增長越來越長。他將記事本翻來翻去，提醒我都屢教不改地犯了多少次錯誤，每次犯錯的日期都精確地記在本子的頁邊空白處。他不會忘記更不會原諒我的任何過錯。他在這個時候露出了天主教牧師的尖牙：這個本子是我的靈魂，上面密密麻麻寫滿了我的罪過。

　　就拿蘋果這件事來舉例。冰箱最裡頭放著一袋用打孔透明塑膠袋裝著的磕壞了或起皺的蘋果。袋子已經在那裡放了好幾個月，裡面大部分的蘋果都是我吃掉的，我母親也吃了幾個。最後還剩一個蘋果無人問津。喬故意克制住自己一個也不吃，所以剩下的那個不招人喜歡的蘋果就沒人吃了。這些都不是重點，重點是這又給了喬一個教訓我的藉口。

　　"坐那，"他說道。每次只要他讓我到客廳裡去，我就知道他又要長篇大論、怒氣衝衝地教訓我了。"你只想到你自己，從來都沒想過家裡還有其他人，是不是？"

　　"是吧。"

　　"你給我坦白一下你最近一次的自私行為。一開冰箱，我簡直像遭受雷擊一樣震驚。"

　　"我不知道。"

　　"你不知道。就算我拿錘子敲你的腦袋，你也意識不到自己的行為有多自私。"

"……"

"我和你說話呢，回答我的問題。"

"想不出來。"

"想不出來什麼？"

"想不出來自私行為的例子。"

"我剛才想要吃個蘋果，結果發現整袋都沒了。你說說看這是怎麼回事。"

"袋子在冰箱裡已經放很長時間了。"

"多長時間？"

"我不知道，或許三個月吧。"

"這三個月蘋果怎麼了？"

"蘋果被吃掉了。"

"不對。蘋果怎麼會平白無故地被吃掉呢？是人主動去吃蘋果。誰吃的蘋果？"

"我和媽媽。"

"所以你是在責怪你媽媽了？"

"不是。"

"你得承認你的責任最大。我總是看到你在吃蘋果。我想吃時，卻發現一個都沒剩，這真讓人火大。我說的有道理嗎？"

"可能有吧。"

"僅僅是可能？"

"有道理。"

"什麼有道理？"

"我負有責任。"

"對什麼有責任？"

"吃蘋果。"

"事情沒有這麼簡單。我們得看到你的行為已經形成一種模式。不光是這袋還沒等到我吃就不見了的蘋果，好像每袋蘋果一一"

"蘋果變得不新鮮了。"

"不要和我頂嘴！蘋果沒有變得不新鮮。我得說這是自私，你難道不這麼認為嗎？"

"是的。"

"整個世界都是圍著你轉的。你從來都沒意識到這一點，是不是？"

"是的，我沒有意識到。"

他快速翻過那一頁頁記載我過錯的本子。"錯誤屢教不改地犯了一遍又一遍。丟垃圾，遛狗，修剪草坪。我不用一遍遍告訴你去做這些事吧！你稍微長點心就會凡事主動一些。但我完全沒看到你有半點長進。你能舉個反駁我的例子出來嗎？"

"不能。"

"為什麼不能？你沒話說了吧，是不是？"

"是的。"

"一個例子都舉不出來。"

"舉不出來。"

"你的錯兒我數都數不完。一而再，再而三粗魯無禮地對待你媽媽。放盤子時把銀器扔到託盤裡——"

"我沒有把它們扔到託盤裡。"

"那是我出現幻覺了？"

"不是。"

"那這是誰的錯？"

"……"

"回答我的問題！"

"是我的錯。但我不知道我在扔——"

"別反駁我！你還打你的弟弟。沒一件事兒是做對了的，來——"

"你說什麼？"

"你還以為我沒看到你打他，是不是？"

"我從來沒打過彼得。"

"明明打了，就上周日晚上在衛生間的時候。"

"他向我啐唾沫，而且是故意的。我沒有使勁打他，只是開玩笑地拍了他一下。"

"你現在又開始反駁我了。那練小提琴怎麼說？我可是給你付了高額學費的。"

"我從來沒有說要去拉小提琴，我是被迫的。"

"啊，你是被迫的。這態度倒不錯哈。我真不知道你能不能說出一件自己主動參加的'有意義'的活動，隨便說一件就行，比如說讓一個人全面發展的活動。一件都想不出來，是不是？"

"想不出來。"

"還有家庭作業以及注意力分散是怎麼回事？都不能集中注意力把作業做完？結果怎樣？"

"學習成績越來越差。"

"你有什麼辦法解決這個問題嗎？還是等你一到十八歲我就讓你當兵去？"

"我會努力多讀一些書。"

"我不確定多讀幾本書對你會有什麼用。獨鳥不成林，得百鳥齊飛才行。" 訓話告一段落，他揮了一下手，向樓上走去。但這還沒有完。我坐在那裡沒動。

"還有另外一件事，" 他很快又回來了，"你週五晚上出去玩了，是不是？"

"嗯。"

"你和誰出去的？"

"喬伊。"

"那個聲名狼藉的傢伙。你們都幹啥去了？"

"看電影去了。"

"什麼電影？"

"《失陷猩球》。"

"《失陷猩球》！看這麼幼稚的電影？我敢打賭你從來就沒想過還有其它值得一看的電影。你根本就不知道有哪些好電影，是不是？"

"不知道。"

"比如說《屋頂上的小提琴手》。"

"……"

"你成天就在那哭喪著個臉生悶氣。為什麼你只要一出去玩，性情就隨之變得越來越壞？"

"我不知道。"

"你從外邊回來，接下來那天情緒就直轉急下。昨天你滿腦門寫的都是：**心情不好**。你有什麼辦法解決經常出現的情緒問題嗎？"

"儘量讓自己心情好些。"

"儘量！這不是一個儘量不儘量的問題，這是一個你是否真正去做的問題。真不知道你能不能行，還是得要別人來幫你。應該讓你到部隊好好管教管教，省得這麼散漫。站起來！"

我站了起來。喬像個拳擊手似的，擺了一個揮拳打我的動作。

"你真需要好好管教了，"他吼道，唾沫橫飛，"是不是我打你一頓，你才能記住啊！"

他再次回到樓上去了。遲早有一天他會真的揍我一頓的。

喬又下樓來拽住我的肩膀，把我向牆上摔去。他的臉都扭曲變形了，向我大吼道："你讓我忍無可忍！真是可悲，你還有你那一套可鄙的羅馬人生活方式！你有什麼要為自己辯解的嗎？啞口無言了吧？搖滾樂和你那些狐朋狗友把你腦子都弄壞了。部隊會把你修理好的，讓你有點陽剛之氣！"

　　我在那等了五分鐘看他會不會再回來，我可不想讓他跟到我房間去。

　　接下來的那個夏天，在我拿到駕照後，喬就給我買了一輛二手車——底盤生銹的福特科蒂納。他這次看似慷慨了一回，實際上根本不是那麼回事。我們得開車才能到因弗米爾的小屋。每次那段路要開很長時間，這樣他們就能對我眼不見、心不煩了。另外在埃德蒙頓必須得有車才方便出門辦事。喬才不會為我提供方便呢，你也不要誤認為他今後將不再懲罰我了，他給我買車別有用心，主要是為了試探我。開車樂趣無窮，尤其是在剛拿到駕照的時候，而喬可不喜歡有趣的事。

　　因弗米爾是不列顛哥倫比亞省湖邊的一個小鎮，離夏日度假勝地鐳溫泉鎮只有幾英里遠。這兩個地方都非常單調乏味，但山中梯田的景色十分壯觀。他們開別克車，我開科蒂納。

　　在鎮上無事可做，我就開著科蒂納到處跑。不到一周，喬就受不了我了，又開始長篇大論地教訓我，說我不知道做些"有意義"的事情，只知道到每天開著車到處玩，這種行為太自私了。我不和他們說話，躲在自己的臥室裡。第二天晚上，我在因弗米爾認識的一些朋友路過我家，邀請我去看電影，我就跳上了他們的輕型小貨車。

　　我看電影回來的時候，喬正等在塗成櫻桃紅房屋的門後，氣得發抖，一根接一根地抽煙，煙灰到處都是，嘴裡咒罵著。他把手放在裡面的門把手上。當我要去開門的時候，他拉開門，把一個裝著我隨身物品的盒子塞給我。"滾出去！"

　　我自由了。

　　我從第十二條大街往南走，來到了金斯曼海灘。天開始打雷，我到公廁裡面唯一一個隔間避雨。硬地板、明亮的燈光以及寒氣讓我根本無法入眠。我回到鎮裡，找到一座廢棄的房子，從地下室的窗戶爬了進去，裡面有個舊沙發，彈簧都裸露在外面了。不過和那個廁所比起來，這座破房子簡直就是一所五星級賓館。接下來找工作的那些天裡，這兒就成了我的家。口袋裡只有十五加元，我每天就喝牛奶，吃冰凍的葡萄乾燕麥餅乾。

我在鐳溫泉的賓館找到了一份刷盤子的工作，報酬是每小時三加元。每個月花五十加元，我們就可以在飯店裡用作員工宿舍的頂層租一個房間了。我和喬治住一個房間，他在飯店裡當酒保，教我怎麼刮鬍子。他是那種還湊合的大哥哥類型，但一直服用安非他明，已經成癮，有些神經質，暴怒時會大發脾氣。

每天晚上下班後都有人在房間裡舉行派對，直到天明。這真是不可思議的一群人。克瑞斯，一個有趣的12歲勤雜工，我們的大麻都是他提供的。當恩，十幾歲，是個嬉皮士，長得很高，頭髮垂到臀部，對上帝有很多瞭解。自六歲起，他的父母就開始讓他用迷幻劑。拉爾夫是賓館的酒保，30來歲，曾經當過加拿大皇家騎警。一天晚上他偷偷鑽到我床上舔我的陰莖。而喬治躺在自己床上，裝作什麼都沒看見。還有阿德里安和馬利亞，每天早上做愛時都大敞著門，讓別人看得一清二楚，他們的小孩們則在房間裡走來走去。海倫和我年齡一樣大，暑假來賓館做服務員，負責打掃和整理臥室。她是個皮膚淺黑的白種女子，臉上有雀斑，頭髮深褐色。我們每次說話時，她就用深邃的藍眼睛沉著從容地凝視著我，那目光帶有一種洞悉一切的智慧，從來沒有人用那種目光看過我。我以前可不知道可以眼睛一眨不眨地盯著一個人看呢。

我不可救藥地愛上了她。海倫告訴我她已經有男朋友了，但哪怕她走出我的視線，都讓我覺得難以忍受。一天餐館因為衛生條件不達標關門了，我們也都隨之失業。一位同事有車，開車把我和海倫帶到了班夫，我們三人在那開始找工作。剛到那裡，海倫就開始想家了，於是跳上一輛火車回去了。我找到一家賣露營品的商店，買了我的第一個背包和睡袋。鎮中心的草坪上有一群形形色色的嬉皮士在那抽大麻、彈吉它。我跟上了其中的兩個人，和他們一起過夜。其中一個是剃著平頭擅離職守的越戰士兵，另外那個稱自己是撿破爛的，長相很有耶穌基督的風範。我們睡在一個棚子下的泥地上。

撿破爛那個人向我們吹噓他吃得比我們好："你們每天都吃啥？漢堡包？我每天都能在飯館後面的垃圾桶裡找到根本沒動過的比薩，我吃的可是新鮮的番茄、青椒、沙拉、火腿和鳳梨。"

聽說加拿大皇家騎警要進行一輪清查，於是我沒幾天就離開了那裡，去了海倫的家鄉金佰利，為讓她回心轉意做了最後一搏。她不知道我來，但我們這代人不拘禮節，而且我倆又互有好感，所以我這麼做也是可以讓人接受的。我晚上到的金佰利，在付費電話亭給她家打電話。她媽媽接的電話，說她出去了。於是我到酒吧去喝杯啤酒，就在要離開時看到街對面有對年輕人。我立刻認出了那姑娘的鵝蛋臉。

她柔聲向我喊道："艾沙姆？"

和海倫在一起的那個小夥子是她男朋友。她和男友告別後把我帶回了家。她母親安排我住樓上，和海倫離得很遠。第二天早晨起來後，海倫對我十分親切友好。但很顯然，我該離開了。

我打算搭便車回阿爾伯塔，但運氣不好，在高速路上等了幾個小時都沒有車來，終於等到有人願意停車載我時天已經黑了。那是一輛客貨兩用車，裡面坐了四個形色可疑的人，他們在後座給我騰出了一點地方。這些人說話不連貫、含混不清，好像喝醉了，要不就是吸食毒品了。車一提速，我就緊張得不行。忽然司機掛倒檔，把車停了下來。

"怎麼回事？"司機自言自語道。我可受夠了，於是下了車，去攔下一輛。

那個冬天當我回到埃德蒙頓的時候，又出現很多 "白色吸墨紙"。這時我已經 "旅行" 了好多次，不確定自己是否還需要迷幻劑了。迷幻劑稱不上是毒品，我也不知道該把它叫作什麼，或許只是一種小把戲。其它毒品開始粉墨登場，而迷幻劑變得越來越少。迷幻劑不會帶著你在魔毯上飛行，而是把魔毯從你身下撤走。它吹落你的衣服，打開窗戶，清掃你習慣和思維方式的垃圾。迷幻劑重新安排事情的輕重緩急，告訴你什麼重要什麼不重要。真正重要的是意識到將自己的感知能力提升到一個更高的高度不僅是可能的，而且是必要與應當的；而顯然，不重要的是以什麼樣的速度吃完家裡那袋蘋果。

在三種情況下我不建議用迷幻劑：1）夜裡； 2）心情不好、不想嘗試的時候；3）剛用完了一劑，但這劑還沒發揮作用的時候。不過這次三種情況在我身上同時發生了。

那是晚上大約八點，我和幾個朋友在一起。因為無事可做，我們都用了迷幻劑，儘管用之前我猶豫了一下。兩個小時過去了，我還很清醒，就像我的大腦在排斥它似的。雷、厄爾和凱文也仍然很清醒。我們懷疑這些迷幻劑品質有問題。管它呢，我又用了一劑。百無聊賴，我們到就讀的思科納高中對面的檯球廳去玩。

從學校東南門出去，穿過馬路，來到一棟建築上層寬敞的閣樓，就是檯球廳了。學校的東南門是 "我們" 的領地，因為這裡是唯一允許吸煙的地方，早晨上課前，還有很多人經常在這兒吸大麻，老師們都不敢靠近我們的地盤。檯球廳的地理位置極其便利，午飯時間擠滿了學生，而蹺課的學生全天都在這兒玩。裡面有十張專業規格大小的檯球桌，檯球桌邊是彈球桌和遊戲機，在入口處有一台桌上足球。我們常在午飯休息時排隊等著玩一把桌上足球，成為下一個贏家或者被淘汰出局。食品台的前面有一些桌子和座位，一個叫戴蒙德·李的胖女人賣自製的漢堡包和炸薯條，這個檯球廳也是她經營的。如果你不惹她不高興，戴蒙德還是很招人喜歡的。

到檯球廳的時候，我已經飄飄然起來。我們去彈球桌那邊玩。有人把球從檯球桌上射了出來，那個球像彗星一樣，拖著長尾巴飛起來。我揮動雙手，它們也長了清晰的栩栩如生的"彗尾"，我用手指在空中畫畫。然後我們又去玩桌上足球。我平時對玩桌上足球特別在行，即使在抽大麻抽得神智極度恍惚的時候也沒問題。但今天卻感到特別費勁和怪異。堅硬的塑膠小人好像變成粘糊糊的橡膠做的，一點用也沒有。我們打了一兩局，然後就將之丟在一邊了。我又到遊戲機那裡玩一個跳動的人越過障礙物的愚蠢遊戲。我覺得精神極度恍惚，於是還沒用完25加分，就不再玩了。

我一轉身，差點暈了過去：巨大的檯球廳變得只有家裡客廳那麼大，檯球桌也變得只有嬰兒搖籃一般大。檯球桌的綠色桌面變成了液態，單詞和字母有如蕨類植物般在那上下浮動。一種勢不可擋的窒息感覺向我襲來，我好像要被壓垮了。我和厄爾說，或許得給我叫輛救護車來。

我們認為最好離開這裡出去散散步，於是來到一個通宵營業的小飯館，點了一些咖啡。飯館內部裝飾成桔黃色，亮麗而俗氣。我快死掉了：飯館牆上到處漂浮著報紙上關於我死亡的訃聞。兩劑迷幻劑的威力不是僅僅加倍而已，而是十倍強烈。我也許被車撞了，他們把我帶到這個花哨的飯館，等著救護車來接我，我真不知道自己能不能堅持到車來。

無處可去，我們來到了雷的家，待在他地下室的房間裡。已經是午夜時分了，一直到早上七點，我對自己這種糟糕的狀況都無計可施，只能儘量使理智的野馬在我胯下保持穩定，而不脫韁狂奔。其他人服用的量比我少，所以感覺好些，但他們也沒去上床睡覺，因為服迷幻劑時人們都不睡覺。我讓雷別再放"藍牡蠣

祭祀"樂隊的唱片，打開收音機，以便和現實世界產生一些關
聯。他又給大家端來一些水。揚聲器變成了人的臉龐，嘴裡唱著
音樂，或是說一些罵人的髒話。我的思緒打著旋，潑濺到屋裡各
個地方。房間漸漸變成了由單詞和字母組成的萬花筒。我杯子裡
的水閃爍著星星、銀河和我的思緒，它們還有整個屋子都被我一
飲而下。

　　快到黎明的時候那種眩暈的感覺逐漸消失，我已經能夠走回
家了。我居然睡得著，更令人驚奇的是，第二天除了有點恍惚，
感覺還不錯。下午我去市中心為過聖誕買了些東西，那時我已經
完全恢復正常了。

第七章：現在

　　沒有充滿情欲的桃色事件時，我就用好的音樂和藝術放鬆充實自己。有關聖經故事的繪畫作品，這個看似和曲奇毫不相關的主題，卻可以說明我瞭解她。最受中世紀和文藝復興時期藝術家們青睞的新約故事是"聖母和聖子"、"耶穌受難記"以及"受胎告知"。下面我們來逐個討論這三個題材。

　　重現母子情深一定滿足了某些深層的大眾需求，要不然何以解釋如此沒有敘述張力的畫面能讓那麼多畫家不厭其煩地進行創作？另外，這個主題給畫家們提供了描繪裸露乳房的機會。15世紀時，聖母哺乳的形象越來越多地出現在繪畫當中，尤其是在荷蘭。羅伯特·康賓在1430年所畫的《授乳的聖母》中，將馬利亞的乳房展現得如此真實性感，以至於都模糊了這幅畫的基督教主題。在社會風氣較為粗魯的時期，比如說康賓的年代，男人們可以在酒吧中或大街上扯下過路女人的胸衣，來檢視她們的乳房。尤其是在那些認為在公眾場合裸露乳房不僅是允許且是時髦行為的歷史時期，把胸部遮起來反而被看作假正經甚至是一種公然冒犯。我想在曲奇這件事上來說，我得採取某種"應急措施"。我需要做的就是把她推進樹叢撕下她的襯衫。不過這麼做最大的障礙就是那條路邊沒有成片的樹陰。

　　"耶穌受難記"當然是西方文化中最富含義的標誌——無論是掛在脖子上的簡單無雕飾的十字還是上面附有具有色情感覺的耶穌的十字。儘管極度痛苦掙扎的形象引起很多人的共鳴，但在我看來，作為繪畫主題，"耶穌受難記"遠沒有"受胎告知"蘊含的視覺上的歧義和戲劇衝突有趣。此外，"受胎告知"對於我們瞭解曲奇也更有指導意義。

　　想像一下第一個嘗試"受胎告知"這個題材的畫家是如何著手的。沒有前輩的畫作參考，有的只是聖經的文本描述。這個描

述十分精煉：一個幽靈從天而降，對一個十幾歲的女孩說她即將
受孕於上帝。畫家要自己進行諸多的思考和抉擇，才能把這段提
綱式的籠統概括變成一幅有血有肉的畫面。這個幽靈是以人的形
狀出現的嗎？——一個發瘋的強姦犯？或者畫成帶翅膀的——一
個天使？還是僅僅以聲音的形式出現——一個鬼怪？或者馬利亞
發了瘋，腦中出現幻聽？根據路加福音（聖經中對這件事的唯一
描述），馬利亞對幽靈感到“十分驚慌”。據推測她應該是尖叫
一聲暈了過去，或者一直害怕地向後退。直到幽靈顯露了神聖使
者加百列的身份，向她解釋聖靈受孕後，她才鎮靜了下來。這個
受了驚嚇的女孩別無選擇，只能盡力恢復理智，接受這令人震驚
的事實。

　　聖經中這個場景可以根據時間發生的先後順序分為兩部分，
根據提出問題/解答問題或者出現危機/解決危機來劃分：1）加百
列告訴馬利亞聖靈受孕；2）加百列對此事進行解釋（路加福音
1:28-29及1:30-38）。緊張，隨之放鬆。很顯然戲劇張力位於前
一部分。藝術家們也應當著重關注最為緊張的前半部分，而不是
後半部分的感情宣洩。

　　然而在基督教藝術家（或者他們的贊助人）看來，“聖母受
孕”是神的旨意安排的事件，整個場面應當是恢宏而昂揚的，而
馬利亞一開始表現出的驚慌與此氛圍不協調。為了解決這個問
題，他們跳過了這一段，直接給我們展示了一個平靜下來的馬利
亞。另外一種做法就是將這兩件事情合併成同步發生的——加百
列身穿如巨浪般翻滾的袍子，突然降臨，而馬利亞會意地接受了
這個安排——就仿佛她此前一直在等待這一刻的到來似的（藝術
家們慣常的做法就是在馬利亞手中畫上一本聖經，而在那個時代
根本還沒有聖經）。之後的畫家們拘泥于這種模式，無人突破。
實際上十四至十六世紀所有偉大的畫家都嘗試過以自己的方式再
現“受胎告知”。但每幅繪畫作品中的馬利亞都極端沉著冷靜，

手勢和姿態十分優雅，沒有一絲一毫的焦慮。所有的戲劇張力都在完美的平衡狀態中消失了，故事的種種危機被省略掉，取而代之的是乏味的安詳。

西蒙德·馬蒂尼的"受胎告知"（錫耶納大教堂，1333）是個例外。馬蒂尼牢牢抓住路加福音中的文字描述，為我們展現出一個看起來極為壓抑的聖母。加百列的話語用金子蝕刻的線形棒表現出來，而金棒幾乎觸到了她的耳朵。她向後退縮，仿佛身體被什麼擊中了似的，臉上一副痛苦的表情，自我保護地抓起袍子揉弄著、捂住胸口，好像被某種陽物像（那根語言線形棒）通過耳朵強姦似的，而這個陽物像正要把聖靈種到她的子宮去。儘管如此，這種強姦並不是野蠻暴力型的，而是合作型的。她的臉和下半身向襲擊者側過去，雖不情願但還是採取了一種接受態度，甚至表現出一種性愛傾向（感謝霍奇和克雷斯在《社會符號學》中的深刻見識）。馬蒂尼抓住了人物的矛盾心理與內在衝突，刻畫出震驚達到臨界點轉化為欲望之前那一瞬間的微妙感覺。這樣刻畫一是因為聖靈受孕是神的旨意，二是從審美角度來講，這一刻也需要用最令人不安的方式來展現。

如果"受胎告知"本身是一次強姦，並且是暴力強姦的話，那麼它還具有一層隱喻義，代表著一種暴力程度較低的強姦。即便是上帝也認為需要通過周密的安排和巧妙的手法來處理這件事。它發生得很快，在馬利亞意識到之前就已結束；這其中運用了暴力，引起了痛苦的反應和尖叫。雖然有疼痛，不過等她回過神來時受胎業已完成，如同牙醫在分散孩子注意力那一刻把牙拔出來一樣。不過需要說明的一點是，這不應該稱作"隱喻性強姦"，因為"隱喻性強姦"指的是在某種意義上和強姦類似的非性交行為，比如說你被迫和某個討厭的傢伙進行一場對話，感覺遭受到了"精神強姦"。我所說的是一種真正意義上的強姦，這種強姦又可以根據施暴人身體施加壓力的有無和強弱分為多種類型。

　　一方面來說，受害者對暴力行為的接受程度會影響強姦造成的傷害程度。受害者可能會無意識地表現出合作的態度，或者為減輕痛苦而採取合作策略。據說有時候女方一受到威脅（無論是真正的威脅還是她想像出來的），她就會順從並張開雙腿。一些男人當時可能根本察覺不出女方的不情願，而後卻被指控為強姦。她根本就沒有拒絕，也沒表現出絲毫的反抗，甚至極力把腿叉開，並且下體濕潤。她甚至一開始滿口答應發生性關係。那究竟基於何種邏輯仍將其稱之為"強姦"呢？關鍵在於，她不想和你發生性關係，從來都沒想過，這種想法讓她厭惡到極點。但她知道結果是不可避免的，你不會因為她的拒絕而住手，她甚至已經看到你那張殷勤的笑臉漸漸變成了暴怒的野獸。為了將傷害程度降到最低，她採取合作的態度，放鬆自己的身體，讓你盡可能容易地進去。

　　另一方面來說，有一種類型的強姦是不伴隨生殖器插入的。我這裡談論的並不是施暴者試圖插入但遭到受害者強烈反抗或逃脫，我指的是心理插入這個灰色地帶。心理插入可以表現為性騷擾的形式。在大衛·馬麥特的戲劇《奧裡安娜》中，一位教授在辦公室無心地把胳膊搭在了一位女生的肩膀上，之後被學生指控為試圖強姦。這位女生並不像前面提到的例子中那樣，採取合作的態度促成了強姦行為的完成，而是一手促成了一項強姦行為的指控。對於某些女人來說，與男人獨處一室就會給她帶來痛苦和傷害：仿佛這個男人一跺地板，她就會瓦解為碎片。我猜一定有某些女人僅僅因為某個男人名聲不好，就會說自己受到其性侵犯，哪怕有些時候指控者與這個男人素未謀面。

　　現在我們將非插入型強姦與合作型強姦這兩種概念結合起來，將它們統一稱為陽物崇拜強姦：即通過具有象徵意義的陰莖——陽物像來控制一個雖不情願但仍採取合作態度的性夥伴。

如同馬蒂尼畫中懸浮在馬利亞耳邊的棒形文字，陽物像在緩緩插入受害者大腦、直到完全進入之前遇到了很大的阻力。完全進入後陽物像如同一條看不見的鞭子拴在大腦裡。用簡單的話來說就是，這不僅僅是讓陌生人同意，而且是更為有效的一種技巧——讓其順從。讓我們先弄清楚這種順從的性質，它並不以順從本身作為目的，否則就成了施虐/受虐了。我們是要通過使其順從的手段達到另外的目的——進行引誘的捷徑。這其中並沒有用到恐懼或者威脅，而是利用了路易·阿爾都塞在《列寧與哲學》中提出的詢喚或呼叫的概念。

阿爾都塞問道：為什麼員警一打招呼喊停我們就止住了腳步？比如說，我們在綠燈亮起橫穿十字路口、不可能做錯任何事的時候？特別是這樣做可能讓自身陷於危險境地，因為停下來的動作本身就暗示我們做錯了什麼而可能使我們遭受錯誤的懲罰？既然如此我們有什麼理由在任何人叫我們的時候轉過身去？而且根據聲音我們已經判斷出打招呼的人並不是自己的朋友，那聲呼叫也不是為了提示路前方有緊急危險，我也能感受到我的錢包正牢牢呆在衣兜裡，確信自己沒有掉任何東西，為什麼我還是轉過身去回應一個陌生人呢？這是因為我們的行為並不像我們認為的那樣由自身意志控制，而實際上受控於社會意志。陌生人一打招呼我們就立馬回應，這很好地表明瞭我們每個人都是意識形態的傀儡，是順從的士兵。

這可真是個不同尋常的現象。人們都堅信自己是特別的，獨立的，自由的。畢竟，我們能隨時改變主意更換方向，開車或步行到自己喜歡的地方。諸神給了每人一些自由；到了現代社會，自由更隨之增多。我們可以選擇自己喜歡的衣服，隨意與人交往，選擇自己的生活方式和職業。我們醒著的每一刻都面臨各式各樣的選擇。儘管如此，我們還是像批量生產的玩具一樣，身上安裝著一樣的“摁我一下”按鈕。按鈕一啟動，我們就會很開心地失去自我，那虛幻的自主性也迅速分崩離析。在大街上我只需對過路的行人喊一聲"你好，查理！"，按鈕就啟動了，我就能看到一個機器隨之轉過身來。

這在任何一種文化和國家中都適用。在一些國家用來引起人們注意的是挑釁的眼神，尤其是在男性之間。美國人經常在大街上用"嗨"打招呼。中國人雖然小心翼翼但仍然比較隨意地進行目光接觸。日本人則避免在公共場合進行目光交流，只有在說話的時候偶爾掃對方一眼。無論何種國籍，世界上所有人的身體裡都有一個命令其順從的小員警，這個小員警會保證在唯一真正重要情形下的順從：別人一召喚我們就情不自禁地回應。之所以說是真正重要的情形，是因為我能不費吹灰之力就可讓你順從我，並且屢試不爽。還沒等你反應過來，我已經對你建立了某種特權。

而讓人費解的是：我其實沒有任何特權，所有的權力都是你授予我的。或許我的確有某些特權，但這只是仿製特權，是從意識形態的大庫房中借來的（你還不明白"意識形態"的含義？－嗯，創造意識形態的人是故意不讓你明白的）。我並沒偷任何東西，這東西每人都有份兒。請注意，他們不讓你拿太多，免費配給的份額非常少。不過我只需要一點點這種仿製特權，嘿，你就朝我側過身子，準備接受陽物像了。我必須快速行動，因為我只能控制你一小會兒。這時我滿臉的笑容會如同刀片切黃油一樣打消你的惱怒，讓你失去反抗能力。你沖我也笑了笑。如果再與你聊會兒天，我就為自己贏得了其它種種機會：和你一起散步，請你喝咖啡，甚至可以撫弄你的頭髮；或者讓你放下手中的活，給我幫個忙，這樣一來你就得跟我走。你在無意識中做了正合我意的事，卻自以為這正是你想要的……

幾個月過去了，曲奇還是沒有出現。我發現每次見到她都是在季節更替之時。已經進入四月了，儘管春寒料峭，天氣終歸越來越暖和，充滿了希望。我幾乎可以在空氣中聞到她的氣息。我充滿自信，覺得馬上就可以再見到她了，於是我提高了警惕，為她的到來做好準備，到時好快速出招。

事實上我在想是不是實際上我倆每天都擦肩而過，只是壞運氣阻止了彼此相遇。如果真是這樣的話，我可以做一些以前沒嘗試過的事情，使局勢向有利於我倆的方向扭轉。比如說騎車或打車回學校的時候，我可以讓自行車或計程車沿著那條路向南多走一段。坐車或騎車顯然不利於上演一場偶遇，更不用說把阿爾都塞的理論付諸於實踐了。但另一方面，交通工具給我提供了絕好的偵查優勢。在計程車裡看到她後，我可以在一個適當的位置下車，根據她要前往的方向，決定是在後面跟隨她還是從前面攔截她。如果攔截的話，我得馬上恢復鎮靜，確保邂逅成功。如果跟隨的話，我就假裝全然無意中發現了她，輕輕從後面拍一下她的肩膀，這樣就成功運用了阿爾都塞的理論，啟動了曲奇的順從按鈕。

如果騎自行車時碰到她的話，情況則有些棘手。我能製造非常棒的邂逅，但問題是，乘計程車時她看不到我，而騎自行車情況則完全不同，我害怕還沒等我認出她來，她已經老遠望到我，覺得尷尬而溜走了，使計畫失敗。一天傍晚，我騎車奔向校門口，腦子裡盤旋著這種可能性。我的天，就在這時我看到了她，她停在北外賓館的門前，在掏手機。她今天穿了件黑色大衣，戴著太陽鏡。就是她，沒錯！那高高的顴骨讓人一看便知，小兔牙在太陽鏡下顯得愈發可愛。

我得採取行動。既然她在掏手機前正順著校門口方嚮往南走，那麼我就接著向前騎，穿過校門，躲在門後她看不到的地方，拿出手機，假裝忙著發短信。如果她已經往這邊走，用不了20秒就會到校門口。要是她到校門口後不進學校繼續往南走，我也能看到她走過去，可以隨後跟上。我得想想待會兒見面用什麼樣的開場白，可千萬不要緊張得心都跳出來啊。我是等她一出現就迎上去呢，還是等她走過校門後再從後面跟上去？假裝剛看到她？

　　我很快就發現她既沒有繼續往南走也沒有進校門。我騎上車，出了校門，四處張望。她已經不在剛才那個位置了。會不會沒等我注意，她已經從校門前匆匆而過了？我騎過校門南邊繁忙的魏公村西口公車站，一直到這條路的盡頭，還是沒有發現她。我掉轉車頭，向北外賓館那邊騎過去。她會不會為了避開我或者因為辦什麼事進了賓館？無論哪種情況，我已經錯過找到她的最佳時間。跳下車走進賓館後我只來得及匆匆掃一眼前廳就又開始到其它地方找尋。我猜想她可能因為什麼原因走到東院去了，於是賭了一把，跑到地下通道去找她。但沒發現人。最後一種可能性就是不管我看見她的時候她正在往哪個方向走，現在她已經順著這條路往北去了。我向北騎去，還是不見人，於是只好承認又猜錯了。在這麼短的時間內究竟發生了什麼事？她到底去了哪裡？

第八章：現在

我對這次失敗進行了嚴厲的自我批判。錯過曲奇的原因太顯而易見了。我可以直接承認這個尷尬的真相，但請允許我採取一種更沉穩而具技巧性的方式來剖析，那就是引用莎士比亞。通過下面這個例子，就能很容易找出我失敗的原因了。

魯莽的羅密歐溜進了他家族世仇——蒙太古家的化裝舞會。剛進舞場，他就為一個美麗的女孩傾倒。怎樣才能走到她跟前說句話？細讀文本，我們得知她站在舞場的中央，羅密歐必須等音樂停了才會知道她從何處退回人群中。

> 我要等舞闌後追隨左右，
> 握一握她那纖纖的素手。

大部分舞臺劇和電影都是這麼刻畫該場景的：舞曲結束，羅密歐在女孩身邊等著她。但實際上沒有這麼簡單，他怎麼才能猜出她跳完舞後停在哪裡呢？我們可以想像一個舉行舞會的巨型廳堂，有幾十甚至上百人環繞在她身旁。如果恰巧猜對了，她可能就停在羅密歐等待的位置；但如果猜錯了的話，他就得繞過整個大廳才能走到女孩身邊。或許還沒等羅密歐走過來，她又被其他人邀請再跳一曲，那麼羅密歐就永遠沒機會靠近這女孩了。

羅密歐不僅要行動迅速，同時還得小心謹慎避免被其他人認出、引起尷尬（他不知道提伯爾特已經認出他，對此感到特別憤怒，而且將此事告訴主人蒙太古了。幸虧蒙太古生性大度，沒有下令將他驅逐出舞場）。即使他最終走到了這個女孩身邊，下一步該怎麼辦呢？他不能以正式的方式邀請她跳舞，因為這樣一來就會引起周圍人的注意。他得偷偷地靠近她，還不能使她受到驚嚇。輕喚這個女孩的名字是個好方法，只可惜他並不知道女孩芳名。

來不及思考，舞曲已經結束。羅密歐找到了這個女孩，單膝跪在她身後無人注意的地方，傾吐出他能想到的最好語言："要是我這俗手上的塵汙，褻瀆了你神聖的廟宇……"這些話聽起來是那麼彬彬有禮，因為正式而略顯生硬，但讓這個女孩在轉過頭之前就知道追求她的這個男人非常有教養（讀者可以假定她在這之前並沒有注意到羅密歐）。她略微停頓了一會兒（可能是想透過面具認出這個男人是誰，也可能是故作矜持），沒有回頭，用同樣彬彬有禮的語言回答道："信徒，莫把你的手兒侮辱……"

至此一切水到渠成了，包括那些羅密歐不能控制的因素。如果蒙太古派人把他抓起來，如果提伯爾特沒能按捺住脾氣，半途攔住了他，如果其他追求者搶先一步來到這個女孩的身邊，如果羅密歐把她嚇跑了，如果她不喜歡羅密歐，如果羅密歐的手抖動得太厲害，沒能抓住女孩的手（這倒不是由於緊張，而是身體與喜歡的人靠近時，荷爾蒙會因為強烈的欲望上升，使手抽搐起來）……但這個女孩回應了他；羅密歐的運氣很好。

從北京外國語大學出發，步行一小段就到了北京理工大學南門，這裡有家"雕刻時光"咖啡館。"雕刻時光"是一家連鎖店，根據蘇聯電影導演塔可夫斯基的一本書命名，小巧、溫暖而舒適。一些富有想像力的學生會在圖書館和宿舍之外選擇到這自習。我大概每週都來一次。一個秋日的午後，一對情侶走進了咖啡館靠裡的位置，在我身邊那張桌子旁坐下來。這個女人很迷人，讓我想起了曲奇。我又仔細看了看她，忽然感到一陣恐慌。她或許就是曲奇！她和曲奇一樣美，甚至有過之而無不及。我無法把她的面龐和我腦海中勾勒出的曲奇的容顏區分開來。她的衣著很有品位，一看便知受過良好教育。但她好像比曲奇高，坐在那裡，臀部也沒有占去椅子太多的空間。上衣很長，掩蓋了臀部的曲線。她在給一個迷路的朋友打電話，然後就走出咖啡館到學校門口去了。過了一小會兒，她和那個朋友一起回來了。從進咖啡館一直到接朋友回來，她只是不經意地掃了我一眼而已。

難道此刻曲奇的臉不應該像聖母馬利亞的面龐一樣熟悉嗎？我面臨的困惑並不是前人沒有經歷過的，這是認知能力的脆弱性和不可靠性的典型表現，這個概念早在現象學和後解構主義那裡就提出來了。曲奇的臉在我腦海中印象模糊的原因也同樣是個哲學問題：即一種稱為"創造性惶惑"的焦慮表現形式，指的是將自己處於一種無休止的恐懼中，並利用這種恐懼獲得某種益處。

恐懼本身是積極有益的，這還是我從薩德侯爵的小說《茱莉耶特》中得到的啟發。小說的同名主人公茱莉耶特陪有權有勢的政府大臣聖·豐出去散步。聖·豐是薩德筆下最為殘暴的遁世者和罪犯，他放蕩墮落、傲慢不恭、殺人成性。為了取樂在貧民區的水源中放毒，藥死所有貧民。人們覺得如此暴戾的一個人在碰到危險時應該毫無畏色才對，但事實並非如此。讓我們看一看當他們在空曠的街道上被持槍的歹徒劫持時他是如何應對的吧：

> "……等等，這到底是怎麼回事？"聖·豐喊叫起來、向後退縮著，兩個持槍蒙面的歹徒向我倆走來。"我害怕得發抖；我才不是那些表現英勇的傻瓜呢……閣下，您究竟想要什麼啊？"
>
> "你馬上就知道了，"其中一個歹徒回答道，把聖·豐綁在了一棵樹上，並將他的馬褲褪到了腳後跟。
>
> "您打算幹什麼？"

歹徒雞奸了他，然後把他放了。作者設計這個場景的目的是為了啟示茱莉耶特。茱莉耶特問聖·豐："'您剛才特別害怕嗎？'"

"恐懼至極。我可能是世上最大的懦夫,而且對此我絲毫不感到羞恥。感到恐懼是一門藝術,需要運用技巧。這是一門用來自我保護的技藝,對人們來說至關重要。在面臨危險時,將恐懼和勇敢與否聯繫起來是最荒唐不過的事情了。我害怕危險,對此我感到十分自豪和驕傲。"

我們來分析一下這種觀點。當然正如薩德說的那樣,人們應對恐懼的方式不應限於採取策略對其進行防衛。實用主義觀點是有問題的,因為它假定人們通常不希望焦慮伴隨左右,而只是不時地對恐懼加以利用。但如果培養焦慮真的是一門需要運用技巧的藝術,我們則會將恐懼本身視作可貴美好的事物,人們就會獲得一種有益生存、甚至是推動知識進步的方法。

我們是人類從來沒有探索過的領域的先行者。在波濤洶湧的海上我們應該駛向哪個方向?無論駛向何方周圍都是洶湧的海浪。為了找到方向,我們先探索一下低級的焦慮然後再到波濤起伏的汪洋中去探險吧!我現在非常清楚該從何處著手了,事情明瞭得如同射向目標的雷射光束,我從一開始就應該知道該怎麼辦的。我原來一直恐懼的東西其實是幫我找到出路的信號燈。找到曲奇的最後手段極為簡單,甚至讓人覺得有些可笑。現在該做什麼顯而易見,那就是站在西院門口一直等,等到她出現為止。

我在阿姆斯特丹的一家咖啡店買了塊大麻布朗尼,因為不想把它帶過海關,所以登機前就吃了。飛機上了跑道,而我此時已經神智恍惚了。飛機起飛升空,於我而言真是項既平凡又偉大的成就。它能飛上天簡直就是個奇跡,因為我總覺得它是用塑膠或者某種廉價五金材料做的。所有的飛機在起飛時都有些顫。但這架飛機頂棚顫抖得尤為劇烈,仿佛整個機身是用繩子栓起來的,各部位都需要緊一緊似的。這應該是我唯一注意到的事。然而大麻讓我對一切危險都無所畏懼。它能夠這麼容易起飛並且離開地面使我覺得不會出什麼差錯。好像五分鐘還沒到，整個航程就結束了。實際上是一個小時，但我吃了太多的大麻，失去了時間感。

在里茲的邊檢處。在飛機上時我用充滿詩意的好奇心反復端詳過入境登記表格，下了飛機我反倒不知道怎麼填了。這張表格被我劃去了太多內容，肯定看起來令人生疑。這個小機場幾乎沒什麼外國旅客，在外國人通道排隊的就我和馬利亞。邊檢官對我倆同時發問。

"請問你們的來訪目的?"

"目的？"我的腦子一片空白，不知道如何回答。"在表格上——"

"你打算在英國待多久？"

"嗯，大概仁星期。"

"但你填的是兩個月。"

"啊？我填了兩個月？嗯，"我開始有些結巴了，"那是我上次離開英國到現在的時間。"

無論如何我通過了檢查，但這個工作人員對馬利亞的盤問比對我嚴得多。馬利亞沒吃大麻，神志很清醒，但她來自第三世界國家，所以顯得有些可疑。

"那你的來訪目的呢？"

"我是學生。"

"沒錯。但你的簽證年底就過期了。你打算什麼時候離開英國？"

"明年一月份畢業典禮，所以我想——"

"請直接回答問題。"

"……續簽簽證。"

"請回答問題。"

"但我還需要——"

"回答問題。"

"我怎樣才能——"

"回答問題！"

我們得乘公共汽車才能到火車站。我去諮詢台問如何乘車。工作人員說起英語來發音短促，當時我以為自己聽懂了，但她話音一落我就忘了她都說了些什麼，只好跟著馬利亞走。

我們坐上了車。司機報站名跟打嗝似的。

"司機說了什麼？"我問馬利亞，但英語並不是她的母語。

"不知道。"

司機在每個網站報的站名我都沒有印象，我特別害怕錯過火車，緊張得出了一身汗。馬利亞倒是很放鬆。汽車走了特別長時間，終於到了地方。所有乘客都下了車，大家看起來就像一群去野外郊遊的患有智障的孩子，現在終於到達了偏僻的露營地。

馬利亞以前在里茲乘過火車，所以對接下來該幹什麼略知一二。即使不吃大麻，神志清醒，事情也夠複雜的了。沒有直接抵達謝菲爾德的列車，我們得乘11:35出發的開往布里斯托爾的列車，這趟車在路過謝菲爾德時會停車。我們看了看標有出發列車資訊的大螢幕，然後跑向第九月臺，因為現在已經11:30了。我們在奔跑時看到有一輛火車正在啟動。這不一定是我們要乘的火車，因為在英國的火車站，不同的列車會在同一月臺的不同路段出發。我們跑到月臺後，發現電視顯示幕上沒有標出我們要乘的那趟車。11:35的時候沒有火車開過來。又過了五分鐘，還是沒有火車開過來。如果剛才那趟正是我們要乘的車的話，它怎麼會提前五分鐘就走了呢？

我們問火車站站長這是怎麼一回事。他說電視螢幕上列出的是列車抵達的時間，而不是列車出發的時間。11:35那趟車晚點了，因為不知道什麼時候才能到站，所以電視螢幕上就沒有顯示。他推薦我們乘坐當地12:50開往布里斯托爾的一趟列車。為什麼？因為這趟當地列車肯定會在謝菲爾德停。我們要乘坐的那輛快車不會在謝菲爾德停嗎？可能不停。為什麼不停？因為你說的那輛快車晚點了，為了準時到達布里斯托爾，它可能會改路線，繞過謝菲爾德。有辦法在上車之前知道它究竟會不會在謝菲爾德停車嗎？沒辦法。

看到馬利亞也有些糊塗，我得到一絲寬慰。因為我暈頭轉向，已經掌管不了局面。問題出在鐘上。我不知道怎麼看鐘。要是電子鐘的話，事情會容易得多。但火車站裡是個圓形鐘，圓形鐘本身就會產生很多問題。因為圓形鐘不會自動告訴你時間，你得自己去識別。和火星人解釋如何識別圓形鐘的時間吧，我現在和火星人差不了多少。或者這麼說，英國和日本的車都是在馬路左側行駛的，人們如果第一次來到這兩個國家，過馬路的時候一定非常疑惑，不知道該往哪邊看，對不對？這是一個對稱性的問題：在對稱圖形中往哪邊走都行。現在是11:45，或者是12:45。時針在12的左邊：離12很近，正向12移動，屬於12。如果時針在12的右邊，那它就該屬於1了。或許不是。

我在第九月臺時面臨的是類似的窘境。我們趕到時一輛列車正在啟動開走，我們有充分理由相信那就是我們要乘坐的列車（到現在我還不太相信那趟車不是我們的）。一般來說，最好乘坐已經到達，準備出發的列車。如果要開的這趟正好是你要乘的那列，就更應該馬上跳上去了，而不要在月臺等待下趟車。如果即將到達的列車是你要乘的班次，你運氣很好。如果即將到達的和已經開走的一樣，都是你要乘的班次，你的運氣也很好。如果已經開走和即將到達的一樣，都不是你要乘的班次，該怎麼辦呢？無論哪種情況，乘坐已經到站、即將出發的火車都比在車站裡等待還沒來的一趟車要好，因為即將出發的火車就在月臺裡，是真實存在的，你可以跳上去。而另一輛還未到達的車，也就是所謂的布里斯托爾號列車，只不過是個假設。

讓我再重新解釋一遍。一列火車已經開走了，而另外一趟晚點的火車還沒有到達。也許這兩趟車是同一班次，這就相當於只有一趟車。無論是哪種情況，問題的關鍵或許和火車無關，問題出在時間上了。我得先把圓形鐘的問題解決掉，然後火車就會到達。我得學會辨別時間。11:35。我又看了一遍，還是11:35。時間實際上已經靜止了。這是不是因為我們站在那裡什麼都沒做，沒有跟上時間，所以時間就靜止了？我覺得儘管時間靜止了，我們卻正在丟失寶貴的時間。要使時間向前走，我們得做些什麼。而如果時間向前走，我們就獲得了時間？既然獲得了時間，我們怎麼會覺得丟失了時間呢？我又看了看鐘。毫無疑問，秒針一直在走。走向哪邊？這我可就不知道了。走向11:36還是走向11:34？哪一刻先到來的，11:36還是11:34？

我又使勁看了看表。儘管特別想弄清楚，可我就是不知道現在是11:45還是12:45。因此我就不知道現在是該跑向月臺趕火車還是坐下來喝點東西放鬆一下。迫於情況的緊急性，我只好向馬利亞求救。“你看看那鐘，現在是幾點啊？”

她看著我，眼珠子都要掉出來了，倒吸了一口氣，“難道你不知道？”

第九章：過去

接下來那年夏天，我父母的生活起了一些喜人的變化。喬開始休假，有一年的時間都不在學校教課，而是去歐洲做研究，為他正在撰寫的關於德國著名神學家魯道夫·布林特曼的書收集材料。他們邀請我一起去，我們大部分時間都將在德國的瑪律堡度過。和他們朝夕相處一年是個嚴峻的考驗，但我特別想抓住並利用這樣的好機會。

我們到瑪律堡後的第二天，他們就不那麼友好了。他倆制定出了一些新規矩和宵禁，讓我每晚11點之前回家睡覺。我一年的時間都必須遵守這些規定，最短也要堅持到來年春天十八歲生日那天。那時我就成年了，如果因為任何原因他們對我的表現不滿意，就可以把我攆回加拿大。喬再次威脅說要送我去參軍，但我知道他只是說說而已，因為等我滿十八歲時，他就會失去對我的法定監護權而無法干涉我。除了宵禁之外，我每天還必須花兩小時和弟弟彼德玩耍或者做家務，另外兩小時學德語。

他們把我送到當地的一所重點高中。因為德語不夠好，我只能是借讀生，而不能成為正式註冊的學生。我被安排到由從職業培訓學校轉過來、年齡比我大的學生組成的特別培訓班上課，那些學生已經學習微積分了，他們的化學和物理比我在加拿大的課程也要深很多，我只能記下自己並不理解的筆記和表格，儘量學一些德語單詞。

他們還讓我參加了社區的銅管樂隊，練習單簧管。自初中起我就開始吹單簧管了。當時在埃德蒙頓的時候，他們就讓我參加了一個類似的樂隊，但那時整天練習的軍隊進行曲特別無聊，我極其厭煩。瑪律堡銅管樂隊中上了年紀的老年演奏者才會練習類似的音樂，這次我只堅持了一次排演，就再也不願去碰那破玩意了。每週一和週三我拿著單簧管裝作去樂隊練習，實際上去了一個叫作米立·萬尼的酒吧。

酒吧採用黑色的裝潢基調，座位一排排按照劇場風格排列，環繞著一個很小的舞池。德國女孩喜歡隨著平克·弗洛依德樂隊和創世紀樂團的音樂閉著眼睛在那跳舞，瘋狂地甩頭髮。牆上掛著一幅特別妙的畫，吸大麻吸得精神恍惚的耶穌基督坐在石頭上，呼出的煙圈和他腿上煙斗中冒出的煙形成一個十字。我通常點阿爾特——一種世上絕無僅有的德國桶裝黑啤——偶爾點比爾森；女孩子們通常點比爾森啤酒攙可樂而成的迪塞爾。

各種瘋狂的人都出現在這裡，有當地的精神病患者、海洛因成癮者，還有從非洲來的一幫小盜賊。一天晚上我交了兩個朋友，他們是附近吉森基地的美國現役陸軍士兵。其中一個人特別健談，他很喜歡高保真音響，極力讚揚陸軍交易所的馬蘭士唱盤。他告訴我他那個安靜不愛說話的朋友崇拜魔鬼、吮吸陰莖。但我們也得尊重彼此的差異，他說："你喜歡給人吹簫那是你的事兒，跟我沒關係，只要別吹我的就行。"

我每晚都在米立待很長時間。不過如果是週一和週三的話，你會看到我腿下挾了一個裝單簧管的匣子。我害怕父母問我樂隊什麼時候舉辦首場公開音樂會，不過很奇怪他們從沒問起過。

為了讓我更有組織紀律性，喬還打發我獨自去柏林、阿姆斯特丹和布魯塞爾旅行。我當然喜歡一個人去遊覽這些城市，或許還應為這種機會心存感激才對，但這安排背後喬同樣也是不懷好意的。為了讓我學會節約，喬只給我每天五馬克用來吃飯（這是將火車票與青年旅館的費用扣掉後剩下的錢）。他告誡我，這些錢不夠在餐館裡吃飯，但可以在雜貨店買一些麵包和乳酪，也許另外還買一些博物館的門票。

阿姆斯特——布魯塞爾之行的最後一天，我身上沒錢了。無事可做，我白天在布魯塞爾火車站閒逛，等晚上那趟回德國的火車。一位身材修長的年輕人向我走來，和我坐了片刻，然後讓我跟他走。他把我帶到附近的一個咖啡亭品嘗濃縮咖啡。他非常肯定地說比利時啤酒是世上最好的啤酒（我當時將信將疑，但後來發現這種說法是對的），然後把我帶回了離火車站好幾站遠的住處。他讓我放心，說一定會按時把我送回去。

他那只有一間屋子的公寓裡有個小廚房，地上還有張床墊。我們一到那裡，他就拿出一本色情雜誌讓我翻看。

"啊，真夠硬的，"他撫摩著我的勃起說道。

他拉開我褲子的拉鍊，把陰莖含在嘴裡，然後把我拉到了床上，想和我肛交。雖然特別疼，但我還是順從了。到德國後我還沒和女孩子上過床。欲火中燒的時候，被動的刺激也比什麼都沒有強。他開玩笑地警告我說，我最好在他室友回來之前離開，要不然他室友也會想幹我。他快速地給我做了個荷包蛋當晚餐。這時他室友真的回來了，那人一頭金髮，沖我燦爛地笑著。但我得走了，他把我送上回火車站的公共汽車。

我十八歲生日終於到來了。早上起來，我們一家人把行李打包放到汽車裡，準備從瑪律堡開到比利時海岸，然後再乘船去英國，喬在那裡還要為寫書做更多的研究。當我把一件行李放進後座卻掉下來的時候，這天的氣氛就開始變了。

"我就知道會這樣，"喬沖我喊道，"你他媽的這麼無能，連最基本的活兒都不會幹。" 他雙手發抖地指著我，"你都十八歲了，卻還像以前一樣毫無希望。你沒有前途，以後就洗盤子去吧。等一回加拿大，我就送你參軍去。這是你好好表現的最後機會，要是你還像以前那樣沒有一點陽剛之氣的話，我今天就把你攆回家當兵去。"

開往比利時整個途中我們一句話也沒說，晚上在住宿的汽車旅館吃晚飯時也沒人說話。我母親很自然地配合著喬製造的氣氛，她從來沒有站出來為我說過一句話。

晚飯後我就逃走了，沿著高速公路一直走到天橋，從橋的一

邊一直走到頂端，然後在橋欄杆上坐了下來。我卷了一根火煙，
向下看著遠處那個刻薄可鄙的傢伙寄宿的汽車旅館。我開始思
考、審視自己人生的新開端。喬用他的歇斯底里來慶祝我正式成
年，而他那毫無來由的激動情緒似乎和在我面前伸展綿延的單調
乏味景色有些共同之處，儘管滑稽可笑但還是有一些值得深思的
意義的。我要靜靜等待有利時機。目前這種生活最好的調劑品就
是把一個女孩弄上床。我們在英國將待六周。我做了個計畫，每
天無論如何都要新結識一個女人。在42個女人之中，光憑概率的
話，也會有一兩個和我上床的。

　　我們在劍橋七公里之外的村莊租了一間茅草屋。這個屋子有
500年了，院子裡停了一輛吉普賽馬車，而旁邊的教堂也同樣歷史
悠久。房子很小，讓人感到幽閉恐怖。木制頂棚的橫樑是按照莎
士比亞時代人們的身高建造的，我經常把頭撞到上面。喬每晚都
長篇大論地教訓我母親，直到把她弄哭為止。馬克學習爬行時遇
到了問題，而他們沒有讓我幫忙給馬克做做鍛煉，對此我真得心
存感激。不過他們巴不得我壓根就不在身邊，很快我就會讓他倆
稱心如意的。

　　我長時間地沿著小路和當地鄉村的草地散步，沉浸在頭腦中
不斷演奏的巴赫管弦樂組曲那跳躍的笛子和頑皮的雙簧管聲中。
這得感謝喬買來用於提高自身修養、但只有我一個人聽的磁帶。
我每天都會找到一個沒去過的酒吧，在那裡待上一段時間，直到
把一品脫啤酒喝完。每星期的零花錢有限，只夠買一品脫的酒。
令人沮喪的是，顧客都是男的。

　　每天都有一趟巴士開往劍橋。但我寧願步行兩小時去鎮中
心，好省下那珍貴的零花錢。我在那裡遇到的女人都是酒吧或者
咖啡廳的服務員。她們願意和我聊天，但我連買第二杯飲料的錢
都沒有，更沒錢和她們約會了。我只能憑藉一個十八歲英俊害羞
男孩的魅力來找約會對象。

　　一天我在國王十字路口的咖啡廳遇到一位深色頭髮、名叫珍的服務員。她在地下一層的酒吧工作，白天客人很少，她就在空閒時和我聊天。身穿牛仔褲和條紋上衣，和我並排坐在凳子上，她看著就像是個顧客。那時候關於女人，我已經有了明確的品味傾向，我喜歡身材豐腴的類型。珍的臀部和乳房特別豐滿，很是吸引人，而且她長得非常美，性感迷人。第二天我又來到那個酒吧。當她下班的時候，我約她出來喝杯酒。她接受了我的邀請。但我倆走出咖啡廳那一刻，她沒做任何解釋，忽然說到："艾沙姆，對不起，但我不能去。"

　　不知道如何應付這個局面，我灰溜溜地離開了。

　　為什麼人們非要如此頑固總是讓人難以接近，而不惜一切代價拒絕享受簡單美妙的時光呢？珍對我有足夠好感願意花兩個下午和我聊天，也肯定知道我對她的渴望。我已經愛上她了，可以立刻娶她為妻。即便她遠遠不能滿足我所有的期望——實際上她只需與我共用幾小時的床第之歡——也已經足夠讓我心滿意足了。如果她的住處不太方便，那她肯定有熟人可以幫忙的。再說天氣暖和，我們也可以在公園裡小心謹慎地做愛啊。如果她已經有男朋友了（她根本就沒提過男朋友的事兒），那又怎樣？當晚我就可以心甘情願地把珍送回給那兄弟。沒錯，我會迫不及待地希望能夠再次見到她，但我同樣接受現實，雖然心酸難受，但會遵循交換法則，顯示出我的風度：既然接受了珍的恩惠，那麼我就會在事情過後完璧歸趙，立刻把她送回去，就像什麼事情都沒發生一樣。

　　在遭到珍斷然拒絕的幾天後，我無意中發現了另一家酒吧。這裡有很多年輕人，音樂盒裡播放著吉米·亨德里克斯的音樂。我遇到個和我同齡的名叫卡門的西班牙女孩。她長得並不漂亮，但看著挺舒服的，她好像也很喜歡我。第二天我來到酒吧，又碰到了卡門。傍晚時分我倆已經躺到外面的草坪上親吻起來了。她住宿舍，我們無處可去。時間已經很晚，我得回家了，我們約好明天再見面。

我走到城外的高速公路搭車，此時我知道自己肯定很晚才能到家。沒人停車，我最後一路走了回去。已經過了午夜時分，喬站在門後等著我，像往常一樣把手放在門把手上，好讓我知道撞門的時候是誰在那裡開門。在那種情況下他不能夠立馬把我撞出家門。身處異國，如果他甩東西讓我滾的話，會給自己招來一系列法律問題。為了更有效地擺脫我，他都一步步安排好了。他讓我收拾好東西第二天去德國，在那裡等他們幾周後回來送我上飛機回埃德蒙頓。

第二天早上他先帶我去了當地的心理診所，和醫生說我用暴力威脅我母親，需要藥物治療。他在講述這一派胡言時有板有眼、義正辭嚴，這讓我很難辯駁。我沒有辯解沉默地坐在那裡。醫生給我開了一些鎮定劑，但我什麼都沒吃。

我們之後去了倫敦，然後乘火車到海邊搭船。為了確保我的確上了火車，喬也買了一張票，就坐在我後面。在火車上他非常詳細地告訴我之後的行程安排：允許我待在瑪律堡公寓是因為當地的青年旅館不允許人們連續住三天以上，而他們要一個月後才回來。在這一個月中不允許有任何人來探望我。他們給了我鑰匙，還有買生活必需品的錢，等他倆回德國後要先把整個公寓檢查一遍，確保我沒有偷任何東西，然後才會把我送到機場。

一登上英吉利海峽的渡船，我就擺脫掉喬了。我在英格蘭只待了倆星期，但可以在德國度過寶貴的四周，我打算好好利用這段時間。我和船上一位來自南非的姑娘搭話，聊了很長時間。我很想和她一起睡，但怎麼才能辦到呢？黎明很快來臨，船上沒有咖啡，她笑著長歎了一聲，說早上如果沒有咖啡的話，她一天都打不起精神來。這句普普通通的話一直留在我腦海中。我父母從來沒說過這樣的話，他們根本不會這麼輕鬆幽默，所說的一切無不尖酸刻薄。

　　在回到米立·萬尼酒吧的頭一天晚上我遇到了以前從沒見過的兩個女孩，瑪雷娜和瓦爾特勞德。她倆都比我大一歲。瑪雷娜有一頭深色的金髮，藍眼睛，一張非常漂亮的德國人輪廓分明的臉；瓦爾特勞德有深色的皮膚和豐滿的胸脯，長得好像吉普賽人。我為瑪雷娜傾倒，很快就愛上了她。第二天她倆又來到酒吧。瑪雷娜把衣服拽來拽去挑逗我，一會兒拉向這，一會兒扯向那，直到乳頭都露了出來（德國女人通常不戴胸罩）。但我倆沿著市里的古老城堡散步、單獨在一起的時候，她又變得很嚴肅，談了很多"信任"的重要性。她允許我用胳膊摟著她，但不能吻她。我和她的進展很慢，受盡了煎熬，而寶貴的時間飛一般過去了。

　　一天晚上在米立酒吧時，瑪雷娜告訴我她忘了帶鑰匙，晚上沒地方去。我邀請她到我的公寓過夜，她答應了，但警告我說，"我不跟你睡覺。"[2]

　　我們沿著山路向上走了二十分鐘來到我的住處。到家後我放了一些音樂。她很累，想上床睡覺。我讓她睡在我對面彼得的床上。她側過身躺著，背對著我。我整晚都沒有睡著。陰莖非常痛苦地一整晚都保持著勃起狀態。我看到她的側影隨著輕柔的呼吸在黑暗中一起一伏，不知道該怎麼辦才能讓事情有所進展。或許只要她友好地和我說句話或是沖我微笑一下就行了，但她安靜地躺在那兒，離我似乎特別遙遠。

　　第二天我倆又回到了酒吧，在和我爭爭吵吵很長時間後，她終於說出了心裡話："你昨晚為什麼不用胳膊抱抱我？"

　　那之後接連幾天她都躲著我，或者只允許我在酒吧和她喝酒。時間所剩無幾了。她答應參加我同學托斯頓在家裡舉辦的派

---

[2] 原文為德文。

對。大家都離開後，托斯頓開始清掃房間。我把瑪雷娜拽到托斯頓床上，第一次和她熱吻起來，她撩起襯衫，讓我撫摸她的乳房。第二天晚上，我倆在米立酒吧臨近舞池的一個角落裡擠在一起，音樂聲很大，這樣她就不會和我說個不停、分散我的注意力了。她允許我撫摩她裙子下面大腿的內側，讓我把手一直伸到從內褲邊側露出來的有鬈曲的陰毛的地方。

　　第二天我父母就回來了，他們開車把我送到機場，只給了我少得可憐的35加元，供我維持到在埃德蒙頓找到工作和住處。

第十章：過去

回到埃德蒙頓後，父母不讓我住進他們的房子，我又找不到有地方留宿我的朋友。當年取報紙的小屋附近有個公園，於是我第一個星期就睡在那兒的灌木叢中。頭一天早上，就有人路過，把我絆醒了，原來是身穿蘇格蘭裙的風笛演出團正在進行演出排練。

我在一家豪華的義大利餐館——皮耶羅找到了一份勤雜工的工作。我用第一個月的預付工資租了阿爾伯特大學附近的一間地下室。幾個月後，我已經晉升為侍應生，身穿燕尾服幫客人在食物上澆白蘭地等酒類、然後將之點燃。快到年末時，有一天飯店毫無緣由地宣佈停業，此時我已經攢夠了回德國的機票錢，另外還有一些結餘，我希望這些錢能夠支撐到我在歐洲找到一份穩定的服務生工作。但在飛機起航前幾周，發生了件令人分心的大事，差點擾亂了我的行程。

我結識了一些新朋友。其中兩個是在餐館認識的：伯里斯來自保加利亞，個頭很高，長著濃密的黑髮和鬍鬚；另外一位叫沃倫，舉止溫和，是名廚師。伯里斯是個出色的服務生，但他急於把遇到的每個女人都勾引上床，讓一些人覺得他腦子有問題。而他媽媽印證說他小時候被一匹馬踢中了頭部，至今沒有完全恢復。沃倫和伯里斯正好相反，有些憂鬱，是個溫順的小跟班。我介於這兩個極端之間。我們三人個性互補，下班後經常去伯里斯的住處小聚。我喜歡放一些古典音樂的唱片。伯里斯討厭古典音樂，每次被我逼著聽音樂時就動作誇張地模仿樂隊指揮。

另外就是迷戀迷幻劑的一些朋友。我從高中認識的經常在吸煙室出沒的道格現在已經上大學了。在校園中他可真夠引人注目的——剃了個光頭，身穿自己用麻布袋縫製的衣服，走路時連蹦帶跳。通過道格我認識了同畢業於思科納高中的保羅，不過我從德國回來後才知道他。保羅是英格蘭移民，本來篤信基督教，但被迷幻劑變成了哲學家。通過保羅我又結識了米克。他是個很有口才和文化的同性戀，一頭亂七八糟的紅髮，小珠子般犀利的眼睛，一張無論18歲還是80歲看上去都差不多的面孔。米克租了一套老房子，門牌上寫著沒有任何含義的德國單詞"威格法威德"。

　　一天傍晚，我們和另外一些朋友圍坐在"威格法威德"大橡木桌旁。他們弄到了一些"綠色顆粒"。道格昨天剛試過這種迷幻劑，說自己已經被搞得一團糟。在我嘗試過的迷幻劑中，唯一發揮效力的是吸墨紙，但道格的親身測評不可小覷。除道格外（迷幻劑不能兩天連續使用），其他所有人都嘗試了，他們邀請我也用一劑。我有些不情願，迷幻劑已經是幾年前的事了，現在我最不願意做的就是再進行一次糟糕的"旅行"，況且現在也沒心情。不過這是個好機會。對著這個綠色小球兒思考了好久後，我妥協了，拿小刀將它一切為二，放一半到嘴裡。如果效力不是太強、能夠控制的話，我待會再服用剩下的那半。

　　我們開始玩大富翁遊戲消磨時間，等待迷幻劑發揮效力。一個小時後迷幻劑開始見效，遊戲變得荒謬可笑，我們都沒數各自賺了多少錢就不玩了。在接下來的一個小時中，我似乎沒感到迷幻劑的效力加強，反倒怪異地感覺一切正常——但行為已經開始有些詭異了。我伴隨著身歷聲音響中的貝多芬第七交響樂詼諧曲模仿兔子跳來跳去，接下來又換了張貝多芬第六交響樂的唱片。音樂聲太過激烈，於是我和米克去外面散步。路過社區內的一座教堂，我倆將那裡為募捐者們設立的"拐彎停車處"的標誌誤讀為"天使停車處"[3]。我大笑起來，這時感覺比剛才恍惚了好多。

　　我倆走回去後，我給正在上班的伯里斯打電話。他吸食大麻

---

[3] 英文中拐彎"Angle"和天使"Angel"一詞相似。

已經很長時間，但從來沒有試過迷幻劑。他不認識"威格法威德"的任何人，想讓我去他工作的市中心夜店接他去米克的住處。米克想和我一起去。我倆駕車在伊莉莎白女皇路往北走，穿過第105號聖橋。我一邊開車一邊覺得道路自發地捲起來，此時我已經暈得一塌糊塗。到了夜店，沃倫跟在伯里斯身邊，他也對迷幻劑感到非常好奇，想試一試。我跟伯里斯說自己開不了車了，把車鑰匙給了他。我警告他倆最好不要嘗試："綠色顆粒"對初次嘗試者來說效力太強了。

來到"威格法威德"後，保羅賣給伯里斯兩劑。伯里斯開車回去了，我會在第二天早晨去他的住處與他和沃倫碰面。與此同時，我儘量調整自己，適應迷幻劑產生的巨大效力。從餐廳進入廚房後，我感到迎面吹來一陣冷風，聞到新鮮雪花的味道，松樹針葉從我臉上劃過——這幻覺源于我眼角餘光掃到牆上那幅俗氣的日曆風景畫。我給自己倒了杯蘇格蘭威士卡，放在廚房工作臺上，卻看到胳膊穿過了檯子。迷幻劑帶來的感覺太過強烈，我很不舒服，需要離開這裡。走出門後，我回頭望向廚房，發現米克笑眯眯地凝視著我。

整晚都感覺不適。我開始朝教堂走去。在絕望中，我呼喚愛，一枝巨大的畫筆嗖嗖地揮舞出充滿愛的圖畫，那股強大的力量把我轉向了相反的方向——北方。我和幾排玩具士兵列好隊形、伴隨著貝多芬第七交響曲的詼諧曲齊步向前走。和這段音樂交替進行的是第六交響曲中的第四樂章"暴風雨"，那激烈的旋律如颶風般將我捲上空中，猛力把我吹到了薩斯喀徹爾路上。我走下一段長長的階梯，進了峽谷，想從河流中尋找一些安慰。但那裡一片漆黑，嚇得我轉身就跑，而這時陡峭的木頭臺階開始變成橡膠做的，從腳底塌陷下去，我只好一路掙扎。

我向西走經過學校，然後向南，繞過梅菲爾公園的拐角。我現在比以前任何時刻都要恍惚。我穿過第109號街道，這條街我在過去幾年曾上百次經過。我向大街南面望去，長長的下坡道路綿延向遠方，幾英里外的路面也清晰可見。這個時段街上沒有汽車，馬路表面混合著霜凍和汽油，熠熠發光，同時還充滿敵意地翻滾著單詞和字母。我完全看不出拼寫的是什麼，因為數量太多了。它們是從我身體裡悉數吸出的記憶，鋪在這柏油馬路上。而我變得空空如也，只剩下嘴裡一股討厭的金屬味。我的肌肉變得酸痛，走路都有困難。我亂作一團，毀掉了自己的身體，葬送了自己的前途。

黎明之前我回到了"威格法威德"，發現米克仍坐在廚房中笑眯眯地看著我，就像一直在那裡等著我似的。他手指夾著另外半顆迷幻劑，生怕我忘了。我來到客廳，和其他人一起坐著。保羅正在討論著什麼事，沒人注意到我。米克為我端來一杯放了一小片檸檬的水。幾分鐘後有人告訴我米克把那半顆迷幻劑放到我的水裡了。我到廚房去找他算帳。他舉起一張紙，上面寫著"哎喲"。我跟他說自己好像躺在手術臺上，聽憑別人擺弄。值得欣慰的是，我覺得迷幻劑的效力開始慢慢減弱，身體已經對另加的劑量產生了抵抗力。但我仍然特別暈，對自己的驚恐狀態無計可施。

米克幫我打電話給伯里斯，看他和沃倫現在怎麼樣了。我只聽到他們對話的隻言片語，伯里斯"聽起來好像精神錯亂了"。

迷幻劑效力減弱要分好幾個階段，如同從幾千英尺高空降落的飛機一樣。我在抵達下一個階段後，才放鬆下來，走出廚房，坐到客廳的沙發上。天開始一點點亮起來，大家都上床睡覺去了。在米克收藏的唱片中我先挑了一張斯特拉文斯基的《火鳥》，然後又播放了一張從沒聽過的舒伯特第五交響曲。伴隨著這飄渺得有如來自另外一個世界的音樂，我很開心地意識到後來那半顆迷幻劑並沒有發生太大作用。窗外的單詞、字母依然還在到處飛舞，但已變得舒緩優雅並與音樂相融合。這是我記憶中最為動人的清晨之一，儘管此時仍舊感覺支離破碎。我非常喜歡舒伯特的唱片，決定把它拿走，米克沒有權力阻擋我。

他中午的時候起床了，我倆走向位於城北一英里遠的伯里斯的住處。過了第109號聖橋後，我們在一家酒吧停下來要了一瓶吉尼斯啤酒。藥效已差不多減退了，但我仍感覺好像撕裂成兩半似的，不大對勁。

伯里斯與沃倫也基本從迷幻劑中緩過勁來了。他對此沒有多說什麼，只是搖搖頭，輕描淡寫地評論道，"我還他媽的一團糟。"他說牆上倫勃朗那幅一男子觸摸一女子胸口的圖畫整晚都在不停地移動。黎明時他們到樓頂上看了日出。沃倫看起來疲憊不堪，仿佛受到很大的驚嚇。此後的幾天他兩眼發愣，儘管舉止和往常沒有什麼異樣。顯而易見，他的"旅程"極度恐慌、令人震驚。

伯里斯和沃倫開車去漢堡王買吃的。米克和我走去保羅的住處。原來他家就在附近，他現在已經到家了。保羅說我那種焦慮緊張、支離破碎的感覺是所有像我們這類具有創造力、常被疏遠的人普遍會經歷的。這種感覺或許要過好幾年才會消失，所以我最好適應這種狀況。為了幫我看清這種困境，他給了我一本科林·威爾遜的《另類人》。

飛機起飛前的幾天特別糟糕。每早起床時我都會經歷一些閃回鏡頭，在傍晚時達到高峰。"閃回鏡頭"是形容重現迷幻劑情景的一個詞語，但這種說法實際上並不準確，我並沒有重現任何事情，因為那些情景從來沒有完全消失，也就無從談起開始重現什麼。我還感覺十分恍惚。單詞和字母仍然到處都是，但不怎麼活動了，像熟睡的蝙蝠收起翅膀那樣藏在木牆中。只要吸一點大麻，它們就活躍起來。有時即使不吸，它們也會活動起來，尤其在黃昏時分。各種顏色絢麗奪目，超市宛如地獄一般難以忍受。我覺得自己分裂了，在最為焦慮的時刻，簡單的對話都變得吃力起來。

　　我下定決心，無論這輩子是否為之所累，也絕不讓這討厭的狀態攪亂我的計畫。就像什麼事情都沒發生一樣，生活照常進行，我還逼迫自己去做那些平時不敢做的事情。一天晚上我去看根據黑塞小說新改編的電影《荒原狼》，那是我最喜歡的一本書。雖然這部電影仍使我感到害怕沮喪，扮演赫爾米娜的法國女演員多明尼克·桑達卻讓我感覺寬慰開心，她和瑪雷娜出奇相像。

　　我回到歐洲的第一站是瑪律堡。瑪雷娜從來沒有回復我的信件，但瓦爾特勞德卻一直和我有書信往來。她倆發生了爭吵，與此同時瓦爾特勞德對我產生了興趣，邀請我和她住在一起。她是個誘人的候選。但我對她在過去一年中互通信件建立起來的幻想剛到德國就被擊了個粉碎。她和過道對面的一個小夥子住在一起，告訴我在她那裡只能住幾天。瓦爾特勞德房間裡每一寸裝飾都採用了黑色：牆、地板、天花板、鋪蓋和毯子，她所有的衣服也是黑色的。我自慰過後思量著是把精液從她的床單上擦乾淨還是留在那。過道的淋浴需要投錢才能使用。

　　我去米立·萬尼酒吧重尋美好時光。我萬分想念瑪雷娜，但並沒預料到會在這趟德國之行中碰見她，因為瓦爾特勞德說瑪雷娜早已不再去米立·萬尼酒吧了，哪也找不到她。我回到酒吧的頭一天晚上，還沒來得及舒舒服服地在面向入口我以前常待的的角落站穩，就有人把門簾撩開，探進頭來。竟是瑪雷娜——但還沒等進來就又消失了。她一定看到我了，於是驚愕地縮了回去。五分鐘後她回來了，小心翼翼地坐到吧台旁邊的長椅上和酒吧侍者聊天。我倆的目光交織在一起。她跑過來，用胳膊抱住我。幾天過後，她答應讓我請她在一家昂貴的飯店吃牛排、喝紅酒，拋給我一絲虛無縹緲的希望。

　　我的下一站是通向共產主義東方的神秘之窗——柏林，我決定在價錢能夠接受的住處安頓下來後就仔細流覽這座城市。大部分的男性都在二戰中犧牲了，城中到處都是擁有寬敞公寓、為遊客提供出租房間的上了年紀的寡婦。一家旅遊中心安排我住到一位波蘭血統的老婦人家中。

我開始尋找服務生的工作。我來到一家看著不錯的餐館，領班讓我跟她來到二樓，把我引領進店主的辦公室。他十分友好，十分欽佩我大老遠跑來這工作的進取精神、會講德語的能力以及對古典音樂的熱情，他恰好也酷愛古典音樂。他願意雇用我，不過工作簽證的審查需要很多文書工作，要去多家政府機構遞交各種表格和蓋章，得跑幾天。最後一項要求是拿到房東簽字證實我的住處。

但這位波蘭老太太一直給我添麻煩。一天早晨她指責我沒刮鬍子。第二天她又斥責我沒有去麵包店取麵包，她聲稱在頭一天晚上已經交待過我這事了。她還讓我陪她去跳蚤市場，一路上把我當作三歲小孩似的批評教育個不停。越來越顯而易見，這個女人精神有問題。正如我擔心的那樣，她拒絕在表格上簽字。其實這也算不了什麼，我到旅遊中心再找個新住處就行了，或許在搬進新房那天我就能得到需要的簽字證明。但我當時心情變得特別懊惱，馬上啟程去了阿姆斯特丹和倫敦。

剛一離開柏林，我就開始後悔自己的魯莽決定，意識到這是我生命的轉捩點之一。我本可以在這座滿是知名優雅餐廳的城市呆上幾年或是幾十年，興許瑪雷娜也會最終來到我身邊。

在阿姆斯特丹我發現了無與倫比的"銀河系"——在廢舊工廠搭建起來的反文化大集市。嬉皮士們坐在波斯小地毯上出售或是交換大麻、煙斗和其它嬉皮士的用具，另外還有縱橫交錯的展覽館，裡面有現場的搖滾樂隊表演、藝術展、電影——幾乎是你能想像到的所有東西。在北美我們也能找到這些東西，但不會是在同一個地方！

　　倫敦沒有工作機會；那裡的飯店不支持工作簽證。我的錢快花光了。我想出了一個新計畫：在法律允許打工的地方找個工作，攢夠錢後再回歐洲。我跳上了萊克航空飛往紐約的航班。

第十一章：現在

走進印度任何一座城市都像是進入到骯髒的垃圾場，只不過這垃圾場周圍堆滿的不是成群的蒼蠅，而是熙熙攘攘的人群。瓦拉納西也不例外，它是我見過的最奇怪的城市之一。但當你被人流推揉著深入這座城市，就會發現一切的骯髒、不規整開始變得井然有序了。凌亂的城市佈局凝結成蜂巢狀，裡面分佈著彎彎曲曲的街道、眾多的店鋪、嵌入牆內猶如鏡子般的神龕，它們都通向河邊石階。就在你以為陷入了迷宮的時候，一條窄巷把你帶入到一片露天場地，旁邊是石階，順著石階向下走，就到了恒河碼頭。瓦拉納西沒有市中心，只有眾多胡同、小巷引領你到舉行宗教儀式的場所。以宗教為中心設計的城市就是這樣。到這裡不為淨化靈魂或尋找死後歸宿的人只有旅客。

瓦拉納西沐浴在靈光之中，但宗教並不是把我吸引到此的原因。日本人特別青睞這座城市。最近日本遊客的數量似乎超過了其它任一國家的旅遊者，佔據了這座迷宮中可以免費上網的咖啡館。為歡迎日本遊客，瓦拉納西似乎突然湧現出許多專門為他們建造的街道。一些日本人和印度人結婚，留在了這裡。日本人來瓦拉納西的朝聖之旅真是有趣的奇觀，因為他們來到這裡並不是出於對印度教的信仰，我並沒看到日本人在恒河中沐浴。對此我有一套自己的理論，這是文化互補模式的一種表現：日本是有效利用每寸空間的當代典範，而瓦拉納西的有序佈局並不基於人工精心設計，而僅僅是隨著時間推移自然形成的。日本人來到這裡不僅是向瓦拉納西致敬，更是向城市這個概念致敬。

在我從亞格拉乘火車去瓦拉納西的路上發生了一件事。導遊讓我們在屯德拉火車站下車，之後我們就跟著人流進了大廳。我把票給資訊亭的人看了看，想確認發車的月臺。"2/3臺,"那個人說道。"2月臺還是3月臺?"我問道。"都行,"那個人很不耐煩地揮了揮手，讓我們趕快走。

　　2/3原來是一個月臺，左右兩邊各有條車軌。我們來早了，想找個地方坐下。沿著月臺向前走沒找到空座，所以就往回走，在大廳前找到了一塊露天的等候區。長椅和地板上都睡滿了人，大部分是男人，也有少數婦女。地上佈滿一層從頂棚落下的鳥糞。我們找到塊兒稍微乾淨些的地方。黑暗中現出幾個十幾歲男孩的身影，在那裡定定地瞅著我們。我們對這種骯髒不祥的氣氛感到很不舒服，於是離開那裡，重新找休息的地方。無意中發現一間女士專用的候車室，看門的大媽邀請我們進去，屋裡沒有別人。一隻老鼠竄了進來。沒過一會兒停電了，整個車站還有候車室陷入一片漆黑。來電後我倆離開房間，再次向2/3月臺走去。

　　我們順著月臺走了很長時間，終於找到一張沒人的長椅。一列火車駛過來，而一頭母牛在月臺之間的甬道上悠閒地散著步，列車到站，母牛正好停在列車餐廳的門口。列車員好像知道這頭牛在那等著似的，餵了它一點食物，它吃完後心滿意足地順著原路走出了車站。一個乞討的男孩走過來，緊緊抱住我的腿，不給錢就不放手。"討厭！"馬利亞生氣地喊道。一個警衛走過來，拎住那男孩的耳朵，把他拽走了。

　　令人不解的是，電子顯示牌上沒有列出我們要乘坐的那趟20:25出發的Lichchavi快車。我們找不到火車站站長，而時間已經過了八點。我倆諮詢周圍的人，賣食品的小攤攤主指了指3月臺，但周圍等車的人說是2月臺。兩個很漂亮的日本女人和她們的印度男導遊在2月臺候車，也要去瓦拉納西，但他們乘坐的是20:40出發的Poorva快車。就在這時一輛火車駛進了3月臺，車上既沒有名字也沒有車號，至少一般人的視力看不出來。我倆賭了一把，跳了上去，進了一節車尾的二等艙車廂。我倆問詢周圍的人來確認是否上對了車，沒一個人搭理我們，於是我們只好穿過擁擠的人群向前走。但走完所有的車廂，都沒看到一個乘務人員。

　　我們找到了我們的車廂。馬利亞的那張上鋪床是空的，另外兩張對著的床也是空的。我的鋪位下面放著一個手提箱。我問躺在過道相對床鋪上的兩位男乘客這個手提箱是誰的，但他倆不和我說話，只是充滿敵意地望著我。這是一個無人認領的箱子？還是個炸彈？那三個空床鋪都乾乾淨淨，有新洗的床單，一條毯子和一個枕頭。我的床單被弄得亂七八糟，毯子和枕頭也沒了蹤影。骯髒的臥鋪間的地板中央是一灘水。我倆坐在我的鋪位上，等著把情況搞清楚。我掏出一瓶紅酒。其中一個男乘客終於說話了，告訴我火車上是禁止攜帶酒精製品的，一旦查出，從嚴處理。這可真煩人，乘夜間車時喝些紅酒是最愜意的事情了，我在中國一直有這種習慣，況且我現在真的需要喝點東西。

　　箱子的主人過來後見到我倆在那非常不高興。他打手勢說他的床鋪在另外一個車廂，想和我換個位置。這是根本不可能的。終於來了個列車員，確認這鋪位是我的，半小時後枕頭和毯子也到了。在這期間一家日本人走過來，占了剩餘的鋪位。一個不到三十歲的年輕女人睡上鋪，她祖母睡下鋪，父母睡在旁邊的臥鋪間裡。我們邊準備上床入睡邊和祖母及孫女用基本的日語和英語聊天。那兩個男人盯著我們看，讓人感覺很不舒服，於是我們拉上了臥鋪間門口的簾子，這樣一來那位年輕的女士就可以睡得更舒服一些了，但令我沒想到的是，她入睡前裸露了乳房。

　　她不僅在換上衣時裸露了身體，這個動作本身就已經非同尋常了，而且對此毫不掩飾。儘管穿著衣服睡會整晚不舒服，但很少有亞洲女性在這麼狹小的空間內會換衣服。即使要換衣服起碼裡面得穿著胸衣吧！如果不喜歡睡覺穿胸衣的話，她穿著外衣把裡面的文胸脫掉就可以了；如果沒穿胸衣的話就等熄燈後再換衣服，況且沒過多久燈就滅了。她脫襯衫時完全可以橫躺著或者別過身去，來擋住我的視線，而不是像剛才那樣面對著我。而且她這麼做時十分鎮靜，沒有表現出絲毫的緊張。她把上身裸露在我面前，然後很快換上了新襯衫。她唯一表現出一絲低調或禮貌的方式是換衣服時沒有目光接觸。如果她用驕傲、挑逗的目光看著我會立馬讓整個臥鋪廂充滿緊張氣氛。她沒那麼做，畢竟，她是和家人一起乘車的。

　　也許有人會說她在我面前裸露上身是因為她根本沒想到有人會對這麼微不足道的事情如此大驚小怪。也的確在某些私下場合是必須裸露乳房的——比如說母親給嬰兒餵奶，只需要得體地避開他人的目光即可。真正奇怪和讓人厭煩的反而是旁邊的男人，如果他沒有根據情況做出適當的反應而表現失禮的話。不過這個年輕女人的做法出人意料，在寬衣時沒有表現出任何的扭捏羞怯或者不自在，這讓我懷疑她是否別有意圖。

　　我以下這些猜測並不是毫無根據的妄想，比如說這個女人特別有想像力和創造力，僅僅因為慷慨大度而挑選一個陌生男子來展示她的乳房；或者受女權主義的影響，覺得女人和男人一樣，應該獲得在公共場合袒露胸部的權利。或者近一步假設，她對人們長期以來的大驚小怪不以為然，想都沒想就把上衣脫了，對根深蒂固的傳統習俗發起了一個小小的挑戰。這麼做並不需要什麼激進的思想意識，只是希望能夠擺脫繁文縟節給世人帶來的行為上的扭曲，希望大家能夠比較明智地看待一些事情，比如說鼓勵人們對換衣服時裸露身體持寬容的態度。我所說的寬容並不是對不喜歡的人和事的一種無可奈何的忍耐，我們假設的前提是，即便我當時不在場，她換衣服的速度也會如我在場時一樣。關鍵的區別在於，我認為正是我的在場鼓勵了她的這種行為，我甚至感覺到她袒胸時洋洋得意、樂在其中，即便她並不一定知道也不在乎我也享受其中。

　　這不是我頭一次在絲毫沒有思想準備的情況下窺見裸露的乳房。我曾在布魯塞爾的一個青年旅館遇到一個丹麥女人，當時我和另外幾位男士都在屋裡頭，但她換衣服時毫不在乎地把上身脫光了。還有一次幾個高中女同學邀請我到德國的樹林裡野炊，她們脫光衣服，跳進湖裡，還招呼我和她們一起跳進去。但上述兩種情況中人們毫無拘束地脫掉衣服說明這種行為是不自覺的，是當地文化特有的產物。因為北歐是世界上為數不多的對公共場合裸露身體持非歇斯底里態度的地區之一。

在合適的時間和場合，人們也會在根本沒料到的情況下看到裸露的乳房——比如說在瓦拉納西。女人們遵照宗教習俗例行在恒河洗浴時，你可以看到她們的乳房從莎麗中露出來。另外一個在公共場合裸露乳房的場景是我在羅馬尼亞首都布加勒斯特看到的。一位令人驚羨的赤腳吉普賽女人裸露著上半身，在地鐵裡給她的孩子餵奶，也只有吉普賽人這麼做才不會受到指責。一些女人自認為裸露乳房是對社會的一種反抗，即使這樣，她們也需要得到其所處的亞文化的認可：在美國，零零星星幾個女權主義者在同性戀遊行示威隊伍中袒露胸部，但她們只敢在遊行隊伍中這麼做，而不會踏出隊伍半步。這些女權主義者和撩起上衣挑逗我的那個妓女沒什麼區別，那發生在英格蘭一個城市中一條骯髒昏暗的後街上。妓女和出於政治目的的女權主義者都有可能做出此種行為。

電影也為裸露乳房提供了一個合情合理的情境，儘管經常引起災難性的後果。1981年好萊塢拍攝的《影城噩夢》就是一個實際教訓。這部電影的導演是布萊克·愛德華，主演為深受人們喜愛的朱麗·安德魯斯。情節是這樣的：一名不成功的導演（由愛德華扮演）淪落到製作色情片的地步，同時也把他的頭號女演員及情人（由安德魯斯扮演，他是愛德華實際生活中的妻子）拉下水。愛德華捏造出這個情節，最主要的目的就是向觀眾展示這位神聖不可侵犯的女演員的乳房，讓觀眾得到驚愕的視覺衝擊。

朱麗·安德魯斯是我童年時代的偶像，她比《綠野仙蹤》中的北方女巫葛蘭達還要好看，而唱起歌來比朱蒂·嘉蘭還要動聽，宛如天籟之音。我感覺朱麗比媽媽還要令人親近，直到現在我還保存著朱麗的《聖誕歡歌》唱片。我最喜歡的電影是《瑪麗·波賓絲》。完美無瑕的瑪麗·波賓絲永遠都知道她想要什麼，她說："你們需要清楚明白地知道：我從來不解釋任何事情！"為了掩藏自己的身體，她把襯衫扣子一直系到脖子，但看起來卻更加性感了，沒有哪個女人能達到如此的穿衣效果。當朱麗不知道該如何對待自己的女性特徵時，就擺出萬分自信的架勢，永遠穩妥地掌控著周圍的一切。

一些人認為《音樂之聲》是朱麗事業的頂峰，因為她在那部電影裡所塑造的瑪麗亞性格更為複雜——從一個對生活感到迷惑的修女到歡快、有些專橫、對性冷淡的家庭女教師（這次她穿了軍艦灰上衣，再次把紐扣系到脖子），最後又成為一個風情萬種、充滿欲望的女人。當瑪麗亞和馮·特拉普互訴衷情的時候，她是那麼憂傷，我們宛如看到了簡·愛找到羅切斯特時的場景。這部電影能做的或許只是對《簡·愛》的拙劣模仿罷了，而《音樂之聲》的製作人員並不瞭解《簡·愛》的藝術價值。

《影城噩夢》中朱麗表演得一敗塗地，簡直跌到了事業的低谷。影星裸露上身沒什麼稀罕的，這是吸引觀眾、提高票房收入的一個重要手段。即使在槍口下都臨危不懼、舉止得體（電影中的一個鏡頭），作為全球優雅舉止典範的朱麗寬衣時至少應該表現得優雅一些吧！我沒什麼奢望，只是希望她表現得自然些，不要像每天獨自入睡前那樣毫無新意地脫衣，而應該像第一次和某人上床時那樣褪去上衣。我很想知道與不知浪漫為何物的女人做愛是什麼感覺：和某人上床不是因為時機合適，而是為了**講求實效**。這樣雙方就都不用故作矜持、扭捏作態了。我覺得朱麗·安德魯斯最有意思的地方就是她似乎不知多愁善感為何物。儘管她的電影充滿布爾喬亞氣息，但和朱麗做愛一定別有新意而且直入主題。她會說："好，那麼接下來要完成的就是性了。"然後手腳麻利地甩掉所有衣服，如同她幹其它事那麼乾淨利索，而做愛是她眼下需要完成的任務，也許比打掃房間稍富新意，但沒什麼難度，任何人學一學就知道怎麼做了，或許還會做得超級棒呢。

整部電影都是圍繞裸露乳房這個場景展開的，這個鏡頭很殘暴，讓人不忍直視。在充滿絕望的氛圍裡，一切都很假。朱麗·安德魯斯的笑容就像芭比娃娃的一樣。她站在那裡，一動不動、毫無表情、動作僵硬地將雙肩向後靠，聳起乳房。導演在這給了朱麗一個毫無必要的長特寫，確保觀眾的電影票錢沒白花。此時周圍一切活動都戛然而止，這部電影被一分為二，中間插入了一個色情片的鏡頭。他們還不如在劇場門口掛一副朱麗乳房的模型來吸引觀眾呢。

問題出在設計該情節只是為了迎合觀眾對色情片的需要，毫無創意。這和粗俗地裸露乳房的行為不同，後者如果是即興而為，總會找到合理解釋。我想起了參加芝加哥無神論者大會時發生的一件趣事。一個可笑的女孩向其他人掀衣展示乳房，來闡明自己的無神論觀點——抑或僅僅是為了取樂。令我感興趣的是在毫無特定背景的情況下裸露乳房，公然的挑釁。最近網上有個視頻，拍到一名女子不知出於大膽或精神問題在上海浦東的公共噴泉沐浴而被員警帶走。我覺得她那樣做即便不合法，但從詩意的角度來說，還是合理的，和98年洪災中"紅嫂"用自己乳汁為挨黃蜂蜇的戰士清洗傷口的愛國行為有共通之處。

也許沒有任何事情是無發生背景的；只是人們經常無法弄清背景（而朱麗·安德魯斯那個裸露乳房鏡頭的問題出在上下文太顯而易見了）。我們轉了一圈，現在回到開往瓦拉納西的火車上發生的露胸事件。這個日本女人的行為顯然是有動機的，不過事情的背景非常模糊；或者可以說背景很清楚，但動機十分模糊。這件事令人神經緊張、浮想聯翩，想要一窺究竟，簡直比我即將到達的城市瓦拉納西還讓人迷惑，不知該如何應對。

還有一個與之相關的現象，我稱之為 "博物館悖論"。掛在世界頂尖博物館牆上的偉大藝術品與前來參觀的美麗遊客比起來，顯得黯然失色。比如說我在莫斯科普希金博物館曾碰到一個沒穿胸衣的美麗女人，在她身後跟隨了很長時間。不穿胸衣在後蘇聯時期的俄羅斯很普遍，所以她這麼做不能說是在展示一種時尚潮流，也稱不上大膽創新。但這個女人的確令人記憶猶新：文靜的舉止，高雅的品位、平紋細布長裙還有精緻細膩的腳踝，都說明她有良好的教養。獨自站在那裡，她看上去不容許他人隨意接近，只有具備高超搭訕技巧的男士才知道如何靠近。在這一切有教養的外表之下卻是格格不入、甚至可能引起某些人反感的如管子般松垂的乳房：乳頭大而突出，乳暈極其明顯，透過白襯衫一覽無餘。它們看起來不像是人的，倒像是牛羊的乳房，而乳頭跟橡膠奶嘴似的。你或許認為在一個近乎完美的女性身上長這樣一對乳房會令我十分失望，實際上恰恰相反，我覺得造物主的設計真是巧妙高明：如此書生氣的女孩長了這麼一對粗野的乳房，讓人覺得十分興奮。

你或許覺得我對肉體如此沉迷，有些不正常。看，都不能夠把精力集中在眼前的美術作品上了吧！但我不認為我的沉迷和觀看藝術作品有必然的衝突。或許某件藝術作品沒有明顯的色情內容，但所有的藝術難道不都是人們因受到情欲煎熬而創作的嗎？進一步說，一個人越有藝術目光，就越容易被周圍各種美吸引而分神。像我這樣一生都沉迷於藝術的人更是如此。當然我來參觀博物館和所描述的悖論無關。在中國待了幾年之後，我如同久旱渴望甘霖一樣需要西方藝術的薰陶。於是從北京乘跨越西伯利亞的鐵路特快來到莫斯科。我來博物館是因為我想讓牆上的美術作品為我注射所需劑量的審美快感，以此得到滿足，直到被更為光炫奪目的 "藝術品" 分了神。

第十二章：過去

　　我在上西區找到一家青年旅社。這每天只收四美元，並且可以無限期地住下去。這裡的工作情況比倫敦好不了多少，我倒是不需要工作簽證了，但問題是這壓根就沒有工作機會。紐約似乎雲集了美國最有抱負的演員們，他們一邊競爭有限的餐館職位，一邊努力擠進百老匯。有傳言說紐約整個餐飲業都由黑社會控制，想要從中謀得一席之地必須有關係。我申請了幾十家餐館，沒有一家給我回信。

　　唯一有回應的餐館名為"布魯漢堡"，是一家條件很差的速食連鎖店，零散分佈在曼哈頓中城。他們有賣紮啤的執照，讓我們穿白襯衫、打領結，為顧客把食物端到桌子上，試圖定位成高檔餐廳。這家店售賣的都不能稱作是食物，沙拉裡的雞蛋是假的，都是從加工過、煮硬了的管狀物上削下來的；加熱時，乳酪漢堡中的乳酪根本就不融化。根據營業情況，我們每天到不同的分店倒班，這當然不是為我們著想，因為員工太多了，工作條件要多壞有多壞。

　　法律允許餐館付給服務生比最低工資少一美元的報酬，因為人們以為我們可以通過小費獲得充分補償。對大部分餐館來說，這的確屬實。但"布魯漢堡"只是在下午雇用我們做兼職，扣稅後的工資是每小時1.40美元，也就是一周28美元，這些錢只夠支付每週青年旅社的費用。光顧的顧客數量也並不多，小費少得可憐。好的時候每個下午我能掙五美元，大多數時候只有一兩美元。而且還不包吃，我們在餐館裡無論吃什麼都得付錢。

　　我在這家餐館只幹幾周就被解雇了，因為有一天經理透過我那件做工粗糙的廉價襯衣看到了胸毛。我根本就不知道這違反了著裝規定，但他毫不通融、冷酷無情。不過話說回來，即使他態度友好，讓我第二天穿件好點的襯衣來上班，我當時也沒錢再買件新的。

我陸續在其它同樣糟糕的餐館找到了一些工作。每天我就吃麵包、黃油，喝茶，但生活還是十分美好的。我在林肯中心附近的公立圖書館用為讀者提供的唱盤和耳機聽古典音樂唱片，每天都走很多路去教堂參加免費的室內音樂會，我甚至還在青年旅社遇到一名想成為音樂劇舞蹈演員的芭蕾舞者。青年旅社男女區域都是分開的，為了不受干擾，我倆得在別人上床後把床墊悄悄拖進洗手間。

幾個月過去了，終於有一家檔次略高一級、比較體面的餐館打來電話，讓我去工作。就在那天，我接到喬的電話，他通過我母親找到了我的下落。喬說他倆已經分居，正在辦理離婚。他已經搬出來了，我母親精神崩潰住院了，喬一個人照顧不了彼得和馬克，一個七歲，另外一個才兩歲。他懇請我回去。我的責任感讓我決定離開了紐約。

回到埃德蒙頓後的一天，也就是搬進喬的新公寓不久，我隨口說了句要是能有一些霜淇淋吃就太好了。他從冰箱抓出幾盒放了很久的霜淇淋，把草莓、巧克力、咖啡、楓葉糖核桃味霜淇淋滿滿地堆到碗裡，在上面又撒了各種不同的調味汁，製作成聖代。這些調料包括好時巧克力醬、什錦水果罐頭、糖漿、葡萄乾、花生醬、蜂蜜、黃油硬糖、小熊果糖、膠糖、生奶油、一盒奶油糖果還有糖豆兒，這些都是他從冰箱後邊的盒子裡翻找出來的。霜淇淋因為在冰箱裡放了幾個月，發幹的蒼白表面上結了一層細小顆粒狀的冰，就像硬紙板一樣。在他怪異的笑容背後，掩飾著暴怒的心情。這麼多人，只有我膽敢這麼以自我為中心，居然希望別人為我端來霜淇淋。於是他就給我做了霜淇淋，方式是把我這輩子想吃的冰激凌都從我喉嚨灌下去！

我突然間恍然大悟。我走出去散散步，此時完全明白了他是怎樣一個人。一直以來我因為恐懼而受他操控，但實際上他連混蛋都稱不上，只是個態度惡劣、從未長大的孩子罷了。我壓在心底的石頭終於移開了，眼前的面紗也消失了。我再也不怕他了。哇，我不怕喬。這是多麼重要的一次頓悟啊。現在我清楚地意識到自己離開紐約不是出於對弟弟的責任感，而是因為不敢對喬說不。

我現在也終於明白立在走廊裡的新床墊是怎麼回事了。他和我說他雇的德國女傭就要來了——他對德國有一種詭異的迷戀。我還納悶她將會住在哪裡，當時我沒多想，思路就此打住了，我居然沒有看出明擺著的事實：唯一可能的地方就是我的房間。我那發黴的舊床墊將被拿掉，換上這個新墊子。而我現在懷疑他買床墊也並不是為了給女傭用，而是為了說明我的存在已經沒有必要，儘管他還能利用我在女傭到來之前看看孩子。他做得出這種事，花錢只為了惡毒地表明自己的立場。我收拾好自己的東西搬了出去。

我搬回了老房子。母親也回來了。離婚申請已經獲得批准，她終於擺脫了喬的詛咒。她愛上了她的婦科醫生，就要結婚了。那人是位蘇格蘭籍加拿大人，他倆將去蘇格蘭領證辦儀式。房子已經被賣掉了。我母親讓我負責整理行李，把所有東西都準備好，等搬家公司來把物品拉走並代為保管到她秋季回來後找到新的寓所。她的離婚律師告訴我們不要讓喬來老房子索要任何東西。

一天下午喬來了，正如律師所預料的那樣，他想要拿東西。我把他撞了出去，讓他滾蛋，在前廊的臺階上推了他一把。他鑽進汽車，開車走了。

房子交付後，家裡的一些朋友好心讓我去他們那裡住。歐尼是喬所在的宗教研究系的教授，但在喬毫無理由地詆毀他的名譽之後兩人就不再走動了。喬還試圖詆毀系裡其他人的名譽。好像這還不夠似的，他還以一個違約的由頭把學校也告上了法庭。官司將會進行很長時間，他最終會輸。與此同時，他的同事對我母親深表同情。

歐尼十分有想像力，把門前的草坪改造成了日式花園。鄰居們對此並不理解，反而覺得他做了什麼違法的事情似的。我在想沒准歐尼的離奇想像力還是受喬的影響呢，喬那無法無天的舉動像是激發了歐尼的肆意自由發揮。但他家很快就被另外一件大事攪得天翻地覆。有一天他的美國籍妻子薩莉跌跌撞撞、泣不成聲地進了我的房間。她剛得知她侄子朝頭顱開了一槍。薩莉陷入極度抑鬱，沒能恢復過來，從此只能在精神病院度日。如今一般沒有人會因為自己非直系親屬的自殺而發瘋，除非？我猜想道，因為舊日發生了一些可怕的事情，比如說她和自己的侄子有過亂倫關係？無論事情的原委如何，家中只剩下可憐的歐尼照顧他們那三個年幼的女兒。

秋季的時候我開始了在阿爾伯塔大學的學業，住在母親的公寓裡。那些糟糕的迷幻劑“旅行”的“閃回鏡頭”仍然困擾著我。天氣漸冷、夜晚漸長，我的情況越來越糟。我變得極度焦躁抑鬱，於是去看心理醫生。大夫是個年輕的小夥子，十分友好、富有同情心，但並沒搞清楚我的病症——我自己也不知道——給我錯開了鎮靜劑的藥方。幾個療程過後我們才意識到我需要的是抗抑鬱藥。這些藥過了好幾個月才逐漸發揮效力，但十分有用，到來年春天的時候我已經好多了。

我忽然收到瑪雷娜雪片般的信件，還有一盒子鮮花。她很想我，希望能見到我。但我這個時候沒辦法回德國，實際上我正打算去芝加哥。我女友凱薩琳聽到我的這一決定後不大開心。凱薩琳是第一個和我交往超過幾星期的女友，她幫我度過了冬天那幾個最為抑鬱糟糕的夜晚。可以這麼說，她各方面都十分完美——充滿愛心、對我全心全意，而且她是我遇到的高潮反應最為強烈的女人。我知道她想和我結婚。但從另一方面來說，我才21歲，

自由是我的本性，需要有個新的開始。我倆決定努力把這段關係
維持到最久。她正打算轉學到蒙特利爾市的麥吉爾大學，因為那
裡離芝加哥近得多，探望對方會更容易一些。

在我去芝加哥幾周前的一天晚上，我和凱薩琳正準備好要去
看歌劇，忽然聽到有人敲門。原來是員警，我被不由分說地帶走
了。到了警察局，我被光身檢查、錄了指紋後，才得知被指控的
罪行："人身襲擊"及"偷竊"了200加元。人身襲擊的指控來自
那次喬闖入我們家時我把他推下了臺階。這簡直不可思議：我的
力度非常輕，和拍了他後背一下沒什麼區別。他下臺階時連個趔
趄都沒打，更別說受傷了。這已經是一年前的事兒了，而我現在
卻遭到指控。偷竊的指控更是無稽之談。八年前喬的姐夫非常自
豪地送了我一隻單簧管，但他現在說那只單簧管一直以來都是借
給我使用的。全是他為了報復的胡編亂造。

要形容下這位卑劣的前天主教牧師，最貼切的莫過於他最愛
的德語中"Type"一詞了，意為低級而陰暗的性格。他在聖母大
學任職25年後因為在高速公路上醉酒駕車、反向行駛，以及使他
的一名學生懷孕被開除神職。由於酒精中毒特別嚴重，戒酒時差
點喪了命。即便自此以後能夠遠離酒瓶，他對周圍每個人的無情
虐待與一直處於酩酊大醉狀態沒有任何區別。我母親身懷馬克的
時候發現他去德國休假原來也不是為了做研究，而是去和一位德
國相好重燃舊情。

他出於對德意志民族的迷戀，還刻薄地要我成為技巧高超的
遵循德國傳統的音樂家。一般人會以為掌握一件樂器就夠了，但
我被迫學習單簧管以及小提琴。要是我父母真心熱愛音樂，想讓
我也接受音樂的薰陶倒也合情合理。可問題是我們家從來沒有響
起過古典音樂，或者任何風格的音樂。我母親有台舊的針式留聲
機，但幾年都不曾被打開一次。他們只是想成為興趣高雅的人罷
了，總覺得自己有一天會用那唱機來聆聽某張專輯，但從來沒有

這麼做；幻想自己喜歡音樂，暗地裡卻蔑視音樂。我是家裡唯一聽唱片機的人，家裡唯一對喬買的古典音樂唱片感興趣的人，實際上只有一張黑膠唱片，是海頓第94號和101號交響樂。（埃德蒙頓交響樂隊到我們高中演奏，我聽出了其中海頓第94號交響曲的《驚愕》樂章，當時別提有多自豪了！）

　　"我們家可不那麼對待自己家人。"當我告訴監獄的室友我被逮捕的原因時，他們答道。

　　牢房那簡陋的鋪位是用圍牆的金屬絲製成的，整晚燈都開著，不可能睡著。第二天下午我到庭受審，凱薩琳付了150加元保證金把我保釋出來。開庭日期定在兩周後，正好在預定的回芝加哥的航班時間之後。我離開了加拿大，逃避了審判：我不想和喬在法庭上糾纏——一位教授和一位曾經被指控的少年犯的對峙。

　　我搬去印第安那州和外祖母一起住，在那兒度過了那個夏天餘下的日子。儘管她也沒有太多錢，但還是幫我在芝加哥安頓了下來。很多年前她在銀行存了幾千美元供我上大學用。喬告訴她加拿大的利息更高，哄騙她把錢轉到自己帳戶上，立馬花了個精光。而我現在才知道這件事。

　　我在圖書館做兼職，另外依靠貸款，取得了伊利諾伊大學芝加哥分校的學士學位，又完成了芝加哥大學研究生文學項目第一年的學業，第二年開始進行博士課程學習時，我獲得了一項覆蓋以後幾年學費的獎學金。

　　在雅達·諾伊斯大廳每兩年舉行一次的"猥褻著裝舞會"是芝加哥大學的傳統。這件盛事臭名昭著，媒體還有幾千名熱情洋溢的客人都趕到現場一探究竟。完整著裝的話門票七元，"猥褻"著裝門票三元，裸體免票。進門後就是前廳，有塞放衣服的小格子。有一半的人完整著裝，另外的人通過各種方法得到"猥褻"打折——只穿女式內衣、丁字褲、敞開的襯衫、把乳房畫上圖案、用無花果的葉子或者人造的鼻子和眼鏡架覆蓋陰莖，諸如此類。只有少數幾個人一絲不掛，當然我是其中之一。

巨大的哥特式大廳各個房間進行著不同的活動，這讓人想起了阿姆斯特丹的"銀河系"。如果"猥褻著裝舞會"有"銀河系"那充滿大麻寶藏的義賣市場的話，將成為世上最棒的室內派對。再加一點迷幻劑，嘿，這就成了赫爾曼·黑塞《荒原狼》中的魔幻劇場。一層的接待室中有支樂隊，幾個咯咯笑的女孩把我拽到頻閃燈照射的舞池中。地下一層游泳池邊點著成排的蠟燭，對對情侶在水中做愛。許多人都聚集在巨大的樓梯上。二樓有一個房間擺放著色情味十足的各色水果和巧克力。其它的房間在放色情電影、進行脫衣舞競賽，觀眾們極度興奮：一件件脫衣服原來要比一絲不掛更吸引人。我站在擁擠的人群中把勃起的陰莖貼在前面一個女孩裹著牛仔褲的臀部，她似乎很喜歡我這麼做。但當我把陰莖放到她手掌中時，她卻溜走了。

那是一個一去不復返的時代，而新的制度在露出醜惡的嘴臉：政治正確性。一個女權主義學生團體譴責"猥褻著裝舞會"歧視冒犯女性，要求下一屆晚會禁止裸體。大學對此正求之不得，乾脆終止了這項傳統。

我不太適應芝加哥大學。在它那遠近聞名的令人生畏的氛圍裡，無數的博士生都沒能達到那無法企及的完美標準，陷入精神恐懼中惶惶不可終日，逐漸不知所蹤，最後變成了人們口中所謂的"幽靈"學生，永遠無法完成論文，好幾年都一直困在校園裡，甚至有些人就這樣在校園中老去。我可不打算在這條悲劇道路上重蹈覆轍。我是那種永遠充分利用自己時間的人，即使採取不被常人認可或接受的方式。

像其他同學一樣，我每天下午和晚上都泡在雷根斯坦圖書館，差不多都住在那兒了。但一半的時間我都在地下一層的咖啡廳裡一邊就著巧克力餅乾喝咖啡一邊聊天，或者搜尋書架上和自己專業毫不相干的書籍——煉金術、神秘學、公社和烏托邦、歷史上的激進運動、產生迷幻效果的心理療法——只要有意思就行，這和文藝復興文學專業課程只局限於強加給我們的宗教改革和英國清教傳統知識形成鮮明對比。

我感到和同學們越來越疏遠隔離，他們保守和平庸得簡直讓人不敢相信，根本就稱不上有抱負的知識份子，（我當時很幼稚，還沒有明白可以稱之為知識份子的學者少之又少）。他們與那些小鎮市民唯一的不同之處就是能夠掉書袋使用些術語。公平說來，各行各業都有自己的術語，我們起碼應該經過專業訓練後再對其加以使用。但所謂術語實質上不過都是心胸狹窄、意在羞辱他人的故弄玄虛。我們不去探索質疑和發起討論，反而只是對自己建立在他人成果基礎上的小聰明沾沾自喜。一切的評論都必須用諷刺和挖苦的方式呈現，使得每次對話都變得含沙射影、生硬造作、充滿敵意。

一個週五下午的雞尾酒時間，我在用橡木板裝飾的教職員工休息室設法和一位漂亮可愛的女同學聊天，她有一個令人記憶深刻的名字——莉莉·朵爾。

"你覺得關於伯頓的《憂鬱之解析》的講座怎麼樣？"

"如果一個沒讀過伯頓作品的人提出這樣的問題，還情有可原，"她說道，"但如果讀了伯頓的作品還提這類問題的話，恐怕不能形成探討伯頓的正確框架了。"

"我說的是關於伯頓的講座，不是伯頓的作品。"

"可如果講座不是一種仲介形式，那還稱得上是講座嗎？你一定知道我們無法在一系列環環相扣的碎片論述中完全將自己置身事外，沒有疑難地審討任何話題。"

"呃，我已經讀過伯頓的作品，我喜歡講座中提到的關於文藝復興時期沒有自然的論點，因為自然的概念直到浪漫主義時期才出現。"

"當然，但真正重要的不僅是自然的概念化，而是自然的歷史性，因為人們永遠無法在霸權主義話語之外為其歷史性尋求文本上的例子加以證明。"

　　"對不起，但我聽不懂你都在說些什麼。我只是想和你聊聊天，你能把話說得更簡單明白些嗎？"

　　她沒預料到我會說這話，並被刺痛了。"我也只是想和你交流，我只是想融入這裡，希望我——"

　　她哭著逃也似地跑了。我驚呆的程度絲毫不亞於她。我打算下次見面的時候澄清誤會，卻再也沒有看到莉莉·朵爾。我過去常常看到她，但現在她好像躲起來，從整個校園消失了一樣。我對這件事也感到十分尷尬，沒好意思在院系辦公室打聽她的情況。

　　大學的"思想絞肉機"也傷害了我，讓我不得不去學校的心理診所尋求幫助。但我們中大部分人最終還是明白了這種教育確實是卓越傑出的。

第十三章：過去

　　夏日的一天，我發現了一則按摩培訓學校的廣告。**按摩**學校！我被這個主意深深吸引了，這對於摧殘腦力的大學生活而言，真是一股清泉哪！那一年3000美元的學費對我來說是個不小的負擔，並且我還得從自己繁忙的學業中擠出時間，但報名是必須的。我渾身每個細胞都興奮起來，等待著秋日開課。我對學術本就日趨減退的熱情與之相比完全不值一提了。在首次培訓開始的前幾天，我每晚輾轉難眠，並且開始做春意蕩漾、血脈噴張的春夢。我當然知道將要學習的是非常嚴格的與性無關的按摩，但要知道，與性無關的按摩從嚴格意義上來講是不存在的。按摩本身就包含了情欲色彩。

　　課程安排得十分緊密：每週上三次課，每次兩個半小時；每次講課之後還有兩次實踐練習。課程中非常細緻地講授肌肉和骨骼系統——肌肉是如何與骨頭相連的，如何在與之相連的骨頭上巧妙地控制推拿每塊肌肉。除了瑞典精油按摩技巧之外，我們還學習了東方的按摩方法，比如說針灸和經絡系統。學校由精力充沛的戴夫和皮特以及從這個專案的研究生中挑選出來的女助理管理。班裡有60人，55位女學員，5位男學員。大部分人都在護理及理療行業工作，希望通過這個課程豐富自身的的技藝，或為開辦自己的按摩診所做準備。

　　第一次上課時就給我們講授了培訓的基本原則。按摩治療與性愛按摩及賣淫有著本質區別。芝加哥的賣淫法令特別嚴格，甚至有女臥底員警扮作顧客，誘騙男女按摩師按摩她們的乳房，然後以賣淫罪名逮捕他們。學校要求我們在按摩時使用毛巾遮擋身體的"非法"部位，以防碰觸到。按摩胸部時，我們可以碰觸的區域是乳房之間、周圍及下方延至肋骨的部位。我們可以按摩大腿內側以及腹部，但要保持和陰毛一英寸的距離。除非顧客希望穿內褲，否則一般情況下臀部和外骨盆區域也是要按摩的，先按摩半邊臀部，同時把另外一條腿以及可以看到的陰部用毛巾蓋起來。

實踐時我們每次都被分成不同的三組，集體在一間屋子裡練習，主要是為了方便得到回饋。當輪到自己被按摩時，我們脫掉衣服、用毯子裹住身體，然後躺上桌子。我們被告知可以在屏風後和洗手間中脫衣服，但如果有誰願意公開脫衣服，大家必須尊重其權利（學校前面商店裡出售的加利福尼亞風格的按摩技藝書中有全裸插圖，心照不宣地說明這一行為已經得到許可）。我們還被告知男性在被按摩時很有可能會不自主地勃起，每個人都要面對這個事實，當發生勃起時，對其採取置之不理的態度。最後，我們要求在業餘時間自己結對進行額外的按摩練習，並遞交回饋報告單。

第二年五月，也就是八個月過後，我們在上最後一期課程前休息了幾個星期。我接到皮特的電話，讓我去學校討論些事情。我猜想是不是他們有什麼項目可以讓我的研究或寫作能力派上用場。

"知道你來這裡的原因嗎？"我在辦公室坐下時他倆問道。

"不知道。"

"我們有理由認為你一直在性騷擾學校裡的女性學員。"

"什麼？"

"五六位女學員分別向我們投訴。現在我們對你是否遵守了會員道德規範存在疑問。"

"我從沒騷擾過任何人。誰投訴了？什麼時候？"

"我們不能透露姓名。"

"那具體都投訴了什麼內容？"

"首先，有人說你在脫衣服時將勃起暴露給別人看。當為女學員做按摩時，你觸摸了一些人的乳房和外生殖器。在按摩期間，你用挑逗性的手勢或語言慫恿性交，你還唆使一些人觸摸你的陰莖。這些都是真的嗎？"

"毫不屬實。"

"那為什麼會有五六個人分別來我們這投訴你呢？如果只有一兩個的話，或許這只是誤會。但這都成為一種模式了。你在否認這些事情嗎？"

"是的，我否認。我嚴正聲明我從沒做過被指責的任何事情。"

"艾沙姆，這讓我們非常難辦，因為五六個人都來投訴你。咱們從頭開始說起吧，你給我們說說都發生了什麼事，致使這麼多人投訴？"

"五六個，不可能。這簡直難以置信。五六個是什麼意思？五個還是六個？"

"重申一遍，我們不可以透露姓名。"

"是的，實踐練習時我經常公開脫衣服，我知道我是唯一這麼做的人，但正如您第一天所講的那樣，我們是允許公開寬衣的。而且我認為您也注意到了我脫衣服時非常謹慎，面對著牆，背對大家。我寬衣時從來沒發生過勃起，說我脫衣時將勃起暴露給別人看的人在撒謊。"

"至少有一位女學員說你去她公寓進行按摩練習時，在脫衣過程中出現了勃起。"

"我唯一一次在別人公寓當著她面脫衣服是在凱特那裡，但我根本就沒有勃起。我的確在她為我做按摩時出現了無意識勃起。您知道這種事情是會發生的，但這是我上了按摩台後發生的事情。"

"你沒慫恿她觸摸你或使用身體語言進行挑逗嗎？"

"絕對沒有。當出現勃起時，我感到很不好意思，我向她道歉了。她說，'沒事，別擔心。'我一共去了她那裡兩次，第一次時出現了勃起。如果她對此耿耿於懷，為什麼還要再次邀請我過去呢？第二次去的時候我才當著她面脫衣服，因為我以為她不在意。我又在被按摩時發生了勃起，但同頭一次一樣，幾分鐘後就消失了。她按摩我之後也當著我面脫了衣服，上了檯子，上半身裸露，下半身用毯子蓋著。我從來沒慫恿過性行為。"

"給她做按摩時，你觸摸那些性愛區域了嗎？"

"沒有。"

"你按摩她的乳房了嗎？"

"沒有。按照慣例，我觸摸了她乳房之間和周圍的區域，就像乳房被毛巾蓋著一樣。"

"她很興奮嗎？"

"即使興奮，她也沒表現出來，事情就是這個樣子的。"

"你按摩她時有勃起嗎？"

"不知道，我想不起來了。或許有，但我當時穿著衣服，即使有她也很難看到。我的天，難道你沒有在按摩女性時發生過勃起嗎？"

"按摩時，你有沒有用勃起的陰莖抵住她？"

"沒有，我絕對不會那麼做的。嘿，她臥室裡關了一隻巨大嚇人的杜賓犬，我倆按摩的時候那狗一直狂吠個不停，我騷擾她？我只是想和她進行一次不錯的按摩練習罷了。我很喜歡凱特，她甚至在那之後還邀請我去她朋友的住所喝咖啡，我們仁還說一起去露營呢。"

"你是說，如果沒有狗的話，你就會對她做些更為過火的事兒？"

"不，我不是那個意思。"

"另外一位女學員說你為她做按摩時碰觸了她的陰道。"

"那可能是特裡什和梅波。她倆來過我的住處一次。讓我告訴你具體都發生了什麼吧。 我按摩特裡什大腿的內側，她陰毛很多，伸出來好長，而我的指尖不小心碰觸到了陰毛邊緣。我只是極輕地碰了它們，要不是她提起，我根本就沒意識到。我道了歉，之後非常小心，避免再次靠近那裡。事情就是這樣的。她竟然為此投訴了我？"

"她說你觸摸了她的陰道。"

"這不屬實。我碰到了她的陰毛、而非陰道。誰知道呢，或許在她頭腦中，感覺像陰道被觸摸了一般。如果她對我的行為感到不舒服，我為此道歉。但我真的不是故意的。我知道我們應該很小心，避免踏到不該碰的地方，但她至於為這麼件小事去向您投訴嗎？說到不小心碰觸外生殖器，讓我告訴您這個學校中的一些女性是怎樣觸摸我的吧，但我沒有投訴她們。一次按摩實踐練習中，有位女助理——我就不說她的名字了，因為這種事情根本就不值得抱怨——向學員示範如何在我的軀幹處做輕撫法按摩。當她在我肚子上移動時，把手放在單子下，一直移到我的陰莖處，而且來回好幾次。我當時都驚呆了，從來沒料到一位所有學員的教練會出格到這地步，但我並沒因此懊惱。就算她真的觸摸我的陰莖又怎樣呢？她的確碰到了我，而且是故意的，不像我，因為無意而受到莫須有的指控。她只是在和我鬧著玩罷了，沒有什麼大不了的。這其實很滑稽有趣，就像我倆之間有個小秘密，其他人卻都不知道發生了什麼。我才不會因此小題大做，值得我花時間的事情多著呢。"

"你有沒有勃起？"

"那次沒有。這讓我想起另一次和瑪莎進行實踐練習時發生的事情。您知道她是怎麼做的嗎？她當時正在按摩我的腹部，結果把手從單子下一直移到我的陰毛處。這次我的確發生了勃起，陰莖從毯子下露出來了。每次向下移動時她都把我那勃起的陰莖彎向一邊，然後再放手，讓它彈回去。她把這個動作重複了好多遍，仿佛覺得很好玩似的。是的，我沒有制止她，但我為什麼要制止她？我們都是成年人，我並不覺得這種做法有什麼罪過。我沒有想辦法制止她，但我也沒有鼓勵她做什麼。再說我的勃起後來就消失了，沒發生任何事。她也投訴我了嗎？我的老天！凱特、特裡什和瑪莎投訴了我。還有誰？"

"或許你能告訴我們？"

"我實在想不出其它引發投訴的事情了。有一位女學員到我住處做按摩練習時，我們做愛了。但這完全是雙方自願的，是她主動的。對此我不想做過多細節性的描述，這是我們的隱私，她絕對不可能指控我的。"

"你怎麼知道是雙方自願的？"

"我的天。我當時硬了，她給我做完按摩後說她想把陰莖含在嘴裡。而我按摩她後背時，她轉過來，裸露著上身，和我說從沒有人為她按摩過乳房。"

就這樣我們一遍遍討論同樣的細節問題。我想他們最終被我敘述的連貫性說服了，因為討論到最後他倆的態度沒那麼強硬了。我告訴他們我願意和這些女學員集體面對面進行討論，深入坦率地說明這些誤解是怎麼造成的，看是否可以補救。他們認為這麼做合情合理。他倆會去徵求這些女學員的同意，幾天後通知我結果。

這些指責讓我在此後的幾天裡感到沮喪震驚、迷惑不解。一個星期過去了，我還沒得到學校的答覆。我猜想是不是現在要動真格討論事情的細節，一些女學員開始覺得尷尬，不好意思和我面談。無論如何，已經到了這種地步，即使事情最終解決了，我也不可能再與這些人相處了。這點已經非常明瞭。我對這次經歷感到深惡痛絕，告訴戴夫和皮特我將退課不學了。

事實：我謹慎地當眾脫衣服，在被按摩時我在被單下偶爾發生勃起。我從來沒有用話語或肢體語言以及任何方式慫恿我的按摩夥伴發生性行為，也沒有猥褻地碰觸她們（她們中的一些人猥褻地碰觸了我）。

但她們的一面之詞合在一起就變得繪聲繪色、煞有其事，輕而易舉地將我置於無力辯駁的境地。我是班裡的變態，是位肆意暴露性器官、炫耀自己勃起的下流男子。是我在調戲猥褻那些按摩臺上脆弱無助的女學員，占她們的便宜。她們對我的指責一定看起來是很有根據的，尤其是在大家閒言碎語、添油加醋地把整件事變成各種駭人聽聞的要素齊備的醜聞之後——駭人聽聞的暴露癖、勃起、謠傳的懲惡性交行為。這些要素按照三段論的邏輯嚴密地給我扣上了墮落的罪名，並且達到了"排除合理懷疑"的程度。當眾脫衣服和發生勃起的男人都犯了性騷擾的罪行，艾沙姆當眾脫衣服而且發生了勃起，因此艾沙姆犯有性騷擾的罪行。

我在記憶中努力搜尋，想找出使我在這個滿溢著性負罪感的班級變成替罪羊的其它原因。要不是因為被性方面的某種問題困撓，沒有人會走進按摩學校。這是吸引他們學習按摩的原因，就像心理學家是為了弄清自己的精神問題才從事心理行業一樣。

"治療性"按摩說來很怪。儘管這種按摩可以有效地治療肌肉酸痛，但就如所有的按摩一樣，它的終極目的是通過訓練雙手帶來感官刺激、在塗滿油的肉體上製造和釋放極樂的感覺。我們學習如何沿著脊柱推動斜方肌，將身體中天然的麻醉藥內啡呔推壓出來，使身體產生一種如服用毒品後恍惚的感覺，並清除胸大肌中的已有肌肉記憶。這使一些女學員在夜晚進行實踐練習時哭泣崩潰。對大腿內側和臀部進行徹底按摩會激發性荷爾蒙，並使整個房間裡彌漫著費洛蒙和刺鼻氣味，分泌物和汗液會將毯子浸濕。人們還能偽裝多久這僅僅是治療性按摩？難道我是班級中唯一有性幻想的人嗎？我曾在為班級裡的另外一名男學員基斯做按摩時看到他忘記擦掉自慰時留下的精液，粘在肚子的汗毛上。要是有人把這件事安到我身上我還說得清嗎？

整個按摩課就是一口大鍋，各種情緒有如熔岩在裡面沸騰噴湧，並開始全部向我湧來。另外還有卡羅爾事件。這事件和性無關，但也是對我不利的。卡羅爾與特裡什和梅波十分親密，她從一開始就不喜歡我。她那冷若冰霜的表情讓我明白當眾脫衣這種行為是多麼不可饒恕、應受譴責（特裡什在第一次實踐練習時和我一起當眾脫衣，但後來就不這麼做了，這很奇怪）。我不願意評判別人，因為每個人的偏見興許都有一定的合理之處，但我不得不說卡羅爾並不是很友好的那種女人。這是顯而易見的，她那拒人於千里之外的強大氣場讓人對她都敬而遠之，就連舉止溫和的基斯都不敢接近她、同她搭話，更不用說一起進行按摩練習了。實踐練習時，我和她就像積怨已久的夙敵，為了避開對方選擇分別站在屋子的兩頭。有一天我帶來一些桉樹味的精油為我的同伴做按摩。強烈刺鼻的香味迅速彌漫了整個練習場所，這氣味比預料的要濃烈得多。我們誰都不知道卡羅爾是那種超級過敏體質，她失去知覺暈倒了。很快卡羅爾就醒過來沒事了，但因為受了驚嚇得送回家休息。她和她的死黨走出去時那惡狠狠的目光像子彈般掃向我。

　　無論桉樹油插曲可能被怎樣誤解和歪曲，如果它只是個意外，我不得不承認我在其它幾件事上判斷失誤並親手製造了醜聞的根源。第一件事當然是我當眾脫衣服。我向來讚頌裸體主義和天然主義。但我最大的失誤是在裸體不被接受、甚至引起公憤的地方——按摩學校顯露這方面的熱情。美國社會一直很難接受自然的人體；裸體和按摩本身就夠嚇人的了。我怎麼會沒料到把二者結合會觸怒很多人呢？

　　問題在於我被第一次課上允許當眾換衣服的指令誤導了。我越是仔細思考其中的原因，越是對自己的錯誤感到驚恐。簡而言之，我竟然沒能辨別**字面義**和**比喻義**，**本義**與**隱含義**——儘管我學習英語文學和詩歌多年，而辨別二者的區別是我們專業最基本的要求。當戴夫和皮特宣佈任何人當眾寬衣的意願應被尊重時，他們其實並不是這個意思。恰恰相反，他們理所當然地認為沒有人敢如此做。但他們不想明令禁止、顯得過於獨裁，於是想辦法暗示這個他們認為人人都會明白的事實。因此他們開玩笑地說這麼做是允許的。

同樣的，不要把任何男性的勃起放在心上的建議也不能按字面意思理解，而應該看到其中隱含的喻意。他們沒把所說的話當真，而只是裝作勃起是正常和自然的生理現象而已。這只是他們自我宣傳和行銷的一種方式而已，誰知道呢。要他倆真的理解和寬容勃起，或許根本就是天方夜譚。就像沒有人會把廣告當真一樣，大家都會把他們的話當作是為了迎合當時新世紀"健康"概念的故作姿態而已，事實是在任何情況下勃起都不會被允許，這是所有人不言自明的。所謂的"不自覺"勃起只是男性故意勃起時一個慣用的藉口罷了，問題很好解決：任何男性，即使有一丁點懷疑自己可能在按摩臺上勃起，都有道義責任不參加課程。他那遵守風化的責任感會讓他無論付出任何代價都要避免給其他同學帶來創傷，他壓根就不應該來報班上按摩課。

我還犯了另一個匪夷所思的錯誤，直到今天我都不明白自己當時怎麼會那麼愚蠢。在培訓正式開始的前一天，我和皮特聊了一小會兒天，並給了他一篇法國情色文學作家安妮·馬利亞·維爾弗朗什的作品，是一個充滿情欲色彩有關按摩引誘的短篇故事，語言詼諧、妙趣橫生，我當時覺得一定要和他分享這麼棒的作品。

而他卻最終將之作為佐證我性騷擾的又一證據。

第十四章：過去

　　我受夠了芝加哥，想要離開這裡，越遠越好。當一位隨女友定居日本的老朋友回芝加哥探親時，我的機會來了。他建議我去日本找份教書的工作。我之前從沒想過去東方，但日本離芝加哥夠遠的，或許是個不錯的變化。一番打聽之後，我得知日本農村需要英語為母語的高中英文教師，在一番競爭後，我得到了和歌山縣湯淺鎮的一個職位。

　　日本多山，大部分人都被擠到了沿海地帶狹小的陸地居住。在日本談不上 "農村"地帶，因為沒有被田地或農場隔出來的人家或村莊。日本的城市與鄉村沒有明顯的界限，鄉村只是城市的延續和擴展。當你到了他們所稱的小鎮，會發現那裡比城市還要擁擠。在城市中，至少還有人行道、林蔭大道和一兩個公園。湯淺鎮的一些街道特別窄，汽車都進不來；因為狹小，裡面黑乎乎的，很像中世紀的歐洲那些頂層突出遮擋陽光的建築之間的空隙。這裡是小鎮的景象，和美國郊區相比，私密性較低，一舉一動更容易被周圍人看到，但同時這裡的人們不那麼大驚小怪、歇斯底里。我赤身裸體在房裡走動被鄰居們透過窗戶看到了，之後我的管理人過來溫和小聲地把事情告訴我，於是我多加留意、把窗簾拉好。

　　白天找樂消遣時，我就去當地的百貨市場，這是一家非常大的音像租賃店，也售賣雜誌和書，還有速食供應。大部分音像製品都是色情片，我租了一張回家體驗一下都是些什麼內容：一個女人被吊起，張開雙腿被灌腸，稀釋的糞便賤灑得一位公司男職員渾身都是。穿水手制服的女中學生在雜誌區域前讀色情漫畫書，書中描述的是穿水手制服的女中學生被強姦的故事。小鎮中沒有太多事可做，但生活是寧靜而舒適的。然而日本社會那種循規蹈矩、墨守成規的氣氛令人窒息和不安，我不知道還能在這堅持多久，尤其是在鄉村。

接近歲末時發生了一件事，也加速了我的離開。縣上的一些組織者邀請我們這些外國教師去參加"文化交流"會，他們沒說具體都是些什麼內容，但我覺得不會是什麼壞事，去也無妨，就答應了。後來發現我們竟被邀請到和歌山市郊一家肥皂公司的總部，觀看無聊透頂、有關公司歷史的幻燈片。他們居然有膽量把這種喋喋不休的市場宣傳稱作"文化交流"！時間一分一秒過去，我越來越生氣，頭開始劇烈疼痛，我感覺自己就快失明、暈過去了。我站起來離開大廳，走出工廠，找輛公車坐上回家了。一般情況下，我是會告訴某個人我先走了，但我當時被這次經歷攪得心煩意亂、特別不舒服，並且很詫異其他人怎麼會對這個騙局採取了合作的態度，都他媽去死吧！他們搜遍了整棟大樓找我，把所有的洗手間都檢查了一遍。當得知我沒出什麼事兒，只是沒有告訴他們一聲就走掉了時，那些美國同事勃然大怒。嫌隙已然造成，沒有挽回的餘地了。

我搬到京都，找到了一份英語私人教師的工作。我更適應這裡的環境，還發現了一種重要的新藝術形式：日本園林，它是三維立體的中國山水畫。那鋪滿的茂盛植被、如岩漿噴湧的苔蘚、再吐出塊塊青色岩石加以點綴，有股狎趣。園子大小不一，有不超過嬰兒床大小的岩石園林，也有幾千英畝的漫步花園。它們是風景的象徵（岩石＝山川和懸崖，苔蘚＝森林），同時也是風景本身；它們在自然的基礎上進行改造（通過"受制約的自發性"的技巧），反過來說，又把自然簡化成各要素簡潔而有效的堆砌和佈局，這比蒙德里安的抽象派繪畫早了幾百年。京都是日本園林的聖地，我開始沉迷於造訪這裡的每一座園子，其間拍攝了幾千張照片。

並不是所有的機場都是一個樣子，我們在上海機場的經歷就十分與眾不同。諮詢台值班的年輕女同志不願意受打擾，對我們的詢問置之不理，非常厭煩地指了指我手中拿的中國旅遊指南。沒錯，上面的確有相關資訊，否則你幹嗎買它呢，是吧？我們隨意選了一家叫作海鷗的旅館。我與和歌山縣高中的一位日本同事多恩結伴旅遊。那是1990年，我們頭一次來中國。

　　機場停車區所有的計程車都不搭理我們，真是讓人莫名其妙。司機們在埋頭看報紙，宛如卡夫卡小說中敵對孤傲的戲劇性場面。一位麵包車司機說30塊錢把我們拉到市里，我們不知道那相當於30美元還是30美分。他把我們送到了旅館。在旅館辦完入住手續後，我們漫步到外灘，覺得這趟旅行開端還不錯。我走到一個賣飲料的攤位，琢磨是要桔子味的蘇打水還是拉扣可樂——一個與可口可樂競爭的當地品牌。

　　"你應該嘗嘗這裡的可樂，"我後面有位男同志用英語說道。

　　這人三十多歲，個頭矮小，形色可疑，穿西服、打領帶。他自我介紹說姓馬，還說自己是位藝術家，從手提箱裡拿出來幾張庸俗的水墨田園畫想兜售給我們。馬也會講日語，開始和多恩聊起市中心的歷史。他帶領著我們向碼頭走去，這時我們周圍開始聚集起一群人——各年齡段的都有，其中包括小孩子與上了歲數、走起路來一顛一跛的老人，全都跟在我們後面，好像迪士尼電影中可愛的小矮人。

　　他們一直盯著我看，我之前可從未有過類似經驗。就算在和歌山縣的農村，即使人們知道我就在旁邊，也不會盯著我看，因為這麼做不禮貌。不過公平地講，盯著我看的這些中國人顯然從沒見過一位活生生的老外，他們無意識、情不自禁地望著我，臉上帶著那種原始的震驚表情，好像在看戈耳工的面龐。我和他們一樣震驚。我從沒見過如此簡單、不諳世事的天真面龐。一些人瞪大了眼睛、張開了嘴，另外一些人眯縫著眼，仿佛在看明晃晃的太陽。他們的頭髮沒洗也沒梳，亂蓬蓬的，好像早上剛從床上爬起來似的。

馬領著我們上了渡船，過了港口，來到對面的浦東，這裡沒什麼可看的，只有一些簡陋的棚子、農田和幾個建築工地罷了。船上擠滿了人，我猜想乘船來浦東應該是遊客們的保留項目，在這可以很好地看到外灘的景色，但我們很快就返航了。一上岸，馬就叫了一輛計程車，帶我們在市里轉。他對我們這麼好，讓人有些擔心他目的不純，但我們需要個導遊。第一站是上海豫園商城，這裡有幾千人，有人身穿藍色中山裝，有人穿仿皮茄克，轉來轉去，令人頭暈目眩。人群往不同的方向以無聲電影的速度移動，仿佛分別走在梯度各不相同的人行道上。

下一站是上海第一百貨商店——它如我童年時去過的、深如洞穴的伍爾沃思商店般昏暗，像廉價五金小店般雜亂無章。貨物堆放或者懸掛在能放下東西的任何空間。商品都放在玻璃櫃檯裡，每次你要求拿出個樣品看看、沒有購買又遞還給售貨員時，他們都會讓你充滿負罪感，驚歎你居然有膽量要求再看一件樣品。而你只能在他們沒睡覺，確切地說是沒熟睡時，才能要求看商品。他們枕著胳膊臉向下趴著伏在櫃檯上，或者頭部朝後、靠在牆上——他們的睡姿就好像剛被黑社會槍擊了一樣。

馬把我們帶到了一家吃螃蟹的豪華餐廳吃晚飯。菜上了一道又一道。我咬了一口小籠包，熱燙的湯汁噴湧而出，像是一個惡作劇。很快我們就飽了，一股疲倦之感襲來。多恩說他有用了毒品的那種眩暈感。馬拿來帳單給我們，上面標著985元，按照我手頭旅遊指南中的兌換匯率來算，這個價格實是太離譜了。我看了一眼帳單，發現鋼筆在 "985" 那有條分隔線，5正好在分隔線的右邊。"上面寫的是98.5，" 我抗議道。

"不是，" 馬大聲說道，"是985！"

我們只能要求看功能表和價錢。但話說回來，如果馬通過捏造帳單而從飯店抽取分紅，算是向我們收取服務費的話，也說得過去，儘管手段卑鄙。毫無防備地被算計，我們只好付了賬。

回到旅館後，多恩和我在社區周圍溜達。路燈很少，給人一種偏遠落後的感覺。一些大街沒有人行道，我們如同海底探險家一樣躲避著從身邊瞬間閃過的各式各樣"生物"。自行車和公車在一片昏暗中摸索前行。我覺察到身後有輛車，正輕聲地發出隆隆聲，等我讓到路的一邊。車裡沒有照明，我抬頭望去，隱隱約約看到乘客密不透風地擠作一團，仿佛他們都是從一個巨大的的管子中像擠牙膏一樣被擠進那輛車中去的。

第二天馬護送我們去蘇州。這座城市的古橋和運河為它贏得了"東方威尼斯"的稱號（對此我持保留態度）。上海火車站主電梯的上面有條中英雙語的橫幅——"將上海火車站建設為社會主義文明的視窗"。馬告訴我們多虧他有關係，才買到了票，否則的話我倆根本就寸步難行，然後他又自相矛盾地說我們外國人的身份很管用。

在候車大廳裡，幾百名乘客踮起腳尖等在門口。門一開，人群拼命地向前沖去，跑過車廂過道。當我們到月臺時，前面已經排起了長長的隊伍，人們等在每節車廂指定的候車點。排在前面的人有座位，後面的人則需要在火車上站三小時。我們被推搡著進了沒有暖氣的車廂，上百名農民透過氤氳的煙圈盯著我倆看。地上滿是鋸末和煙頭，我們站都站不穩。人體散發的巨大熱量，讓我們很快就覺得暖和了。這是一副讓人無法想像的不堪景象，簡直就像移動的牲口棚——這可比迷人的蘇州還要令人記憶猶新得多。

我們本來想坐飛機去重慶，然後順流而下，經過三峽去武漢。不過回到上海後，馬建議我們沿著長江逆流而上，我們買了長江遊輪船票。我們在二等艙，與其餘十位乘客分享六張上下鋪。這裡免費提供真空保溫瓶裝的開水，用來沏普通的茉莉花茶。當地的乘客小口抿著用空雀巢瓶子盛裝的茶水；在咕嚕嚕喝水的間隙，他們把瓶蓋放回去，用手環住瓶身來暖和手指。船上有暖氣片，但根本沒溫度。除了機場和上海旅館，我們還沒在中國發現室內取暖裝置呢。艙裡的同伴跟我們分享了烤雞爪和難喝的用穀物釀造的56度白酒。

我覺得好奇，也有點擔心，想看看三等艙的鋪位什麼樣。我找到了通向三等艙的通道。因為沒有燈光，很難看清裡面的情形。他們的鋪位是三層的，乘客顯然要比二等艙多。我想下面是不是還有更加擁擠、只有站票的四等艙，或許還有五等艙——船底伸出的大籠子，幾百名乘客赤身裸體地泡在裡面，江水一直沒到他們的脖子。這種污穢低劣的狀況有沒有一個限度？

人們並不是總能坐上豪華遊輪的，但踏上一條這般如污水池或死屍坑般的輪船的概率同樣也很低。好在這傢伙還在運轉，樣子和感覺還湊合能稱之為船。同樣地，我們也不指望飯菜美味可口，但至少得能吃吧？可這提供的食物連最基本的要求都沒達到。餐廳是用托兒所那種色調裝飾的，桌布上是各種卡通圖案。每張桌上有一卷衛生紙以用作餐巾紙。每個人身穿厚大衣，呼出團團哈氣。我們點的宮爆雞丁中的雞肉燒焦了，變成了塊塊黑色肉渣，根本就不能吃。沒有玻璃杯，只能用帶豁口的碗喝啤酒或者端起那將近1升大小的瓶子直接往喉嚨裡灌。

在船上無事可做，我們只好喝啤酒消磨時光。儘管我們擺脫掉馬開始獨自行動了，但卻困在了船上。24小時過去了，我們才到南京，再過48小時才能抵達武漢，與馬說的只需一天多一點就能從上海到武漢相去甚遠。船在南京港口停靠，接載更多乘客。我倆收拾好自己的東西，跳下了船。

一輛電動三輪車把我倆拉到了市中心。我們找了一家又一家旅館，但沒有一家讓我倆入住。無一例外，所有前臺工作人員都先檢查一遍護照，然後在那兒討論該怎麼處理這種情況，之後其中的一個人消失到後邊的一個房間，過了一會兒出來告訴我們說旅館不允許接待外國旅客。最後我們被指引到南京最昂貴的旅館，一晚80美元。

第二天我們打車去了機場，飛往成都。機場大廳有小鎮班車站那麼大。沒有辦理登機手續的櫃檯，也沒有航班到達和起飛的顯示器，只有一張用英語標著"諮詢處"的空桌子。空桌對面是一個放電話的小桌，一位女同志在桌旁聚精會神地讀小說。我們問怎麼訂機票，她連頭也沒抬，指了指那張"諮詢處"的空桌子。大廳裡唯一的動靜是乘客們亂哄哄地把自己的行李從一個視窗塞進去。我們把漢字"成都"寫在一張紙上，手裡拿著一些現金，向行李窗後面的工作人員揮舞錢幣和紙條，想引起她注意。她讓我倆回去找讀小說的那個人。我們不知道該怎麼辦，又找不到座位，於是撲通一聲坐到了地上。

過了一會兒那位女同志放下小說，走向標著"諮詢處"的桌子，用英語向我們宣佈道："回南京到中國民航總局買機票。"她把地址寫下來，用來給計程車司機指路。我們在民航局辦公室買到了機票，時間也趕得不錯，到機場後離起飛還有倆小時。就剩下一個問題了。"該怎麼登機啊？"

"直接上飛機就行了。"

後來我們發現登機的過程果然很簡單，機場工作人員在大廳打開了一扇門，飛機就等在跑道上。空中小姐身穿牛仔褲，從籃子裡拿出袋裝的薯片拋給我們。

下飛機後我們上了開往成都市區的大巴。汽車駛過綿延數英里的農田及正在施工的樓房。在耀眼陽光的照射下，一排排荒涼的建築宛如在瀝青的海洋中行駛的排排戰列艦。汽車突然急剎車停住了，乘客都下了車。我們到了冷清的市中心，在這兒倒是找到了一家接受我們入住的旅館，價錢也合理。旅館的人堅持要替我們保管護照，說是為了我們的安全著想。房間還不錯，甚至有暖氣，儘管沒有淋浴的簾子，廁所也堵了。我找人幫忙，他們遞給我一個撮子。

我們出去轉轉，結果看到了最不可思議的交通堵塞場面。要不是此起彼伏的汽車喇叭聲，這簡直就是副靜物寫生圖。和汽車一樣，行人也紋絲不動；騎自行車的人不得不把自行車舉在頭頂上。我們從人群中擠過，到了一條小巷，這有條泥濘的河溝，人們排成一排，沿溝兩岸緩慢而小心地向前移動。

旅館之前說的"安全問題"還真有其事。早上起來後多恩裝有現金的錢包就不見了。我把自己的藏在了枕頭底下，所以沒丟。我們又重新開始找旅館。在一家拒絕接待我們的旅館旁邊有個報刊亭，看亭子的人看到我倆，指了指街道對面一處不起眼的建築——原來是家沒有標誌的小旅店，要從後門進去。

經營這個店的老闆毫無官僚習氣，僅收了100塊錢，將我們在一個房間裡安頓好。我們甚至都不用填各種表格或者出示護照。這家不太正式的小旅館比以前任何一家都舒適。牆上有幅白人女子正在脫上衣的畫兒，畫兒的一角用圖釘摁著火車時刻表。冰箱上是理查·艾夫登那張有名的蟒蛇盤繞著裸體的娜塔莎·金斯基的圖片。我們進房間時，看到三名年輕的女子正從裡頭出來，她們身穿緊身牛仔褲，每個人用一隻手拿著杯子、牙刷和毛巾，另一隻手夾根香煙。店主把她們領向另一個房間，其中一個女子把目光停在了我身上，盯著我看。我猜我們可能無意間步入了一家供妓女們休息的旅館，不過沒有人半夜來敲門攬生意。

晚上我們在胡同一個臨時搭建的飯館吃了涮蔬菜火鍋，底料是紅色辣椒粉，特別可口。之後多恩去了河邊的一家咖啡館。我沿著河岸向下走，路過散步的對對情侶還有一些手牽手或是臂挽臂的同性朋友。我撞見幾百個中國人，不知為什麼都在說英語。一群人很快把我包圍了，他們和我解釋說這是市里的"英語角"，其中討論的話題各式各樣，從社會主義、89學潮抗議運動

中成都百貨大樓內部焚毀事件一直到約會以及中國人與美國人對
待性的不同態度。他們熱切地和我聊天，直到我聲音發啞、幾乎
都站不住了才放我走。來中國不過短短一周的時間，我卻已經疲
憊至極。我知道我還會回來的。

第十五章：現在

在我看來，眉毛是一個人的點睛之筆。即使隔著一段距離，它們仍應清晰可見，與上嘴唇絨毛相呼應；這些絨毛有的十分濃密，在嘴角形成了小鬍子。腿肚子上也應該有毛，胯部的體毛像葡萄藤一樣順著大腿蔓延下來，陰阜的毛連綿到腹部的肚臍。乳暈處的體毛長到胸骨處，腰背處也有體毛。腋下當然更要有毛了，而且要如弓箭頭一樣分叉向相反的方向蔓延。女人不應該穿長袖或長褲掩藏濃密的體毛，如果遇到朋友受到震驚而勸說她剃掉體毛，她應該神色平靜地說不。

而說到乳房，形狀、手感遠比大小重要。乳房大固然很好，長而鬆軟、下垂的乳房則更為上佳，即便對年輕女子來說也是如此，最好一直垂到肚臍。鼓起的乳暈是真正決定乳房是否讓人著迷的關鍵，它們比乳房本身更有存在感（對於胸部扁平的女性來說，扁平、寬大的乳暈不僅彌補了身材的缺陷，而且極度令人興奮）。乳房應該看起來沉甸甸的，甚至是過於沉實才好。它們應該呈現出抵抗地心引力的樣子，像是空心的，裡面注滿一定量的氣體使其剛好開始能夠豎立起來，就像開始變硬的成對陰莖，且必須柔韌嬌嫩，仿佛不小心粗魯地一碰，就會被劃破洩氣。人們應該意識到無論是鬆軟還是堅挺狀態，乳房和陰莖在本質上沒有區別。最後，人們不應以禮節為藉口將乳房掩藏起來，也不應當戴文胸（那些不戴文胸乳房便疼痛的女人除外）。

胸部和小腹應與臀部的比重達成平衡，這種和諧的比例塑造出女性的曼妙身姿——經典的梨型身材，而非肩膀寬大的蘋果型身材。小腹應該凸出來，從褲腰邊溢出；汗毛要從襯衫下露出來。胸和臀的大小應該大致相當。對此我沒有上限要求，只有一定限制：胸和臀可以很豐腴，小腹可以有一點點胖，但身體其餘部分不能有贅肉。豐滿的乳房可以占到全身體重百分之十甚至更多，不過這也不能彌補窄臀的不足。並不是說豐滿的上圍或肥碩的臀部不是缺陷，它們是，而且也的確會令人感到不安。但上下圍比例正好的豐腴體形更令人感到不安——同時也更令人怦然心動。

她應該有精緻的後背、線條優美的腳踝、楊柳細腰與修長的脖子，不能有雙下巴。另一方面，皮膚不能太緊繃——我厭惡所謂的"健美體格"。肌膚應該摸起來比較鬆軟，很容易和身體其它組織結構分開，能夠捏在手指之間。只要輕輕一動，身上的肉就可以震顫起來。她應選擇足夠寬鬆的衣服，這樣走路時她那豐腴的身子就會在裡面劇烈地顫動，她不必對此表現得太過在意，當然更不應該難為情。

我喜歡那些和原種族不一樣的膚色，比如說膚色較淡的非洲人或者膚色較暗的白種人或東亞人，那些不確定種族的人，那些混血。如果愛國者是種族純粹主義者，那我則是無政府主義者。我想要顛覆所有國家的種族組成結構。如果說種族特徵讓人們識別一個人來自哪個國家，那我希望混淆能大範圍存在。我在尋找一位被我誤認為菲律賓人，膚色較暗的中國女人，而從她的身高和內眼角可以看出她來自東亞北部——結果發現她其實是日本人。她的容顏與身體之間有不可衡量的差異。她的美是有缺陷的，凸顯了這種對比。她的鼻子太大，前額太寬或者太窄，兩眼之間的距離太近，或者一隻眼睛比另外一只要高些。她的臉或者身體必須令人不安、有種起催化作用的張力，這種張力不會削減她的美麗，反而會增添她的風采。眼睛越漂亮（即使有缺點），臉部或者身體其它部位就越可能有缺陷，身體也就越能爆出劈劈啪啪的火花，令人興奮。

這正是馬利亞的問題所在。她符合了我對外貌的大部分要求，甚至在某些方面還特別突出。她的乳暈異乎尋常得大，沒有任何比基尼能夠掩蓋住它們，在公共場合引來人們不自在的目光——尤其是比基尼下方跑出來的茂密陰毛，使情況更為糟糕。儘管她的乳暈在沙灘使人們震驚，對我來說它們卻是自然造化的一部分，這表明性特徵只有走向極端誇張才能得以完美展現。我所追求的是視覺方面非常明顯的令人不快的缺陷。只有錯誤、不該有的東西，才使我極度興奮。她豐腴的臀部尤如希臘的雕像，有個完美的360度的弧度，但我想要的是大而松垮的臀部，就如吃了過多薯條造成的那種肥碩，或者下垂到很低的位置。她體毛茂盛，的確有隱隱約約的小鬍子，但下巴很光滑、沒有一絲鬍子的蹤跡。她的乳房和小肚子缺乏能夠拉伸的彈性。簡言之，她的外表沒有任何撩人、挑戰我審美的地方，我對此感到膩煩。

現在該告訴她這些了。

我們的談話以沉默收場。

她躲進了臥室，我則進了書房。之後當我出現在廚房時，她也在那，赤裸著身體，不停地哭泣。然後她又飛奔回臥室，我聽到盥洗室的水龍頭流了30分鐘，於是進去一探究竟。她把自己鎖在了隔壁的衛生間，我敲門時也毫無反應。我一下慌了神，破門而入。她蜷縮在地板上，身體僵硬、處於半昏迷狀態，拳頭握得緊緊的，我幾乎分不開她的雙手。沒有任何藥丸的痕跡。我把她拖上了床。一小時過後，她放鬆下來了，在我和她說話時，能咕嚕著做些回應。

我一晚沒睡。第二天早上她起床後到處走動，但是故意不理我。她從我的古典唱片集裡抽出一張CD放在唱機中，這可是破天荒第一次。她自身並沒有意識到，但毫無疑問，此時沒有什麼音樂比施恩《音樂宴會》中如鬼一樣的舞曲更令人心酸、痛徹肺腑了。下午的時候我試圖補些覺。她來到臥室中，我讓她坐到床上和我聊天。幾個小時，我們一直在那裡喝啤酒哭泣。

我們去了一家義大利餐館吃晚飯，然後去了咖啡館。她一開始時還十分歡快，但整個晚上越來越鬱鬱寡歡。回到家後，她突

然站起來離開了。我以為她去了商店。到半夜的時候她還沒有回
來，我發現她沒帶錢包。今天早些時候她曾向我描繪有關水的種
種景象，說它們看起來是多麼讓人平靜。我擔心她去跳河了。就
在我打算報警時，她回來了。

第二天她在夜大上完課後我去接她，她還是不見好轉。她情
緒低落、十分疲憊地躺在沙發上說道："我覺得特別奇怪。今天
上班的時候我和一位同事說話，但我完全不知道自己都聊了些什
麼。我覺得自己做了很恐怖的事情。"

"什麼意思？"

"我可能殺人了。我把一個人的嬰兒掉到了地上。"

"根本沒有的事。"

那天晚上她又癱倒在衛生間。好像第一次注意到了破損的門
似的，她倚在門旁，眼淚把門都浸濕了。

第二天她工作的時候給我打電話，說話很慢、有些結巴，聽
起來十分疲憊糊塗。我緊張不安，便邀請我的朋友約翰和我一起
去酒吧聊聊這一團亂麻的情況。他和馬利亞的關係很好。約翰工
作時，馬利亞一天中給他打了好幾個電話，抽抽答答地哭泣。我
和約翰在酒吧的時候，她給我手機打電話："燈熄滅了，"她說
道。

"什麼？怎麼回事？"

她變得語無倫次起來，電話斷了。我急忙回到公寓，前門大
敞著，她像嬰兒一樣躺在門口。"他們闖進來把我推到了廚
房，"她說道。

"你在說什麼？"

"我在衛生間裡，忽然一切都黑了。他們斷了電。"

"'他們'是誰？"

"看門的人。露娜讓他們那麼做的。她不讓我準備考試。"

窗臺上放著她用來觀察前院過道中看門人的雙筒望遠鏡。我

嚇壞了，給醫院打了電話。他們建議我把她帶到急診室。馬利亞雙膝跪下，懇請我不要把她帶到那去。（很多中國人擔心如果因為心理原因被帶去看大夫的話，可能就得永遠呆在醫院裡面了。）

"如果你冷靜下來、理智一些，我就不叫救護車。"

有人來電，我接起電話，那人要和馬利亞說話，還提了有關結婚戒指的一些事情。

"他是誰？"我轉過頭問馬利亞。那人掛斷了電話。"他究竟是誰？"我又問道。

她咕噥得說道是和她昨天交談過的一個陌生男人，那人發現她的戒指丟了。

"什麼？你結婚了？"我問道。"我從來沒見你戴過結婚戒指。"

她一臉茫然，不知道該怎樣回答我的問題。我到樓門口去問晚上早些時候是不是停電了，令我吃驚的是，的確停了20分鐘電。自從我們搬過來住後，還是第一次發生這種情況。至少她沒有出現幻覺。

第二天她已經恢復正常，可以和朋友出去了。到家後，她說自己感覺好多了，就是有些累，仍在擔心掉在地上的孩子。她愉悅地說道："我對自己這幾天的所作所為感到十分抱歉。所有的情侶都會時不時地遇到這些類似的問題，我現在已經好了。"

我倆下午先去了咖啡館，又一起去買東西。在商店裡她感到十分虛弱、呼吸困難，到家後又好起來。我告訴她這只是焦慮症發作，症狀很快就會消失。我們友好地長談了一次。這是一周以來她第一次看起來恢復了常態。我沒提起她是否結婚那件事，想等她狀況明顯好轉後再說。

接下來那個週末她和朋友去旅行了。一回到北京她就在北京港澳中心瑞士酒店訂了1500元一晚的房間，然後宣佈在本週末結

束時我得從公寓裡搬走。有天晚上她態度友好了一些，打電話邀
請我去旅館看她。我到後發現她昏倒在地毯上，身下是一灘穢
物。原來她沒好好看標籤上的說明，吃了過多的抗抑鬱藥，吐了
出來。

　　我把她身子轉過來，她喃喃自語道，"你拋棄了我。"

　　我記起幾年前她曾和我說過小時候的一件事，那把她嚇壞
了。由於中國傳統觀念中重男輕女的思想，她父母不希望再生個
女孩。她出生後父母對她的怨恨甚至超過了對她姐姐。長到五歲
時，她父母覺得她足夠大能夠照看自己了，於是把她帶到了火車
站，想拋棄她。她對那件事記憶猶新，父母先是走了，或許是因
為內心充滿了自責，又回來把她領了回去。

　　星巴克為了討好顧客總追求大份的心理和難填的欲望，把小
杯、中杯、大杯標為"中"、"大"、"超大"（"Tall,"
"Grande" and "Venti"），並且如果你選擇忽視這種文字偽
裝遊戲，店員會不厭其煩糾正你。這真令人討厭。我總是說要小
杯（demitasse），然後讓他們去想那究竟指的是什麼。杯子很
小，裡面有加牛奶的地方，如果願意的話我就自己加一些。這是
小杯，而非大杯。由於語言發展自身需要而產生新語言，與為了
盈利或其他目的而玩文字遊戲之間有著涇渭分明的區別。詩人和
廣告人在語義變化的機器中增添各種離奇、不同尋常的語句，寄
希望於某些新詞能被接受並繼續存在，但這種創新很容易變成小
聰明，再往前一步就會變成油腔滑調，維多利亞時期咬文嚼字的
語法學家會認為這和品行低下、道德敗壞沒區別，而我認同這種
看法。

　　拋棄指的是無論是因為殘忍、蓄意而為還是出於無奈，離開
某人、使其陷於極度困境之中。她父母沒有下得去狠心但意欲為
之的行為可以稱作拋棄。在落後的時代或地區可能有許多此類情
況發生——比如說維多利亞時期的英國，遺棄會使沒有收入來源

的婦女流落街頭、衣食無著、陷於絕境。當今文明社會已經不存在這種狀況了，我們可能遭遺棄，或者是被禮貌地要求離開，但不會因此陷於無助的狀態。即便是最先製造裂痕的人也可能被搶先一步，得到離開的最後通牒，就像我一樣。如果說馬利亞是因為我們關係中出現了第三者而做出如此反應，還情有可原，但把我的行為和父母遺棄她的行為混為一談，這就不可原諒了。

讓我說得更具體一些，"能夠理解"似乎是比"值得寬恕"更為妥貼的措詞。我堅決反對那種居高臨下的稱之為"寬恕"的修辭。我的敵人最好也不要用這個詞。我寧願把她對我的冒犯看作在爭取互相認同的爭鬥中的榮譽徽章，把她的失敗看作在生活戰鬥中獲得的美麗傷疤。尼采曾說過，要學著恨你所愛的人，這樣你就會把他/她當作驕傲、誠實的敵人來尊敬了——因此這個人也會名副其實地配得上你的愛。應該認識到這點，我拒絕寬恕並不是因為對對方的失敗幸災樂禍，而是出於對誠實的要求。那些居高臨下給予寬恕的人就如同那些屈尊脫下衣服到裸體公園一探究竟、對看到的一切深感失望後就再也不去了的一次性遊客。

當然，她的語言表達能力拙劣不成熟，但我們所有人在半數場合皆是如此。很多人頭腦中片刻閃現的想法十分粗俗，因此也十分有趣，即使這些想法從道德優越性角度看來是低級瑣碎的。至於身體方面的缺陷，面對一個完美無瑕以至於都引不起人興趣的身體，你又該怎麼辦呢？但我還是識別出了這些站不住腳的藉口。在男女關係的週期變化中有一個悖論，就是如果你不斷地與同一個人見面，每次都仿佛初見一般，你會在每次見面時感到一股激情湧上心頭。我會非常樂意為了馬利亞而離開馬利亞。但是當行動是唯一的選擇時，所有的理由都不重要了。事實上我被更強大的力量佔據了：一個生命力更強、擁有更多情欲智慧與情欲吸引力的人。

情欲智慧是指不採用暴力(除非強迫的過程能給對方產生愉悅

的感覺），在性方面迷惑甚至誘捕一個人的能力。加百利在"受胎告知"中僅用一件袍子和幾個簡單的動作就完成了這件事。我們來看下《巴薩羅繆福音》是如何描述該場景的：

> "當我住在上帝聖殿中、從天使手中領取食物時，有一天我面前出現了一位天使；但我看不清他的臉，他手中既沒有麵包也沒有聖杯，這和以前出現在我面前的天使不一樣。頃刻之間聖殿的屋頂倒塌了，發生了強烈的地震。我跌倒在地上，簡直不敢看他。但他用手抓住了我，把我舉了起來。我朝天上看去，發現來了一片滿是露水的雲，露珠落在我臉上，灑得我從頭到腳都是，然後他用袍子替我擦拭：'你受到恩寵了，被選的器皿'……"
>
> 當她這麼說時，火從她嘴裡冒出來了，整個世界即將被燒毀。

這個粗略的寓言式敘述需要一些注解來說明理解。在馬利亞面前是一個天使式的人物，其神態"難以辨認"，那張臉她"不敢去看"。按照精神分析的說法，這可能是她的父親，也可能是其父親、上帝或加百列的陰莖（無論是誰的都是一回事）。天使將此揮舞在自己手中（而不是人們期望中的"麵包或聖杯"），用來"撕開"馬利亞聖殿中的"屋頂"或是處女膜，引發了"地震"或是高潮和暈倒，而"滿是露水的雲"，也就是上帝的精液噴灑了她一身。加百列用自己的袍子拂拭馬利亞的溫柔舉動，為此高潮場景謝幕。馬利亞在噴火的憤怒中描述此場景——這其實是深層次性滿足的表現。

該場景說明如果方法得當，強姦是能夠成功的，不過這需要一個範例。我們可以看到由執法者本身進行的強姦並不會受到法律制裁。該場景沒有變得越來越暴力，其強姦的程度越來越恰當，在最完美的狀態中達到了頂峰。

從另一方面說來，象徵意義的文本儘管藏著各種寓意陷阱，卻也總是能從字面、直白層面加以解讀。想像你是最缺乏經驗和判斷力的讀者，一個不識字的農民，是這段文字成書的同時代人，有人將這段文字大聲念給你聽。你對各種象徵一無所知，也不知道基督教。你不明白講述毀滅破壞的第一部分內容，但卻抓住了餘下那部分的大意，這是一場極好的引誘場景。天使只用了個手勢、輕撫一下，甚至可以說他都沒碰馬利亞，只是瞟了一眼，打開袍子，用手指一下就把事情完成了。加百列對馬利亞的肢體接觸僅限於把她從地板上扶起來，用袍子拭去了她身上的露珠。儘管你不識字，但你的情欲智慧足以讓你明白加百列這一舉動意味著什麼。

露娜在此方面絕不欠缺，她已經將之發展成了一門藝術。當她意識到情欲行為能夠轉移或昇華時，就將之發展成了只有少數行家才能欣賞的縝密純正的藝術。啊，露娜擁有情欲智慧。不，應該說她是個情欲天才，而問題就在這。

第十六章：現在

從前有一個雙性的神叫作索菲婭，她代表美好，因為她的名字意味著智慧。索菲婭生了一個兒子，叫作修羅神。修羅神創造了大地，並創造了伊甸園及第一個男人和女人，亞當和夏娃。但索菲婭發現修羅神很邪惡，像暴君一樣統治著伊甸園。亞當和夏娃是雙重意義上的囚犯：一方面被關在伊甸園內作為修羅神的園丁像奴隸一樣勞作；另外一方面不知道什麼是知識，非常無知。實際上知識對他們來說觸手可及，因為它以魔蘑菇的形式長得滿園子都是。不過修羅神警告他們蘑菇有毒，會藥死他們，所以嚴令禁止食用。

索菲婭被修羅神的非正義行為氣壞了，於是又生了個兒子，一個具有美德的神，叫作耶穌基督。耶穌基督變成一條蛇，悄悄爬進伊甸園，幫助亞當和夏娃擺脫他們的命運。蛇對夏娃耳語道，他們都上當受騙了：這些蘑菇不僅沒有毒，而且會使他們變得非常聰明。修羅神恐嚇他們，讓他們遠離蘑菇，只是為了把他們關在伊甸園內。如果他們嘗下蘑菇，一個全新的感知世界就會在他們面前展開。他們將認識到自己被囚禁的困境，立即走出伊甸園，去尋求無盡的自由。

夏娃吃下一個蘑菇，蛇舔了一下她的陰蒂。她喜歡蘑菇的味道，於是說服亞當也嘗一嘗。亞當也吃了蘑菇。他們變得非常亢奮，睜開了雙眼，被周圍的一切驚呆了。他們能夠聽懂鳥兒嘰嘰喳喳的語言，各種花草樹木隨著鳥兒那音樂般的啼叫聲優雅地擺動。花兒們爭相鬥豔、賞心悅目，被採摘時發出歡快的笑聲。風都變得有旋律了，天空也變得清澈透明起來，太陽發出千萬道金絲般的光芒。

一隻猴子拿起根樹枝，把腦袋伸過灌木叢，沖亞當和夏娃眨眼睛。所有的動物都變得活潑起來，以前木訥的表情不見了，它們學會張嘴笑了。猴子走進劇院，打開皮袋子，點燃了一些紅色黎巴嫩大麻。他們的神智更加恍惚了。

　　夏娃對著亞當說話，但亞當太暈頭轉向了，根本不知道夏娃在說什麼。如果不是夏娃在那陪著他，他很可能已陷入恐慌了。他不確定夏娃是長了兩個乳房，還是只長了一個而他看到的只是重影。他拿起一隻乳房，置於手掌中，用手指環住這個小東西。乳房抖動了一下，晶瑩透亮，可以看到細小的紫色血管，它是那麼緊湊精緻，亞當有些害怕一不小心把它捅破了，流出液體來。他放下乳房，發現手掌黏糊糊的滿是乳汁或汗液。猴子戳了他一下，把煙斗遞給他，亞當和夏娃這才發現對方沒穿衣服。

　　紅色黎巴嫩大麻藥勁猛烈，猴子都暈過去了。亞當和夏娃做了愛。亞當第一次嘗到了陰部的味道，夏娃經歷了第一次性高潮。他們都沒意識到自己在做愛，剛才的性愛只解了一點點癢，他倆突然明白做愛是多麼酷，同時感慨不知多少好時光都白白浪費了。他們開始意識到自己所處的困境並感到十分憤怒，解決的方案也變得明晰起來。修羅神的統治是建立在他人的無知和恐懼上的。何必從伊甸園逃走，讓修羅神在園子中繼續控制一切呢？

　　那晚修羅神睡覺時，亞當和夏娃割斷了他的喉嚨，把他的陰莖塞在他嘴裡，將睪丸放進他的眼眶中，又把他的眼睛放在煙斗中抽起來。他們推翻了伊甸園的牆，放出所有的動物，並依靠猴子的幫助建立起第一個社會。但他們犯了個錯誤，不應該把修羅神的眼睛放在煙斗中抽。修羅神邪惡的基因傳到了他們的DNA中，傳給了他們的子孫後代，以至於該隱謀殺了他的兄弟亞伯。傳給後代的另外一個特點就是旺盛性欲——對性無休止的渴望。

　　儘管數千年來，不斷有人竭力摧毀我們，但我們這一少數群體在地下以各種各樣的神秘宗教膜拜儀式、秘密的陽物崇拜組織、女陰崇拜的巫婆聚會形式存活下來，生命力極其頑強。當基督以人形再度出現在人間時，我們幾乎遭受滅頂之災，差點被趕盡殺絕。當時有些崇拜團體舉行各種盛宴，進行縱酒淫樂的狂歡，將精子和經血作為聖餐，赤身裸體進行集會，婦女們在主持宗教儀式時貢獻出自己的身體（並不是把身體放在劍下作為祭品）。很難說早期的元老們是為了對付這些團體而採取了相應措施，還是為了加強對教會的控制、爭奪權力。

元老們看到我們人數太多，不可能一個個都被送去餵獅子，於是想出了一個更為有效、更具毀滅性的解決方案。他們為早已過時的暢銷書《舊約》編了個續集，命名為《新約》，其內容取材於當時流傳的各種福音書，但故意沒有收錄關於我們的章節。他們搶先一步進行出版印刷，在編輯過程中把我們的歷史刪掉了，直到整整一千年後，我們才成立了臭名昭著的各種團體，重返歷史舞臺，其中包括具有亂倫關係的自由精神兄弟會，這為希羅尼穆斯·波希的繪畫提供了靈感；另外還有仿效在伊甸園中赤身裸體生活的亞黨派，威廉·布萊克是其中的一員。

我們存活下來，一直到現在。你很容易就能看到我們，如果用心的話，你會發現我們正在觀察你呢。我們被賜予了旺盛性欲的基因，與周圍大多數人相比，最顯著的特徵就是具有更加旺盛的生命力。但最重要的不是生命力的多少，而是生命力的品質。畢竟，如果諸神出了差錯，賦予我們過多性欲的話，我們就會牢牢糾纏擁抱在一起整天做愛，還沒過青春期，就該精力耗盡死掉了。要想使性欲的劑量合適，需要進行巧妙的平衡——不能太多，但要確保有足夠的精英將旺盛性欲基因傳遞給後代，以防大多數人對性感到迷惑不解。從品質方面來看，這真是一種令人敬畏的現象，可被歸納為最基本的概念：我們擁有純粹為了性本身的魅力而享受性的能力，也就是說能夠在多個性夥伴之間遊刃有餘。這對我們來說清晰如白晝，但對另外的人來說則不可理解，令他們氣憤填膺。

這概念對我們來說是不言自明的，任何解釋都顯得多餘。我們其中有些人生來就對此一清二楚，另一些人則是隨著性欲的增強而逐漸明瞭。我們幾乎都是雙性戀。我們喜歡的生活方式是充滿活力的三人組合：三人組成開放性的社交網路，不斷交換性夥伴。如果可能的話，我們把任何交往都向性方面引導，每結識一個新人，都會用情欲方面的能力來評估他或她。如果這個人沒有這方面的潛能，我們就接著看是否有共同的興趣愛好。如果在這方面也沒什麼共同點，我們就不繼續在這人身上浪費時間，開始去追尋其他人了。

我們將下列規則看作理所當然的，並奉若圭臬：1）任何兩個人若想和對方發生關係，應立即行動，不要有任何的拖泥帶水；2）如果欲望不是相互的，欲望較少的那方應該出於慷慨的原故，考慮主動提出和對方發生關係。當然這種慷慨是有限度的。和某些人上床對我們來說太倒胃口，想都甭想。但在拒絕之前，一定要問問自己，是否這是因為太吝於分享自己的身體，不願費事去和別人發生關係才說不的。

不得不承認，自中世紀到現在發生了很多的改變，過去被稱為"雞奸"的一系列被人們厭惡的行為現在已經被分門別類、區別對待，而這些行為在過去是要受到死刑懲罰的（在一些落後國家仍然如此）。現在它們分別被冠名為口交、同性戀、異裝癖，諸如此類。由此可以看出人們日漸寬容的態度。但現代社會在很多方面仍如過去一樣落後，人們對雞奸者的憤怒變身為對戀童癖者的憤慨。戀童癖者被無情地流放，他們在監獄服完刑後只能在高速公路立交橋下面苟且生活。不管怎樣，沒有一種犯罪在美國會受到這種懲罰。當人們認為戀童癖者的罪行理應遭到如此懲罰，輕易放過他們太過危險時，我們忘了兒童的分類標準，也忘了戀童癖這個罪行實際是在近代才出現的。在過去的數千年中，兒童被看作迷你版成年人，可以隨意調戲挑逗，因此必須學會自我保護（至少六歲以上的兒童是這樣，十九世紀前，大部分國家法定能夠自主同意性行為的年齡為七歲）。這種情況對兒童們來說很不幸，但那個時代戀童並不犯罪，甚至都算不上是冒犯的行為。

雖說同性戀為擁有多個性伴侶行為獲得了一定程度的認可與尊重，但這種行為仍不被主流社會接受，鼓吹性自由的異性戀者被診斷為"性成癮者"。儘管現在提倡言論自由，色情片也合法化了，媒體也到處鼓吹"健康性生活"，但沒有任何一個話題像性那樣，在被提及時引起如此的恐慌。只要一提起這個話題，就會冒犯對方，引起周圍人的譏笑。除非這個話題被巧妙地引入，被談及時說話人裝出一副嗤之以鼻的神情，或者作為傳閒話者的談資，成為黃色笑話的素材。為什麼會是這樣，難道就沒有人一探究竟嗎？就是偷偷地研究也可以啊！尤其在這個科技發達、資訊靈通、鼓勵公開探索的時代。就是那些你覺得可能對這個謎一樣的現狀感到好奇，會想要試探其邊界的藝術家、自由思想家、知識份子們也對之避而不談。由此我們可以看出，無論左派還是右派，在對待這個問題上都如中產階級一樣平庸，小心翼翼，生怕觸碰。現代社會仍然十分傳統，繼續將性當作禁忌話題。

有人說，何必談論性呢，直接做不就完了？但按照這個邏輯，談論宗教和金錢同樣也是多餘的。那為什麼不要求教徒們只能在私下禱告，要求人們只在運營生意的時候才能談論金錢？為什麼不能讓性具有如同宗教一樣的地位，晚餐正式開始前人們要為彼此的性健康乾杯，廣播節目中自由宣傳最廣泛運用的情色行為，勸說人們效仿；當地的換妻俱樂部在高速公路的看板上進行宣傳，你還能根據其獨特的建築風格在任何社區中輕易將其辨認；學校爭先恐後地提供豐富的性教育課程（我指的是真人做示範的真正的性教育），政治候選人在競選節目中吹噓自己有多個性伴侶？

或者想像一下人們像對待金錢一樣對待性，如果社會像以金錢為核心一樣圍繞著情色價值運轉，如果性欲能以價值來衡量，作為象徵性的貨幣被人們交換用以和他人發生性關係，而價格則為彼此欲望程度的差額。別人對你的欲望可以讓你變得富有或知名。反過來，你也可能為一個觸不可及的人而把自己的性貨幣揮霍一空，但經濟方面不會受任何損失：性欲經濟獨立存在於貨幣經濟之外，二者貨幣不能互相轉換，我們每個人還得靠自己的工作去謀生（不過在這種性欲經濟下，賣淫就失去存在的必要了）。這種方案會使關於愛的討價還價簡單易行，因為這樣一來我們既不需要深入瞭解對方，也不需要物質條件，就可以出價競拍對方的身體。

書可以作為這種性貨幣，而家庭藏書室則可以作為進行這種親密交易的場所。比如說，有人被邀請到你家流覽書籍，從你的書架上任意挑選一本書，然後測試你對該書的瞭解程度。如果你能夠描述書中內容並且同意這個人把書拿走的話，他或她就可以和你上床（這可真是促進閱讀的好方法啊！）。

我在北京東直門地鐵站看到一個著長裙的女人，身體被一層層薄紗似的碎布衣料包裹著。她在用腳踢皮箱，讓箱子從臺階滾向月臺。在中國沒有人像她這樣穿衣服，在全世界任何地方也沒有人像她這樣對待自己的行李。沒有人上前幫忙。我正要上前，忽然行李箱快速朝我滾來，我對她產生了一絲恐懼感，於是掉頭向月臺走去。過了一小會兒她站到我身邊，問我在中國做什麼。列車到站前她已經依偎到我身上了，乳房貼在我胳膊上。我們上了車，她大聲和我說話，引起了地鐵上每個人的注意，一些人面帶憂慮地向我這邊看來。

她叫露娜，出生于非洲，父母是中國人。她剛回到中國，在人民大學學習。她對自己的中國裔身份感到很難堪，稱自己是非洲人。我很好奇，問她姓什麼。"叫我露娜就行了。"她是"雲遊世界、四海為家的醫生"，還自認為是真正意義上的共產主義者。她讀過所有馬克思主義的原著，而不是中國流行的偽共產主義學說。列車向前走，她的職業也不斷變換著，老師，藝術家。她不久就要去日本；她是佛教徒，想找個師傅，在其門下學習。出於同樣的目的，她還想去趟印度。"難道你不擔心在這些國家碰到語言障礙嗎？"我問道。她說她在尋求自由，精神上的這種衝動會衝破所有語言障礙。在中國人們想要壓制她。就在昨天，她和一個服務員因為一杯水發生口角，手都被抓破了。我不知道她是怎麼還擊的，反正員警把她帶到了醫院，命令她在那裡休息。她剛跑出來，還沒有時間進行洗漱。我看到她指甲上還有絲絲血跡。

在到西直門前我要了她的電話號碼，這是換乘車站，我們都得下車了。我以為她會跟隨我，但她撲通一聲把箱子放到車廂地面上，往行李箱上一坐，開始沉浸於各種新想法，早已忘卻了我的存在。如果她應邀來我住處的話，我猜想她一進門就會脫光衣服，然後切掉我的陰莖，再放一把火燒了房子。也許她並不是真的神經有問題，只是有些瘋狂而已。我得一探究竟。

我給她發了條短信，她立馬就回了，我們約好第二天去喝咖啡。我懷疑她性方面攻擊性比較強，這顯然低估了她。還沒等服務員過來為我們點單，我倆就幹了起來。攻擊性強並不是合適的字眼，她做的簡直就是天衣無縫。我原以為她會坐到對面，但她來到咖啡廳後在我旁邊坐下了，然後把手放在我陰部，問我怎麼樣。

"我能看一下嗎？"她表情極其自然地問道，掏出我的陰莖，把它含到嘴裡，發出吮吸的聲音。"為什麼要穿內褲！"她批評道。"穿內褲一點都不健康，空氣不流通。看！"

她說著一下子撩開裙子，的確沒穿內褲。她大腿內側有些濕，陰道分泌物在裙子裡面留下道道白色條紋狀的印記。她用雙腿把我一夾，尖叫了一聲，把陰莖緊緊夾在陰道中，很快就讓我達到了高潮，非常熟練，像經過專業訓練似的。性變成了一種問候方式。突然一股熱流浸濕了我的大腿，我驚慌失措地從她下面撤了出來，"你居然在我身上尿尿！"

"這不是尿，"她小聲說道，"是高潮時噴灑出來的液體，我潮吹了。"

我大腿完全濕了。在她規規矩矩坐到我對面之後，服務員才過來。他們目睹了一切，極為震驚。不過在中國咖啡館無論發生多麼震驚、不可思議、荒謬至極的事情，都不會有人問津或受到懲罰。

這畢竟是東方。亞洲社會對婚前及婚外性行為感到反感，情侶們被逼到公共場所的狹小空間做愛。日本有愛情旅店，專供情侶發生關係。這種旅店既招搖又謹慎：人人都來這種旅店，但誰都不會承認。在中國的八九十年代，沒有結婚證明的情侶是不可以在旅館住在一起的，於是社會中供人們宣洩釋放情欲的場所變得邊緣化。電影院有情侶專用座位，裡面沒有取暖設備，人們就在冬天用厚重衣服為掩護來做愛。咖啡店的椅背高、光線暗、音樂聲大，而且比較冷，也是人們摟摟抱抱的好去處。天氣暖和時人們會到公園的灌木叢中做愛。

近些年來性方面的道德約束已經寬鬆了很多。如果說年輕人仍然不被允許和情人在父母家中發生關係，但供發生親密行為的場所明顯增多了。有優雅的24小時茶館，並配有私人房間。還有一直營業到天亮的酒吧，裡面有各種隱秘角落及可以展開的沙發床。酒吧工作人員對顧客做什麼睜一隻眼閉一隻眼。還有配有情侶間、整夜開放的奢華洗浴城，不需登記就可以入住。普通旅館為了跟上時代風氣的變化，也開始允許非婚姻關係的任何人開一間房。中式咖啡館為了和日益受歡迎的西式咖啡館競爭，也除去了以前那種軍營式的氛圍，在室內裝修、咖啡品質和社交功能方面都很用心。

　　然而中式咖啡館保留了一個非常獨特和關鍵的作用。這裡的座位非常寬敞，有助於進行各種私人活動，比如說在白天進行機密性的商業會談、談情說愛等等。當然這只是一種象徵性的隱私：隔壁座位上的顧客看不到你都幹了些什麼，但服務生或者從你身邊經過的任何人能看到一切。儘管如此，所有人都會尊重你的私人空間。你可以做文明行為條框下允許的任何事情，包括小心翼翼地做愛，服務生肯定會把目光轉向別處。在東方，各種不可想像的事情都在朦朧模糊的空間中進行著。即使像露娜做出那麼驚人的舉動，結果仍是一樣的：服務員們會只顧忙自己的事情，絕對不會提出異議，讓顧客面子下不來。恰恰相反，他們倒很希望發生這種新鮮事呢，因為這為他們提供了閒談的素材。

第十七章：現在

現在可以聊天了，出於純粹的好奇（我對她的行為沒有任何道德上的譴責），我問道："你不感到害羞嗎？"

"一點兒都不。你呢？"

"難道不是一定的羞恥感幫助人們建立起行為準則和限度，並提醒人們它們的存在嗎？如果沒有一套準則和限度來作為規範，生活還不亂了套？"

"那我問你，有沒有一套準則和限度來規範人們的用餐禮儀呢？在何種情況下，人們會因為沒有遵守用餐禮儀而被趕出餐館？我不是指大聲喧嘩、惹人生厭，觸怒其他顧客。你能舉出一個因為本身吃飯的方式不合禮儀而被趕出飯館的例子嗎？"

"比如說邊吃飯邊淌口水，將飯菜弄得滿身都是，並且引以為樂？"

"或者走另一個極端，比如說把食物弄到地上，然後在地板上吃。即便這樣，你都不一定被趕出餐館。服務員會禮貌地請你採取合乎禮儀的用餐方式。只要你在自己的餐桌範圍內活動，即使做出最為噁心的行為，也不會有什麼後果。"

"好，這我得仔細想想。"

"我剛才說的那種行為令人生厭是因為浪費和自我放縱。人們吃飯時通常不會弄得一團糟，而會出於本能的謹慎，以盡可能有效率的方式將食物送進嘴裡。回想一下幾分鐘前你是如何接納我的身體的。沒有人能夠做得比我更有技巧了。我很快就結束了，服務員們都來不及反應過來是怎麼回事，再說他們也會將目光轉移到別處。當我坐在你腿上時，裙子把咱倆給遮蓋住了。我特想叫出聲來，但出於謹慎，一直竭力保持安靜，而且速度極快。我效率那麼高，既慷慨又周到，你應該對我表示感謝才對。我的意思是，我本可以厚顏無恥地做些蠻不講理的事情，比如說為自己點十份冰激淩！"

　　"把問題還原到最基本的構成要素上來，"她繼續說道，"女性的外陰和嘴唇不都是濕濕的一開一合的孔嗎？為什麼在公共場合可以露嘴唇卻不能露陰道口呢？"

　　這個問題太過愚蠢可笑了，都不值得回答。但仔細想想她的邏輯還是有連貫性的。這讓我想起了我曾遇到過的一樁怪事，此事發生在那個對較輕微的非傳統行為極度寬容的國度。那件可怕的事可以很好地詮釋英國人的古怪，儘管更確切地說，那人已不能被稱作怪異，而算精神異常。

　　我當時在謝菲爾德的一家咖啡館，一個下巴上掛著泡沫和唾液的人走了進來，上衣不知是被嘴裡流出的什麼東西浸濕了。他進來翻看一位去取咖啡的顧客的包兒。那位顧客回來後，小心翼翼地把包兒從那個令人作嘔的人手裡拿回來，藏在桌子後面。這間咖啡館和銀行共用一個大廳，那個怪人拿了很多銀行的宣傳冊和免費雜誌，抱在懷裡繞著大廳走，還不停地一邊念念有詞一邊流口水。

　　過了一會兒我從一家餡餅店買了張咖喱雞餡餅，然後坐在市中心擁擠的購物中心外準備用餐。那個噁心的人又出現了，從我身邊滑過。我說"滑過"是因為他很小心翼翼，像頭上頂著好多書似的走過——這時他把手伸到喉嚨裡，好讓自己吐出來。他不僅很享受這種表演（如果這種行為可以被稱為表演的話），而且對此十分熟練在行，把手指牢固舒服地固定在對的位置，沒有彎腰也沒窒息幹嘔，而能控制並調整嘔吐物的流動，恰如其分地掌握著節奏。太令人驚奇了，一個嘔吐藝術家！我轉過頭，避免自己吐出來，早已沒了胃口。

　　更讓人驚奇的是，他的行為似乎絲毫沒有違反公共準則。沒有人留意到他。可是如果你不穿衣服走在大街上的話，人們會幸災樂禍或者有些惶恐地盯著你看。員警很快就會過來拘留你。如果員警這麼做是為了避免讓大家看到令人反感的一幕，為什麼那個令人作嘔的傢伙不被帶走？我覺得他的行為與無害的在公共場合裸體或性交相比噁心多了，但怎麼沒人來制止他呢？

我把這種想法說給露娜，她評論道："咱們都不用說得那麼遠。看看某些人吃東西時的一臉怨氣和怒容吧！這種表情本身不就應該被看作是噁心、令人反感的嗎？吃飯不就是嘔吐的對立面嗎？為什麼人們不能這麼認為呢？我認為這是因為食欲比性欲來得更緊迫些。如果反過來的話呢？比如說人們每天都需要做愛，一天要好幾次，但吃飯推後一兩天倒無所謂。這樣的話，人們還會不會覺得吃飯是一件難為情的事情呢？或者如果把吃飯和如廁相提並論會怎樣呢？"

聽到她這種瘋狂的想法，我笑了起來。

"咱們從另一方面來看這個問題。對一些人來說，美食特別重要，他們的生活以食物為中心，以至於每天花數小時準備並享用三餐。你同意這種看法嗎？"

"當然同意。烹飪是流傳最廣和參與人數最多的一種藝術形式。"

"另外一個極端就是有些人對食物漠不關心，只有在肚子餓了，非吃不可的時候才想起來吃東西。對這些懼怕、厭惡食物的人來說，吃飯是件令人感到羞恥和難堪的事情。經常節食的人會對食物產生一種負罪感還有可怕的聯想。我覺得這種人非常可憐，在通常情況下，健康合理的飲食能夠幫助這些人恢復正常。如同那些美食藝術家一樣，我是性藝術家。我認為人們是可以被改造的。"

"但我們得遵守不得在公共場合性交的法律規定啊。"

"我們可以把玩、試探和挑戰這些規則。難道這有什麼問題麼？除了服務生外沒有人注意到咱倆都幹了些什麼，即使看到了，他們也沒表示反對。你對我的做法也沒有異議。下次我們再在這種地方做愛，你就該習慣了。而且每次都會比上一次更加熟練，更有趣。通過不斷練習，你會變得特別擅長在這種場合做愛。"

　　幾天過後，她來到我的住所。看到我收藏了那麼多的音樂CD，她表示願意學習更多西方音樂知識。於是我給她上了一堂西方音樂簡史課。

　　"西方音樂從一開始就浸透著東方音樂的元素，是亞洲音樂的分支。實際上找不到西方音樂的開端，因為它從一脈相承的拜占庭、敘利亞、古希臘以及更古老的音樂發展而來（可識別的音樂記譜法從西元九世紀才發展起來，所以現在幾乎沒有那些歷史時期的音樂記錄）。從那時一直到中世紀結束，西方音樂以素歌的形式存在。

　　"西方音樂史最重要的發展是在十二世紀的時候發明的複音音樂（也稱複調音樂、和絃或多和絃），這是西方音樂取得一定獨立自主性的標誌。複音音樂是兩個或多個旋律同時演奏的音樂。有理論認為複音音樂是哥特式大教堂（以巴黎聖母院為代表）在建築領域取得的突破性進展應用到聽覺領域的結果，複音音樂也正是為在哥特式教堂演奏而創作的。物理學中迭瓦狀力量的複雜幾何結構使大教堂能夠承受高聳入雲的拱頂，這種理論被應用到了音樂之中。

　　"還有一種更為簡單的解釋，源自東方的穆斯林世界。複音音樂這種美學上的大跨步前進也許只是相關的**差異**觀念發展的結果。差異意味著新、不熟悉、另外一種，這通過西班牙安達盧西亞的阿拉伯音樂表現出來（西班牙安達盧西亞是當時西方世界中高雅文化的中心）。當時法國的抒情詩人吟唱這些充滿異域風情的歌曲，來自西班牙的流動演出的巡迴音樂家們也對複音音樂的傳播發揮了積極的作用。這種靈感並不是來自與之相關的藝術形式而僅僅是來自聆聽新音樂的體驗，那個時候的複音音樂僅僅是把這些異域聲音和單音節的素歌進行並列對照。複音音樂是希望聽到另外一種不同音樂欲望的最簡單表達。

"摩爾人對西方音樂的影響催化作用一直持續到中世紀。你能在第一個公認的西方天才作曲家--紀堯姆·德·馬肖創作的繁複音景和對稱旋律中聽到摩爾人的音樂，他的音樂就像是一副精心織就的壁毯，並且是綴滿抽象圖案的東方地毯，而不是畫有具體意象的十四世紀法國掛毯。馬肖的生活如同他的音樂一樣離奇。不願意循規蹈矩地成為一名教堂音樂作曲家，馬肖擅長寫愛情詩和非宗教的歌曲，一直到老年仍保持著旺盛的創造力。他很有名氣，頗為自負，和自己的女學生發生關係。

"簡而言之，西方音樂中的阿拉伯因素至關重要，是其不可分割的一部分。它是音樂中的香料、刺激感官的部分，是音樂中的火。它如同簡樸禁欲生活中的情欲刺激。對於那些珍視西方音樂原創傳統的人來說，這是被壓抑的、具有創傷性的、獸欲般的原始場景。

"西方音樂史你需要瞭解的基本上就是這些了。隨後的發展都是這一主題的演變和實驗——東方音樂用具有異域風情的和諧音與不和諧音給過去千年甚至更早的音樂注入了活力。"

現在輪到露娜解釋一些事情給我聽了。我覺得陰部有些癢，於是問她是否知道這是由什麼引起的。

"讓我看看，"她說，然後我把褲子褪了下來。"啊，這有一隻，看到了麼？"她從我的陰毛處拈起一個針頭大小的東西。

"這是什麼？"

"看到它的腿在動了嗎？多可愛啊！"

陰虱！我當時就呆住了，不知道如何反應。我想起了詹姆斯·鮑斯韋爾1762-63年《倫敦日誌》中的逐字回憶錄，他染上了性病，於是和傳染他的女人進行對質，這個女人是科芬花園有名的女演員，名叫露易莎·路易斯。

露易莎：我親愛的先生，我希望您今天過得很好。

鮑斯韋爾：我非常好，謝謝你，我也希望你很好。

露易莎：我並不是非常好，先生，我有許多煩心事。（【鮑斯韋爾：】狡猾的婊子，真能裝！）我不知道該怎麼辦了。

鮑斯韋爾：你知道我自從和你見面後就很不高興嗎？

露易莎：為什麼這麼說，先生？

鮑斯韋爾：為什麼？我擔心你並不是這麼愛我，或者並不是像我想像的那樣在意我。

露易莎（她看起來很冷淡）：不要這麼說，親愛的先生！

鮑斯韋爾：請問女士，你認為我沒有理由這麼說嗎？

露易莎：是的，先生，您沒有理由這麼說。

鮑斯韋爾：我真的沒有理由這麼說嗎？請您仔細想想，夫人。

露易莎：先生！

鮑斯韋爾：請問，夫人，您最近的健康狀況怎麼樣？

露易莎：先生，您把我搞糊塗了。

鮑斯韋爾：我有非常清楚有力的理由來質疑你對我的尊重。這幾天來我出現了一種疾病的症狀。我非常不願意相信你是如此卑鄙，但現在，我對此深信不疑了。

露易莎：先生，您冤枉我了，我發誓我對此一無所知。

鮑斯韋爾：夫人，兩個月以來，除了你，我沒有和其他任何女人發生過關係。我今天早上和我的醫生在一起，他告訴我已經被感染上了。我不可能不知道這病來自哪裡，女士。像現在這種事情，我還不如從某個煙花巷女子那裡染上的。那樣至少我還可以預料到。你把我給害慘了。我不該變成這樣。你知道你曾經說過，我們之間不該有欺騙。的確，我相信了你，但我很遺憾，我犯了一個錯誤。

露易莎：先生，我向您承認，三年前我的確得過這種病。病得很重。但十五個月以來，我已經好了。我向上帝發誓，我說的是實話。在最近六個月，除了您，我也沒有和任何男人發生過關係。

鮑斯韋爾：但是夫人，我除了你以外誰都沒有碰過，但我現在染上了這種病。

露易莎：好的先生，我仍然可以發誓，我對此一無所知。

鮑斯韋爾：夫人，我真的希望能相信你，但我在這種情況下無法相信一個奇跡。

露易莎：先生，我沒有什麼多說的了。但您將離開我，讓我痛不欲生。我將失去您的尊重。在所有人的觀念裡，在自我譴責裡，我會受到傷害的。

鮑斯韋爾（對自己說）：這個女人說在自我的譴責中受到傷害是什麼意思？真是太狡猾了，但我根本不會理會她這一套——夫人，對於別人的想法，你不用擔心。對於自己和女人的關係，我一向守口如瓶。你的情況別人是不會發現的。

露易莎：先生，您比我想像的還要大度。

鮑斯韋爾：我希望是這樣的，夫人。你知道，自從我認識你以後，我一直是很大度的。

露易莎：您的確是這樣的。

鮑斯韋爾（站起來）：夫人，我走了。[4]

非常明顯，陰虱是露娜傳染給我的。儘管如此，我沒有任何理由對露娜表現出不敬。有傳染病的性伴侶最好能夠主動承擔起告訴你真相的責任（當然前提是他/她知道，很可惜很多人都不知道自己帶有病毒）。實際上，當你決定和一個人上床時已經非常清楚這會有一定的風險。所以你本人同樣對感染負有責任。不言而喻，你應該為自己負責任，採取必要的防範措施，如儘量多瞭解性病方面的知識，進行常規檢查，用避孕套。有些人通過說謊

---

[4] 譯文引自中國人民大學出版社《倫敦日誌》，薛誠譯，2009年4月第1版，有部分修改。

的方式來得到性，若遇到麻煩，你只能埋怨自己沒有注意到風險是無所不在的。我對此清楚不過。顯然易見，沒用避孕套就和露娜做愛，我是冒了一定風險的，但這是為了一次緊迫的有詩意的行為而擔負的經過考量的風險。我不能責怪她。況且陰虱是為數不多的那種即使用安全套也會傳染的性病。

但無論如何，人們還是期待對方義氣一點，如果身體有恙在做愛前應該坦白。更令我大吃一驚的是，露娜居然不願意對自己進行治療。我對陰虱很瞭解，到藥店櫃檯去買一種洗液就可以治好了。

艾沙姆：你意思是說你知道並故意傳染我？
露娜：當然。
艾沙姆：那你為什麼不先告訴我？
露娜：我想給你個驚喜。
艾沙姆：什麼？！
露娜：這是我送你的禮物。
艾沙姆：把感染當作禮物？
露娜：得了吧，不要大驚小怪的。這些陰虱沒什麼不好的，又不傷身。它們和你處於一種共生關係，就像你陰莖上成千上萬的細菌一樣。
艾沙姆：為什麼不先問問我，看我是否會同意呢？
露娜：告訴你你也不會理解的。有時候言傳不如身教。
艾沙姆：什麼是共生關係？
露娜：這些陰虱以污垢為生。它們在清洗你的陰莖。而且它們引起的那種發癢的感覺特別舒服，不斷激起你的性欲。雖然它們可能更適合於女性。陰虱刺激陰道出粘液來，可以清洗陰道。這就是我不穿內褲的原因。我讓那些性欲清澈地在腿上流淌。你不明白這種刺激是多麼美妙、令人興奮。我才不治療它們呢，這是我養的小寵物。

艾沙姆：這真讓人心驚肉跳。

露娜：你應該學會習慣和適應它們。就把這當做你性欲中的阿拉伯元素啊，它是那香料、那個不和諧之音，沒有它性不會如此有趣。和你一起冒險的人會成為你的嚮導，這難道不是一件好事嗎？話說回來，這都是些無足輕重的小事，令我更感興趣的是充滿創傷的經歷。

第十八章：現在

她第一次拜訪我公寓的經歷特別有意思。那只是我們第二次約會，性已是陳年舊事，我倆之間已發展到令人不快的性病傳播階段。更讓人好奇的是她離開後，我購於1933年芝加哥世貿會的鑲銀藍寶石銅花瓶就不見了。不，不可能是被她偷走了；我拒絕承認這種可能性。不過我還是決定在她下次來的時候旁敲側擊一下，比如說我很想給她看一件珍貴的傳家寶但無論如何也想不出那東西究竟哪裡去了。

與此同時我把露娜介紹給我的朋友圈。有位法國朋友在他公司提供的豪華公寓舉行派對，我把露娜帶了過去。那位法國朋友提出即興肚皮舞競賽的主意。露娜出乎所有人預料，跳舞時把衣服全部脫光，製造了一個小醜聞。她的舉動引起笑聲不斷，沒有人提出異議，但在她之後沒人願意繼續跳了，包括那些一開始對此明確表示有興趣的人。

當我朋友第二天說派對上有人偷了他的鑰匙連同車時，我的疑心一下子就起來了。他擔心盜賊是認識的人、怕引起尷尬，所以一開始非常猶豫，等了24小時後才決定報警。那天晚些時候他接到一個女人打來的電話，說正在樓下等他：是露娜，坐在他的車裡。他飛奔下去和她見面。露娜坐在駕駛座上。朋友告訴我露娜提出了個她稱之為"友好性偷竊"的瘋狂理論。

我突然想起來忘記警告他關於陰蝨的事情了。

"太晚了，木已成舟。"他說道。在開車之前他倆就做了。

"這件事你怎麼就這樣放過她了呢？"

"她說她想要我，還有那豐臀，我已經記不清究竟是因為她想要我還是因為那豐臀了，也想不起都發生了什麼事。我沒有力量阻止自己那麼做。"

露娜第二次來我住處時，帶了件禮物，是個花瓶。"我好像見過這個花瓶，"我說道。

"當然了。"

"咱們先說說清楚這是怎麼回事。你從新認識的朋友那裡偷東西，然後送回來，還想通過這種做法讓他們感激涕零！"

"正是如此。你的確特別感激。不僅是因為東西回來了，還因為沒有什麼比將失而復得的東西作為禮物更讓人感到親切的了。我這麼做過無數次，結果總是對方急切想暸解關於我的一切。這是建立友誼最快速的方式。"

她邀請我去她的住處。不得不承認，我非常好奇，想知道這麼奇怪的一個人究竟住在什麼地方，又是怎樣裝飾房間的。她住在謝裡丹路湖景區，一個硬木地板的寬敞公寓。那是芝加哥比較自由的一個區。屋子正中擺著一張超大日本床墊，床墊上鋪著印度蠟染床單，除此之外，屋中近乎沒有傢俱，我對此十分震驚。沒有沙發、桌子或椅子，唯一的擺設就是其中一面牆邊幾個高高的書架。

近看這些書架，它們真是不同尋常。那些根本就不是書，而是普通的木板，這些木板被染色或用清漆塗成各種不同色調，垂直地放在架子上"扮演"書——一種象徵意義上的書的收藏，就像其它各種收藏，需要不斷增加擴充才行。每條新書目都是精心手刻完成的。露娜解釋說在這樣一個令人沮喪的電子書時代，她不能放棄實體書和私人圖書館的傳統概念：知識是最重要的室內裝飾品。與此同時這些年來她把書一本本丟在咖啡館裡，已經"解放"了所有的舊書。

她準備了晚餐。我問她為什麼連張吃飯的桌子都沒有，她說，像歐洲人在下班回家路上會在路邊的咖啡攤位快速喝杯濃咖啡一樣，"咱們站著在廚房角落的小檯子那吃飯。"

晚餐是用小茴香調味煎炒的羊肉，外麵包著清脆的生菜葉。她的一位女性朋友阿黛萊和我們一起吃晚飯。啊，她長得真迷人，那身體令人驚豔。她很面熟，我十分確定曾經見過她，但想不起來在哪裡。

露娜給我倆做了介紹，說阿黛萊是帝博大學的研究生。

我忽然一下子想起來了。這件事令人感到十分尷尬不安，但的的確確就是那件事。請容許我暫時把話題岔開，先回顧一下那件往事。

在那個大家都熟知的捕鼠遊戲中，轉動曲柄，木槌隨之搖擺，擊中鏖鬥中的玻璃彈球，使之順著斜槽碰觸杆子，然後把手在旋軸上轉動，使得球順著浴缸落到蹺蹺板，讓潛水者落入池塘，鬆動籠子，捕住老鼠。這個稀奇古怪的玩具（或任何魯布‧戈德堡機械）可以形象地描述我被控告性騷擾、丟了工作的這一系列奇怪事件。引發一連串反應的那個捕鼠器曲柄是我有一天被請到系主任辦公室，被告知寫作課上兩名女生共同投訴我，說我對她們進行了性暗示。

理論上說作文指導——教授美國大學生必修的正式文體寫作，算得上一項儘管有些不幸卻十分高尚的職業（一旦這令人不解、精疲力竭的課結束了，學生們根本就想不起課上老師都說了些什麼）。我們告訴學生很少有人能夠掌握寫作和說話的技巧。這種組織語言、解釋事物的技巧，能給他們在就業市場上提供無形的優勢。我向他們介紹了一些用來討論的話題，這些題目來自一本名為《精品範文》的教科書，裡面包含諸多範文，採用厚重的防酸紙印刷裝訂，好讓學生永久收藏（但這些書很少能留在學生的書架上，大多在課程一結束就被賣到二手教科書市場）。

帝博大學不允許老師自己挑選閱讀材料，而是統一使用《精品範文》。對此我也沒什麼反對意見，因為所有教材其實都差不多。寫作老師一般會在學期開始的前幾個星期教授如何寫作描述性文章。這是一項最最基本的技能，卻因為要詳盡地描述某樣東西，而需要很大的耐心，十分累人。我是這麼講課的。

　　為了舉例說明如何從最平常的東西入手，賦予平庸以新的意義，我選擇了賴瑞·沃伊沃德的《桔頌》，這是一篇採用鋪陳修辭手法，反復闡述一件事情的經典習作，講述的主題是吃水果的快樂。我想作者如果發現他的傑作最終歸屬是《精品範文》，而不是在這篇文章第一次發表的《哈潑斯》雜誌，一定會特別尷尬的。但這是一篇問題重重的文章，放在哪都不太合適，更不要說讓那些十七八歲的學生來讀了，我懷疑他們能否欣賞文章中到處存在的反語與隱喻。畢竟，沒有人會把一個桔子如此當真。而且這裡充滿了老生常談的弄破水果時的性欲象徵，這如此明顯，在課堂上不可能被忽略掉。

　　但我仍把這篇文章看作激發學生表達能力的有效方法，放下了道德方面的顧忌，只是對這部作品是否適合教學持保留態度。賞析完這篇文章後，我要求學生們寫一件最喜歡的物品或事情，我強調並不要求達到什麼深度，而是要從平凡處入手，窮盡談論一件事物的所有可能性，最好能"充滿愛意"、"刺激感官"地描繪細節。

　　如我預料的那樣，學生們在寫第一稿時不知道該如何著手、展開並深入討論該話題。我在他們的作業中標出了認為不錯的開端，告訴他們在這些點上進行擴展，在終稿將文章長度擴展一倍。比如說一個學生寫的是在她最喜歡的沙發上小睡。我評論說她可以嘗試著將她自己與沙發的關係更加私人化和主觀化，更深一層進行描寫，就像描述情人關係，因為她本身表達的就是那個意思。另外一位學生寫的是她把汽車變速杆握在手裡產生的快感，於是我建議她說一說"變速杆在手裡帶來的感官刺激"。

　　與此同時我們進入到議論文寫作部分，各章節裡充滿了政治正確的詞語如"重建性別"、"改變性取向"等，那是最新幾期《精品範文》鼓吹的話題，另外還有關於整容手術、同性營地、變性者身份認同等話題的文章。這本書不僅沒有回避反傳統的性別觀念，而且還認為這些問題是對千百年來父權制度和異性戀統治地位壓迫的一種解放，急需引起社會和道德方面的重視。不熟悉這些話題的學生（也就是說他們所有人）在下筆時會覺得準備不足，這就需要教師進行一些引導。

作為一名老師，我總是盡力做到切入主題、引發學生的興趣和思考。在講述了一篇關於一位叫辛蒂·傑克森的婦女在經過19次整容手術後終於把自己變成一個真人版"芭比娃娃"的文章後，我以為學生已經準備好討論最極端形式的身體改造，也就是變性。這個話題可以引發有意思的道德討論，我覺得學生或許會有靈感對此寫一寫自己的看法（例如在哪個年齡段人們可以被法律允許進行變性）。老師們經常在教材之外補充相關的多媒體材料來充實課堂內容。我給學生播放了德國電影製片人莫妮卡·楚特在紀錄片《雌性行為不檢》中對麥克斯·瓦萊裡奧的採訪。麥克斯想通過手術從女性變為男性，他和藹可親、十分健談，這段採訪拍攝於手術前。片中有一段麥克斯從褲子中掏出裡面裝有橡膠老鼠的襪子，用來模仿男性隆起的生殖器。他還沒有把手伸進褲子，全班同學已經嚇破了膽，害怕看到接下來可能上演的恐怖畫面。

對於後來出現的畫面，並不是所有的人都發出了略帶失望的笑聲。一個男同學說這是他見過的最令人心驚肉跳的場面。"這部影片和英語有什麼關係？"他生氣地高聲說道。

"我跟你們解釋過許多次，我們老師的工作就是向你們介紹一些社會熱點問題，教你們如何有思想地從多個角度進行論述。受過大學教育、有知識的公民都應該具備這種能力。"

"上帝把我們塑造成男人和女人，這是無法改變的。"

"特雷弗，大學教育就是要讓你開開眼界，對已經形成的習以為常的世界觀進行質疑和重新審視，讓你們意識到看待事物的其它方式。我上大學時的英語系主任曾說，教師的工作就是要使你感到不安，而你們的任務就是被我們攪得不安。"

　　而兩位被攪得不安的女生採取了較為極端的做法，對我提起了正式投訴，並把前面提到的我在她們作業中的評論作為證據。系主任貝弗莉人很好，我們先聊了會兒共同的母校——芝加哥大學，然後進入了正題。她說她問那兩個學生為什麼不先直接來找我時，她倆語塞了。是那個描寫汽車變速杆女生的父親對此事歇斯底里，給貝弗莉打了電話。那位父親說我的評論不僅在性方面很露骨，而且我強迫他女兒觀看變性人的“塑膠陰莖”，給女孩造成了精神創傷。我向貝弗莉指出那一點都不像陰莖，只是被捏成圓團兒的襪子。我主動提出把錄影借給她看，她說不用了，因為非常明顯，他們沒有證據，而且她已經告訴女孩的父親我的措辭沒有任何不妥。“在手裡帶來感官刺激”，有性方面的暗示？好吧，如果你硬要如此解讀的話。如果你信奉佛洛德精神分析學的話，當然會讀出性暗示了。但如果說在性方面露骨，那就錯了。

　　“這就是我們學英語的原因——區分語義方面的差別，以此來保護自己，”她沖我眨了眨眼，簡言之，我的行為沒有任何不當的地方，我應該一如既往地給學生上課。

　　我卻再也不能如往常一樣認真地教書了，因為我深深覺察到期望與結果之間的鴻溝。通常我是能夠填補這種差異的——但自從我被惡毒地攻擊後，信任那條脆弱紐帶已經破裂，無論緣起是件多麼小的事情、我是多麼不應該受到這種指責。我繼續教書，非常職業，不顯露個人的感情，學生們覺察不到我和以往有任何不同。但我對這批學生的熱情卻大大削減了，簡直都說服不了自己來備課。不過話說回來，其實也不用太認真準備，教了這麼多年書，我已經有了一套隨時應付的技巧，在去教室的路上就能準備妥當。再說，老師總可以先讓學生寫些東西，趁這個空再編出另一個寫作話題，就這樣撐到下課。但我得想出一開始的那個話題，而在這個我已不再喜歡的工廠流水線似的工作中，已經找不到任何話題。我想起了貝克特小說的最後幾行，那是在一隻甕或者泥土中蠕動時發出的低沉聲音，我記不清聲音究竟是從哪來的了，但這不重要，因為貝克特所有的敘述者都處在同樣的困境中：「……你必須前進，我不能前進，我得前進。」

那不久後的一天我感到極度厭倦，完全不知道該在課堂上講些什麼。萬般無奈之下我只得用了那種玩世不恭的老師慣用的授課方法，也就是在進入教室後坐下來，不發一語，等待學生自己開始動筆。他們一個個終於明白過來他們需要發揮創新精神來寫篇文章。另外一種不那麼惡劣的方法是在黑板上隨便寫個單詞，比如說「水」或者「欺騙」，看學生如何反應。

我目光落到一艘戰列艦模型上，那是我童年時代保留下來的物品之一。我抓起戰列艦把它帶到了學校。對於那些聰明的學生來說，對此可寫的東西很多：玩具、玩具產業、玩具工廠在中國的外包，對戰爭類玩具的癡迷，美國海軍力量在世界範圍內的絕對優勢，諸如此類。我把玩具放在講桌上，讓他們根據這個隨意挑選的物品即興寫一篇文章，要認真觀察，得出自己的結論；他們肯定都知道怎麼寫。正如我預料，下面發出一片沮喪的歎息聲，這真讓他們傷腦筋。不過所有人都寫出了點東西，即使有的人只寫了一兩段，他們對得完成這麼荒誕的寫作任務感到迷惑不解、十分懊惱。

接下來那個學期我沒有被學校續聘。春季需要的寫作老師比秋季少，我們中有些人總是要走的，決定誰去誰留的方法十分簡單，從某種程度上說來也很公平。系裡的做法十分透明，即學期結束時讓學生對我們打分評估，在「內容的恰當性」這欄六個學生（全班人數的1/4）對我的評分很低，這讓我的整體分數一下子降到了88，系裡的平均分為89。這就是說其他教師的評分比我高，被繼續聘用了，而我則失去了工作。

第十九章：現在

　　沒過多久英語學院就給我回了話，說有個英語口語測試官的崗位空缺。和那份教師工作一樣，這也是每學期一簽的兼職自由職業，報酬更少，但總比什麼都沒有強。我曾在中國任過職，而他們要找的正是擁有與英語為非母語者共事經驗的人。我要做的就是對那些英語能力存在某些問題的大一新生進行十分鐘的口語測試。這些學生是典型的亞洲移民家庭的孩子，儘管在美國公立學校很多年，但語言沒什麼長進；還有一些年齡稍大、准備考託福的學生。

　　面試的問題遵循標準化的卷子，整個過程需要錄音，以防有人對結果提出質疑。一共有四個等級：A=通過（幾乎能夠應付我們提出的任何問題），B=有條件通過（能夠應付我們提出的大部分問題），C=待定性通過（對我們提出的問題感到吃力，但能夠把談話進行下去），D=沒通過（大部分時候很沉默、茫然語塞）。幾周過後我開始了這項工作，也就是接下來這學期剛開始的時候。即將離任的考官給我做了一天的指導，幫我熟悉過程，然後我就開始獨立工作了。

　　第一天的測試工作在磕磕絆絆中開始了。進行測試的是一位矮胖的中國女性，上圍十分豐腴。我提及她的身體特徵是因為這和我接下來要說的故事有關。她剛一坐下，一隻螞蟻就爬上了她的胸部。我告訴她有只螞蟻。隨即我就發現了她英語水準非常低。"一隻螞蟻，一隻蟲子，"我說道。那只蟲子在她乳房上下爬動，我就用手指來提示她蟲子來回爬動的地方。她以為我指的是她的雙手，把手心手背都仔細檢查了一遍。"不是，在你襯衫上。"我的手離她乳房更近了一些，但她還是沒明白。

　　"我很緊張！"她說道，發現這測試比她預料的恐怖得多。

　　"好了，好了，別管它了。"我聳了聳肩，用漢語喊出了

"螞蟻"兩個字。

"啊，謝謝！"她大聲說道，終於明白是怎麼回事兒了，我們繼續測試。她得了個C。

下面發生的一切匪夷所思，這種怪事只可能發生在實際生活中，而不是小說裡。下一位測試者進來時，我就知道壞事兒了。那是一位美麗得令人心碎的女子，還擁有動人心魄的身段。因為荷爾蒙的突然飆升，我的手開始顫抖，呼吸也變得急促。當她在我面前坐下時，我深深地吸了一口氣、控制住自己。她名字很奇怪，貌似來自俄國或中亞地區，二十八九歲，或許三十歲了。活潑、有生氣、笑意盈盈、自信、聰明。我從口音聽不出她來自哪裡。雖然不是很流利，但很明顯，她的英語比之前那個女孩好很多。她很有品味，穿了件灰色漸變的衣服；戴充滿異域風情的古銅首飾。乳房也非常豐滿，沒戴胸罩，是俄國女人的風格，乳頭清晰可見。我很快掃了一眼她的胸部，那目光轉瞬即逝，我覺得她不可能覺察到。

很顯然，出於職業規範以及公正原則，我不能和她調情，不管以多麼不易被察覺的方式。無論如何這都太冒險了。錄音設備一直開著，從第一位學生進來直到一天工作收尾、最後一位學生出去把門關上為止（一旦走出這棟辦公樓，我就有了更多的自由。但她必須恰巧與我想法相同，勇敢、主動地在那等我，而這是極不可能發生的）。能有這麼次機會，和這位天賜的尤物進行幾分鐘拘謹的對話，已經夠幸運的了，我應該心懷感激才對。不過一想到以後將再也見不到她，我就十分心痛。

和剛才一樣，昆蟲又出來攪局了。一隻鮮亮的紅色瓢蟲落在她頭髮上，朝她臉上爬去。如果是只蒼蠅，我也就不管了，讓她自己趕走就好了。但眼見蟲子就要爬到她臉上，卻視若不見，這實在違反常情。我指了指她的頭髮，說有只蟲子。她拍了下頭髮，瓢蟲落到了乳房上。如果這是色情電影中的片段的話——我不否認掠過腦際的各種幻想——我可以好好發揮一下這個場景的喜劇效果。比如說，那只瓢蟲沒有落在衣服上，而恰巧落到她乳溝裡。把瓢蟲一下掏出來本不是什麼難事，但她慌了神亂摸一氣，蟲子反而掉得更深了。如果碰巧她又特別害怕蟲子，很可能完全亂了方寸，也顧不得是否得體了：她尖叫起來，把乳房一覽無餘地抖落了出來，結果還是沒找到蟲子，於是她又從下邊把襯衫撩了起來，讓我再次看到了她那垂在胸前的驚豔雙乳。

實際發生的一切雖沒有情色成分但並不缺乏喜劇感。她穿的那件針織開衫沒有系扣，裡面穿了件打底襯衫。瓢蟲正落在開衫的褶皺上，我看得見，她卻覺察不到。我向那指了指，她胡亂拍了一下，但瓢蟲沒移動位置，反而往衣褶裡陷得更深了。此刻我陷入了一個困境。她還沒有看到蟲子。在她看來，我可能是那種喜歡對乳房豐滿的女性進行幼稚惡作劇的粗鄙之人。我得趕快把事情澄清，避免誤會加深。我不斷把手指靠近瓢蟲，直到她終於看到蟲子，把它弄了出去，而此時我的手指離她只有毫米之隔。我敢說，有些人肯定忍不住伸手趕走蟲子，但這就會碰到她的乳房，即便動作十分輕微。不過只要那討厭的蟲子明明白白在那裡、我的舉動看起來沒有任何私心雜念的話，我應該不會有麻煩。但我仍然十分小心，不讓自己的行為越界。她終於弄明白了究竟是怎麼回事，但我不百分百確定她是否真的看到了蟲子。她倒沒有表現出絲毫的慌亂，只是隨之咯咯笑了起來，然後繼續面試。她得了個B。

幾天過後，她從院系處得知了分數，顯然感到不太滿意。

當然所有人如果能力達到的話，都想得A。因為如果得B，他們就得在這學期已有的課程之外花錢上英語口語輔導班。按照測試評分標準，我不可能給她A。一般情況下，這不會有什麼問題，院系複查了她的錄音記錄，證明我給的分數是正確的。但我卻被投訴了，並且我是從大學申訴委員會、而非我的主管那裡得到了這個消息。委員會開始調查我是否有性騷擾行為。不用說，我感到極度震驚，簡直瞠目結舌——竟然有人如此惡毒地攻擊我。她說我非常下流地碰觸她，一而再、再而三地把手指伸向她的乳房。她還說她從沒見過什麼瓢蟲，這都是我為了占她便宜、對她進行羞辱而使的伎倆，她因此分了神，面試發揮失常，這樣我就可以對她進行性要脅、作為提高分數的條件了。

　　錄音資料證實我並沒有所謂猥褻下流的舉動。可缺乏錄影資料作證據，我和她各執一詞，都缺乏說服力。好在委員會沒有對我進行正式控告。但這次調查讓他們發現了我上學期被叫去系主任辦公室談話那件事，包括事情起因及系主任為我作證明的全過程。他們說儘管現在可以推定我無罪，但因為已經看到了"行為模式"，出於學生安全的考慮，他們只好建議英語系提前終止我的合同。我認為這一決定極度令人不滿、荒唐至極。但作為非固定員工，我沒有申訴的餘地和其他選擇。更糟糕的是，這件事在同事中引發了關於我的種種流言，讓我顏面盡失。

　　一年之後，在露娜的家裡，那個無中生有對我進行惡毒攻擊的人又出現在了我面前。"去年你在帝博大學是不是讓我做過口語測試？"我問道。

　　"沒有啊，"她一臉茫然地答道，"什麼口語測試啊？"

　　"真的沒有？我非常肯定給你做了測試，你還向大學投訴了我。"

　　"沒有的事，"她搖搖頭大笑起來，"你一定把我和其他人搞混了。去年我還在中國呢。"

　　"你來自中國？你長得不像中國人啊。"

　　"嗯，我知道。我是維吾爾人，中國西部新疆地區的少數民族。我是條變色龍。在西方時，人們把我認作歐洲或中東人。在中國時，人們都覺得我是中國人！"

　　要不是因為她沒有高鼻樑，我還以為她有希臘血統呢。經她這麼一提，我看到了非常明顯的亞洲人特徵。但她皮膚較白，從胳膊上濃重的汗毛可以看出她體毛十分濃密。"這簡直令人難以置信。我絕對記得你。去年在帝博大學我給你做過口語測試。"我說道。

"沒有，絕對不可能。我這學期初到美國，去年夏天才在北京碩士畢業。我來這學習傳媒經濟學，攻讀第二個碩士學位。"

"真的？北京哪所學校？"

"北京外國語大學。"

"你開玩笑吧？我在那教過書。"

"我的天！什麼時候？"

"我兩年前才離開那裡。你是哪個院系的？"

"英語學院。"

"我當時正在那任教。我不記得你。你叫什麼名字？"

"阿黛萊。"

"阿黛萊。你中文名是什麼？"

"阿達萊提。"

"我不記得這個名字。你認識我麼？"

"我不記得見過你。當時來來往往有許多外國老師。"

"嗯，這不錯。至少當時關於我的流言蜚語沒有傳到你耳中。你那時有英文名嗎？"

"沒有，但我有個昵稱：曲奇，也就是餅乾的意思。如果你願意的話可以叫我Cookie。"

"Cookie，這名字不錯。跟我說說你自己吧。"

"嗯，讓我想想。我是射手座的，特別喜歡各種食物，就算吃得體型再豐滿我也不在乎——看看我的身材你就知道了！我喜歡西方音樂，喜歡除了鱷魚和老鼠外的所有動物。我是那種非黑即白的人——對朋友特別好，但對那些不喜歡的人則十分冷漠，我知道這樣不太好。我還喜歡時尚和化妝品，也喜歡閱讀嚴肅經典的作品。"

"你們倆是怎麼認識的?"

"我倆今天剛認識,"露娜答道。

哦,阿黛萊以前沒見過露娜。

沒有可坐的地方,我們就移到床墊旁。露娜如此安排,當然是為了製造機會以便在任何情況下都可能上演情色場景。她是那種十分激進極端的人。如果人們不合作,也不會發生什麼,但她還是會把一切都耐心地準備好,等待情色事件的發生。再說如果少於三個人的話,露娜也興奮不起來(至於在咖啡館裡與我發生的那一幕,用她的話說,色情刺激與情色挑逗是兩碼事),所以現在她把阿黛萊扯了進來。

露娜穿了條裙子,正如預料的,裙子下面什麼也沒穿。宛如在充滿風暴的海上襲向船身的滾滾巨浪,當她在床上擺弄雙腿時,陰部開始越來越大膽地暴露在我們面前。要是以往的話,我會對此興奮異常。但我現在無可救藥地被阿黛萊吸引,不想讓露娜一下子就把事情搞砸了。我得假定阿黛萊很傳統,對事物的看法不同於我那非道德的鑒賞力,更不同於駭人聽聞、不被世俗所接受的露娜的觀點了。儘管沒有表現出明顯的不自在,她一定感受到馬克斯·貝克曼繪畫中那種幽閉恐怖感正襲向她。而露娜這粗鄙的女人則越來越放鬆地展示著她那濕成一片的下體;而她旁邊這個頑皮的搗蛋鬼,不僅對此情此景沒有一絲得體的回應或者抗議,反而陷入了彌漫著同謀氣氛的沉默中。

露娜接下來的舉動更加不可思議,不再是讓人反感而是使人錯愕,不過這倒是緩解了一下剛才緊張的氣氛:畢竟與粗野相比,瘋狂不那麼令人厭惡。顯而易見,此時她的目的已不再是為了滿足露陰癖或性需求。她從銀罐子裡拿出三塊奧利奧餅乾,放在床上,一人面前一塊兒。她把裙子撩上膝蓋蹲在那,陰道大開著,然後用雙手托起餅乾,莊重地說道:"啊,偉大的糖之神,我們祈禱您讓我遠離您在我們身體裡造成的混亂。謙卑的我們意識到您的力量，讓我們吃下這餅乾吧。"

阿黛萊和我四目相對，"吃吧，"露娜說道，"你們每人可以吃一塊兒餅乾作為甜點。好好享受。"

"為什麼只有一塊兒餅乾？"我問道。

"因為這是一種特別危險的毒品。"

"什麼是毒品？"

"糖。"

"糖不是毒品。"

"它是毒品之王。"

"它怎麼會危險呢？"

"像大多數人一樣，你每天都吃下無數糖，是不是？"

"沒多少。我只是偶爾吃幾塊餅乾。我也可以不吃的，這很容易做到。"

"喝啤酒麼？"

"啤酒也是糖？"

"是麥芽糖。飲料呢？果汁？"

"當然，我每天喝100%的純橙汁，這跟可樂可不是一回事兒。"

"其實它們都一樣，都是液體的糖果。果糖與葡萄糖的混合，殺傷力加倍。果糖讓肝變成脂肪，葡萄糖使血液變成糖。這兩者都能讓你得糖尿病，和吃新鮮水果沒什麼兩樣。"

"水果是健康的啊。它們是長在樹上的天然食物。"

"水果長在樹上是為了撒播種子，只有這樣它才能作為一個物種存活下去。當然，它想被吃掉，但它才不關心你的健康呢。你從水果中能獲取維生素和營養素，但這都被有害作用抵消掉了。一個蘋果含有和三塊奧利奧餅乾一樣多的糖。"

"我連個蘋果都不能吃？"

　　"如果你還沒一流汗每個毛孔都滲糖的話，每天吃個蘋果也不算糟。麵包？通心粉？米飯？土豆？玉米？別和我說你不吃這些食物！"

　　"它們是糖？"

　　"純粹是糖。一消化就轉變成了葡萄糖。葡萄糖是糖。"

　　"我吃全穀物食物。全麥麵包、麥片、糙米、菠菜通心面，都是些健康的食物。"

　　"穀物太可怕了，它們摧毀你的身體；像微型仙人掌一樣刺穿細胞，引起細胞炎症。你吃穀物的效果就跟你撞上硬物身體淤青一樣，並且你是每天在都在持續如此傷害自己。它們根本就不適合做人類的食物，另外穀物的含糖量無論是未經加工的還是精煉過的都一樣。精煉的穀物只不過可以使糖更快到達體內罷了。這就好比吸食鴉片沒有靜脈注射海洛因那麼糟糕，但你還是成癮了。你就是個癮君子。"

　　"我沒感到任何成癮症狀。"

　　"那是因為你從來不知道沒有這些食物會怎樣。你試試一整天都不吃糖，看你能堅持多少天。這意味著不能吃糖、水果、穀物、含澱粉的蔬菜或者酒精。這將會是令你深受啟發的經歷。你會非常悲慘的。就像一下子被停了毒品的癮君子。看你能堅持兩天不。"

　　"但你需要這些食物。"

　　"那是因為你已經上癮了。實際上你根本不需要它們，蛋白質和脂肪就夠了，最多再從一些綠葉蔬菜、草藥和香料中獲取些營養素。"

　　"你自己在那吃餅乾，卻告誡我們不能吃糖，難道這不互相矛盾麼？"

　　"我從來沒說自己沒問題。這種毒品控制著我們每一個人。我們都是糖成癮者。但我已經接受這種情況了。一旦接受，你就會承認自己上癮並對之進行控制。我每天只吃一塊兒餅乾，除此之外不吃任何其它的糖。不過這樣一來這一塊兒糖卻能發揮更強大的效力。"

"什麼效力？"

"它讓我精神恍惚、飄飄欲仙。"

"糖沒有這樣的效力。"

"有，只不過你像大多數人一樣對糖的耐受性增加了，糖對你的作用就只剩下驅使你不斷攝入更多，否則你會陷入精神緊張，只有再攝取下一劑你才會感到一陣放鬆。這非常像酗酒成癮。但是糖其實應該是讓人體驗興奮的，任何其它毒品都比不上糖能帶來的那種如烈焰燃燒般的感覺。它會使你失明。"

"失明？"

"啊，你居然不知道！這種感覺神奇無比。你周圍的一切瞬間消失了。你的視野化為一片虛無，然後從虛無中開始重建。這種感覺一開始非常細微、不容易被察覺，不過你一旦學會感受它，它就會讓你欲罷不能，你不會再想嘗試其它毒品了。你攝取糖總量越少，它的作用就越強烈。"

"你在胡扯些什麼？你瘋了。"

"我沒瘋，我只是感受到糖所帶來的那種飄飄欲仙的感覺罷了，而你沒有，這是我們之間唯一的區別。"

"為什麼我從前都沒聽說過這些呢？如果你說的是真的，這早該變成常識了。"

阿黛萊和我不再關注露娜的陰道。她已成功將她那驚人的露陰癖降級成一種個人怪癖、一件無足輕重的小事。我懷疑這也是她意圖表明的一點。然而重頭戲還在後面等著我們呢，對露娜的行為感到不滿與之相比簡直無足輕重。接下來她開始發表有關"常識"的演說了。

第二十章：現在

　　法國後結構主義者讓·鮑德里亞喜歡通過指出人們奉若神明的東西只不過是對真實事物的變相模仿，來說明其根本不具備任何神秘感（其實現實存在也並不一定比模仿更真實）。比如說，美國本身就是個滑稽的娛樂場，你為什麼還非要專門去狄斯奈樂園消費這隨處可得的樂趣呢？同樣地，無論監獄生活多麼痛苦壓抑，其與我們的日常工作（真正意義上的監獄）相比，難道真的有實質不同甚至更為糟糕嗎？精神病院不過是家庭制度中所產生的壓力與瘋狂的集中誇張表現，而妓院也只不過是夫妻性生活的升級有趣版。與大眾傳媒這個具有強大力量的"教會"成天鼓動大眾大量消費、狂熱崇拜體育比賽及化妝品相比，人們從上教堂和各種古怪的宗教儀式中獲得的精神慰藉簡直是讓人肅然起敬的。

　　而最難對付的是那個最大的騙局。如同上述各種現象，它也是通過意識形態發揮作用的，但其存在基礎並不僅限於意識形態，而可追溯到從最本源上發揮作用的東西——原始意識形態，即終極騙局，它維繫著整個體系的存在和運轉。並不是所有人都認可和熱衷一夫一妻制、炫耀性消費、競技體育或者愛國主義；你完全可以棄權、選擇不跟隨，自在地存在於社會大機器的縫隙中，你甚至可以做個冷靜的旁觀者在機器裡客觀地觀察著它的運作。真正困難的是完全掙脫於意識形態之外。

　　意識形態究竟是什麼？它和文明有關，然而文明不是意識形態的原因而是其結果。這就需要把我們的觀念整個顛倒過來。會不會我們千百年來輝煌燦爛的文化和藝術成就並不是文明的結果，而恰恰相反，是人們事後為了論證文明的形成而找的依據，但其實文明的形成並非人類集體智慧的產物，而是源自人類完全不可控制的外部力量？會不會文明只是一個假像，是為了轉移人

們對那個更本源、邪惡東西的注意力，我們一直在跟它打交道卻
從不敢提及其名字？

　　人類被賜予了剛好足夠的智慧，能在與其它大部分生命形態
的競爭中佔據上風（細菌和病毒除外），卻遺憾地不具備更多的
智慧來懂得退讓、與其它生物和諧共處。我們陷入了佛洛德式的
對勝利的永恆追逐中，強迫性地摧毀所有事物，最終也毀掉了自
己。至於智人是在何時以什麼方式獲得這次災難性的智力飛躍，
到現在仍是科學界爭論無解的話題。文明最早在亞洲以及中東地
區萌芽，那發生在大約5000年前，然而我們還得從這再往前追溯
才能回答前述問題。讓我們開始走上破壞環境、毀滅生態之路的
決定性事件是農業的發明，這比文明的出現還要早5000年。

　　乍一看，農業的出現似乎是人類歷史上最為影響深遠的里程
碑，它使得食物的大量生產成為可能，這在當時可謂前所未有，
堪稱奇跡。農作物種植使人們擺脫了每日都得出獵覓食的悲慘勞
累生活，糧食還可儲藏、量化和分配，這促使社區繁榮起來，並
在接下來的一千年裡大幅提高了社會多樣性，接連湧現了記錄保
存、文字、官僚體系、建築、文學、文化，簡而言之，也就是出
現了文明。然而生產的邏輯是它一旦開始就停不下來，更多的食
物導致人口增長，不斷增長的人口需要更多的食物及土地，致使
部落不斷擴張，發生了戰爭。而土地的耕作是有限度的，過度開
墾會使土壤肥力下降、造成土壤貧瘠，這進一步造成土地資源的
緊缺。地球一直有足夠的空間容納迅速增長的人口——直到我們
所處的這個時代。科學家們已發出警告，隨著地球表土層被耗盡
（儘管可能留存一些打著"可持續發展農業"旗號的樣板農場，
但那都是騙人的把戲而已），在我們這一代全球農業就可能會垮
掉。世界範圍內的饑荒會大規模削減人口，把我們拋回到石器時
代，如同核戰爭一樣摧毀整個社會。

　　人們常常會把人類的貪得無厭歸咎于一項非常近期的歷史事

件，即資本主義。但資本主義與農業在本質上毫無區別，只不過披著先進科技的偽裝罷了。與農業相比，資本主義生產的是其它事物，而非糧食；它吞噬的是消費者而非土地。資本主義是農業的一種模式，是農業在邏輯上的擴展延伸，實現了農業的潛能，儘管"潛能"一詞在描述世界不可逆轉地沉溺於有毒廢物方面有欠準確——廢物是農業和資本主義的共同產物。推進資本主義擴張的動力來源也恰是推動農業前進的因素，也就是自我延續機制這個優雅的怪物。如果這一切的起因來自外部的力量或是地球本身的問題，我們還能夠對其進行干預或清除，然而造成問題的原因恰恰是我們自身。我們每個人都在通過最平凡的日常行為延續此機制：我稱之為吸毒，真正意義上的吸毒。

當穀物，也就是葡萄糖進入人們飲食時，人類第一次染上了毒癮。正是穀物的致癮性，而非它那微不足道的營養價值催化了農業生產。人類在此前的幾百萬年都以肉、脂肪和野生植物為食。考古證據表明我們那時體格健壯，比現在健康得多。穀物對人類來說是多餘的，更要命的是，它摧毀了人類的消化系統，因為人類不像食草動物有反芻胃，很難有效地把穀物消化掉。穀物沒什麼用，除了可儲藏用以抵禦饑荒而已。而它的這項功能是一把雙刃劍，因為穀物使人類體重上升、人口成倍增長，隨之產生了"文明病"——糖尿病、心臟病、癌症——這些疾病的發病率與人們的食糖量成正比。

從根本上說毒品本身並沒什麼過錯；它們是奇妙體驗的來源。服下毒品，你就能獲得妙不可言、如夢如幻的體驗。不過需注意的是必須適量服用才能發揮其效力，而不引發有害的副作用，大部分人非常難把握這點，所以就產生了毒癮。一些毒品能很快將你擊垮（這也是很多人都對毒品唯恐避之不及的原因），而糖緩慢地在不知不覺中摧毀我們的身體，等你五六十歲時，各種疾病、虛弱症狀開始轟然接踵而至，突然間你驚訝地發現自己變得滿臉皺褶，形容枯槁。

那麼多人都上當受騙，認為糖類無害，所以很多人都死於由糖引發的疾病。單純從毒性來說，糖要高出一個級別，沒有任何其它毒品引發如此多的死亡（煙草和酒精也是在因農業興起而廣為傳播後才成為糖類的競爭者，但它們也遠遠不能與之抗衡；並且酒精其實也是糖類的一種——發酵於糖，進入人的身體後，又被轉化為糖）。此外，糖類是唯一一種我們從一出生就被迫染上的毒品，對此我們沒有任何選擇的權力，一開始吃的就是加糖的嬰兒食品，在出生前就開始吮吸來自母體的糖漿，甚至是汲取糖尿病患者子宮內的血液。在我們遠未成熟到能夠對食物進行評判時，糖癮就已緊緊地抓住了我們，更糟糕的是糖已制度化地成為人類飲食最自然、不可或缺的組成部分，每個人都可以肆無忌憚地食用各種糖類，而其它所有的毒品要麼是嚴格控制起來的，要麼被禁止並用刑法打擊。

為了更好地瞭解毒品在我們生活中令人驚歎的力量，我們得考慮兩方面。生理性的依賴當然是一方面，但令毒品成為習慣的重要原因還有心理方面的成癮性。攝取毒品會變成推進我們日常生活的一項儀式，在平時乏味冗長的生活中讓我們感受到劇烈的快感，或者從痛苦壓力中解脫出來。大多數人都有飲用咖啡或酒的習慣，但真正每日安排控制我們生活的是糖，比如說在早晨吃個羊角麵包，作為一天的開始，下午吃個松餅或者櫻桃香草餡餅，晚上再來個霜淇淋以結束一天，更不用提晚餐時食用的土豆、米飯或義大利面了。當然，我們這裡說的是所有的“白色”食物，包括非甜性食品（含葡萄糖）和甜性食品（含蔗糖、果糖）。

同毒品一樣，儀式化的行為本身並不是什麼壞事，我們天生就有對儀式的需求。但當社會下至平民上至統治階層的每個成員都對糖成癮時，當社會最根本的儀式、當文化本身都與之休戚相關時，政府就會不遺餘力地積聚儲存糖類，動用所有的力量來確保糖的供給永遠不會受到威脅。**不要他媽的干預我們的儀式！**它警告道。帝國本身都對糖上癮，而你可不敢跟帝國對著幹。你看過拼了命想要下一劑毒品的人臉上的神情麼？這也是文明臉上的神情：就像純可卡因或甲基苯丙胺將其服用者變成惡魔一樣，文明對其統領的世界肆意踐踏蹂躪。毒品的危害顯而易見，可憐的小酒鬼們可能有家庭暴力的傾向，吸毒者會小偷小摸，團夥會鬥毆或謀殺，但即使是最大規模的國際販毒集團與政府為了保衛糖的生產安全而動用的暴行和權力相比，也是小巫見大巫，其威脅不值得一提。而這一切，都是為了確保不間斷地供應新鮮烘焙的麵包和餅乾。

　　糖是意識形態用以施加控制的最佳毒品，因其最為隱蔽，沒有人知道它會使人上癮，因此也最具成癮性。不過似乎所有的意識形態都來源於對此事實的回避。為了掩飾這最大規模的矛盾和騙局，那些所謂的"毒品"都只有一個最終目的：通過偽裝模仿糖的角色，轉移人們對糖的注意力。當我們濫用毒品以致成癮時，我們其實已迅速而徹底地淪為了糖王國的好臣民，而我們對此卻一無所知。需說明的是，這裡所說的"濫用毒品"指的是那些通常所稱為"毒品"，但更準確的描述應為"毒品的模仿物"，因為這些毒品所激起的戲劇、誇張行為只不過是在模擬效仿我們不敢說出其名字的真正毒品——saccharum[5]，非常不幸，我們都是其濫用者並對之上癮，也正因為如此，我們都對其俯首貼耳。

　　即使阿黛萊對露娜的行為感到不快，她也沒有表現出來。那天晚上快離開的時候，她稱讚露娜不同尋常的公寓，又補充道：

---

[5] 拉丁語，意思為糖。

"我真想知道你是如何不用土豆、麵條或者米飯而進行烹飪的。"

"我很樂意教你。"

"你的書架真是奇異而漂亮。我愛書，希望你能告訴我是怎麼想到這個點子的。"然後她轉向了我，"艾沙姆，見到你真是太令人興奮了。在芝加哥居然碰到了曾在我北京母校任教的老師，這種巧合簡直有些不可思議！等下次再見的時候，我們一定要好好聊聊。"

哎，儘管我們滿懷希望、十分樂觀，卻等了很久才又見到她。我把自己的名片給了她，她也給我們留了電話號碼。但聯繫她好多次都音訊全無。

整整一年過後，我們才和她再次相會，這個令人驚喜的消息是露娜公佈的。我得好好準備一番了，因為我們三個要去長城露營。

"你是怎麼找到她的？"

"這是我們的秘密，不需要告訴你。"

"她同意晚上在帳篷裡和我們過夜了？"

"嗯，沒錯。"

我們希望能沿著較少有人光顧的一段長城走到遠處瞭望台，白天擁擠的人群在傍晚時分能變得稀少，我們就可以搭個私密性好的帳篷。因此我們不會選擇八達嶺或慕田峪這樣遊人如織的地段。最壯觀的長城當然要數司馬台了，它處於破敗不堪的原始狀態，東部沿著山勢向前方蔓延，宛如一條大龍的脊背，一眼望不到邊際。這種景觀讓人感到頭暈目眩，坡度越來越陡，在山的頂部已經到了90度。我們在背包裡裝滿了露營用品、食物和飲料，還沒等走過幾個瞭望台就已經筋疲力盡了，而那些沒帶什麼東西的遊客則輕快地趕超了我們。

在我們前進的相反方向是西司馬台，有35個瞭望台，坡度比較緩，一直延伸到金山嶺。我以前爬過金山嶺長城，知道一些地方特別險，只剩一些殘垣斷壁，幾乎沒有穩妥的立足點——從司馬台出發需要進行艱辛的長途跋涉，這得在白天，而且特別需要耐心。而我們那時想進行的是一段比較輕鬆的徒步旅行，於是經過幾小時攀登後在第十二座瞭望臺上落了腳，沿途大部分時間都與一位精神頭十足、上了歲數的農婦為伴，她狀態比我們好，一直在叫賣瓶裝水。

黑夜來臨。我在瞭望台的一角搭起了帳篷，用散落在周圍的磚頭堵住最近的一個視窗，使風力減小一些。她們倆在準備火鍋，原料是羊肉、豆腐、生菜、香菇，蘸的是辣醬、裡面放了新鮮的香菜。用酒精爐加熱，爐裡放的是65度的二鍋頭，一種在北京很常見的酒，我帶來做入睡前的飲料。我們沒怎麼講話，沉浸在靜謐的周遭環境中。周圍一片寂靜，只有微風的聲音及遠處村莊傳來的卡拉OK歌聲。密集的星星宛如灑在黑天鵝絨上的點點冰沙，聚集成堆，與籠罩大地的燈光交匯在一起。

我們鋪床準備入睡。露娜躺在我和阿黛萊之間，顯然是為了不讓我倆發生關係。當時正是11月上旬，很冷，不能裸身睡覺，而且我們很擔心會出現狼群。我們仨面向同一邊側臥著身子，緊緊依偎在一起。我把一隻胳膊像搖籃一樣輕輕放在她倆頭底下，然後抓住了阿黛萊的手。當我撫弄她臉頰時，阿黛萊試探性地玩弄著我的手指。我用另一隻手脫下了露娜的內褲，她拱起下體迎合我。同時我用手指抵住了阿黛萊的臀部。我輕撫她們的臀部，而此時阿黛萊仍一動不動。

我們被不知從哪傳來的怪聲攪得整晚大部分時間都處於清醒的狀態。我們之前把一個裝滿塑膠空瓶的垃圾袋放到了瞭望台的一個角落，夜晚時聽到袋子被推向對面。還有其它各種神秘莫測的敲擊和擺動的聲音，十分清晰、近在咫尺，不可能是風聲。但我們也沒聽到有什麼東西逼近或者小步跑遠。我不時拿著手電筒跑出帳篷瞧個究竟，但什麼都沒發現。如果鬼魂存在的話，這將是出沒的好地方，數百年來數不清的勞工和士兵被迫來修建長城、進行防禦，死在這裡。

當我終於在黎明前緩緩進入夢鄉的時候，我夢到自己睡在長城上。在這個噩夢中有兩段與死亡（A和B）的不同對話，但卻是在同一時間發生共同構成了一次完整的談話。

A：你有沒有意識到現在，就此時此刻，你在這個瞭望台中特別容易受到傷害？

B：你有沒有意識到你現在已經40歲了，轉眼間就會變成60歲，然後就80歲了，如果你長壽的話，不過你很可能活不到那個歲數。

我：我知道。那又怎麼樣？

A：你應該知道現在非常危險，一直到清晨都擺脫不了這種狀態。你孤立無援、沒有任何防護措施免受鬼魂、強盜或者狼群的攻擊，他們隨時都有可能置你於死地，這可真是悲哀。

B：你應該知道你現在已經不再年輕，正好中年，很快就會變成個乾癟的老頭子。而你這種舒服的日子，雖然現在十分安穩，但會變得越來越不穩定，關於這點你是無法改變的，這可真是悲哀。

我：你為什麼要和我說這些？

A：因為我希望你能夠除去眼前的面紗，反思下人必有一死這個問題。

B：因為我希望你能夠除去眼前的面紗，反思下人必有一死這個問題。

這個夢使我想起了曾做過的另一個夢，二者沒有任何聯繫，但都非常奇異、不同尋常。這個夢以笑話的形式出現，並以情景喜劇的方式展現。

　　一位男子走進一家唐恩都樂店。他指了指甜甜圈，說
道："我要兩或三個。"

　　售貨女孩一臉茫然（罐頭笑聲[6]）"我能給您兩個，也能
給您三個，"她說道，"但我不能給您兩或三個。"（罐頭
笑聲）

　　"那我就要四或五個。"（罐頭笑聲）

　　同一個男人又走進一家酒吧，和坐在旁邊的一個人聊
天，過了幾分鐘那人說道："嗨，我叫大衛。你叫什麼？"

　　"'二或三'。"（罐頭笑聲）

　　"你說什麼？"

　　"'二或三'。"（罐頭笑聲）

　　"能拼下你的名字嗎？"

　　"T-w-o-o-r-t-h-r-e-e"（罐頭笑聲）

　　"那好吧，"這位朋友附和了這種叫法，"很高興認識
你，'二或三'。"（罐頭笑聲）

　　那個奇怪的男人第二天又來到了酒吧。所有的人都轉過
身來，有些困惑地和他打招呼，"嗨，'二或三'。"（罐
頭笑聲）

　　"不要再那麼叫我了，"那人回答道。

　　"為什麼？"

　　"這特別容易把人搞糊塗。"

　　"嗯，那我們該怎稱呼你？"

　　"'四或五'。"（罐頭笑聲）

---

[6] 又稱背景笑聲，是指在"觀眾應該笑"的片段插入事先錄音的笑聲。

　　那人也笑了，補充道："我剛才和你們開玩笑呢，我不叫'四或五'。"

　　"那你究竟叫什麼啊？"

　　"'二或三'。"（罐頭笑聲）

第二十一章：現在

　　北京的西邊和北邊橫亙著很多峽谷，長城在此多處斷裂破敗，剩下斷壁殘垣，至遠處又再接續綿延，在長城殘缺處的峽谷便是一派原始蒼茫景觀。離慕田峪長城最東段不遠處就有這樣一個峽谷，名為神堂峪，是我們第二次遠足的目的地。幾年前有個學生曾帶我來這一日遊，我記得我們那次的目的地後還有一條延伸的道路，通往一片更為原始的自然景觀。

　　這次我們步行一個半小時才到達終點，此處高處池塘的水嘩嘩流入下方另一口明淨池塘，潺潺溪流再從池塘流出。我們沿途看到一塊大石頭上刻有兩個漢字，漢字雖多為今人所刻，卻採用了現存最早的文字形式——半象形的殷商甲骨文風。第一個漢字"原"用"廠"代表懸崖，掩映著流出的細水涓涓，象徵"源頭"或"起源"。第二個字"始"，則是一個女子緊挨著一對葫蘆形狀的物體，葫蘆本象徵著子宮，隨後產生了"家族繁衍淵源的最先之母"之義，之後又擴展出"開始"的意思。原、始二字放在一起，意為"原始的"、"最初的"、"土著的"，等等。

　　石頭上篆刻的部分漆成了醒目的鮮紅色。刻在岩石上的巨大漢字通常不需要著色，因為即使在遠處，字的輪廓也清晰可見，任何染色之舉都是畫蛇添足。我看到此處很多其它岩石上刻的字也被染成紅色，看來這都是品位低下的結果。或許並非刻意而為，此處紅色的"原始"二字卻具有神奇的效果。殷商書法中那幾滴象徵山泉的水本看起來宛如淚珠，著上紅色後卻似滴落的鮮血。這兩個字因為紅色的裝飾而變得栩栩如生，使人不由聯想到鮮血的諸多含義：流血、女人、子宮，流血子宮中的撕扯出的最先之母。最原始的血腥暴力。在懸崖下，悄然上演。

　　小路越來越偏僻，路中出現了個禁止通行的牌子。我們繼續前行，身旁空無一人。溪水大部分地方都很淺，但有些地方卻很深，能沒過膝蓋。我們踩著露出的石塊兒，連蹦帶跳地淌過溪流。路越來越不好走，小路在這頭消失不見了，在另一頭又顯現出來。我們一個個都滑落到水裡，浸濕了鞋子。我們四處探尋，想找一個搭帳篷的地方，在小溪一處急轉彎的地方，發現懸崖的一邊有個洞穴，緊鄰著幾棵樹。在這露營的話，路邊若有行人經過仍可以看到我們在紅色帳篷中，但還算相對隱蔽。清理過灌木叢、拔掉凌亂的雜草後，樹木與岩石間剛好有足夠大的地方搭帳篷。

搭好帳篷、給墊子充上氣之後已是黃昏時分。我們開始準備晚餐。忘了帶筷子，只好用樹枝把羊肉片和白菜從沸騰的鍋裡撈出來放到辣椒芝麻醬的調料裡。吃過飯後，我們在溪水裡清洗餐具，又燒一些開水來沏茶。此時月朗星稀，附近傳來一聲狼嚎。

"是什麼在叫？"阿黛萊問道。

"你覺得是什麼，'二或三'？是狼麼？"露娜說。"是你把我們帶到這兒的，你得負責照管我們。"

"關於狼，我只知道能從叫聲中判斷出接下來它們要做些什麼。或許是在發出已經找到獵物的信號，聚集狼群來進行集體攻擊呢。"

"如果有狼襲擊的話，該怎麼辦？"

"是狼群襲擊。我對此一無所知。"

我們躺在帳篷裡，頭伸出帳篷外喝茶。又傳來一聲狼叫，嚇得阿黛萊把整杯茶都打翻了。我們縮回帳篷，把兩個睡袋合成一個足夠容納三個人的大睡袋，準備睡覺。我睡在她倆之間。露娜褪去內褲，爬到了我身上。她濕成一片，都能將我的陰莖連帶著內褲一起完全插入她身體裡了。我有些擔心她會潮吹，製造一灘令人十分難堪的穢物，而此時已經是十月末，到明早寒氣穿透弄髒的睡袋，會讓大家非常不舒服。不過她控制得很好，移動非常緩慢、一點兒聲音都沒有——慢節奏的性愛最令人心醉神迷了—

一她把膝蓋抵在阿黛萊的膝蓋上，而此時阿黛萊儘管能感知我們的每個動作，卻仍衣著整齊地躺在那兒、一動不動。

我太過沮喪，無法入睡。如果堅冰能融化那麼一點點，如果她能給我個信號，任何信號都行……黎明前我打了個盹，不過很快就被充滿怒意的、一整夜都不肯消失的勃起弄醒了。我轉身朝向阿黛萊，用陰莖抵住了她的臀部。簡直令人不可思議，她終於發了慈悲——或許只是因為想確認那正是她一直期望或擔心的東西——就像杠杆轉動帶動齒輪一般，她的手機械僵硬地落到了我的陰莖上。我把這奇特的玩具從內褲中拿出來，讓她的手指環繞在上面。

"這就像只手臂，"她說道，將信將疑地擺弄了它一會兒，像小男孩對待某件玩具一樣，一旦被其它東西吸引了注意力，就會馬上放下又去玩別的了。

我們早餐吃了速食麵，然後收起帳篷往回走。我不知道這個鎮定自如到無可挑剔的女人是怎麼看待這件事的。回去的路比來時的要容易很多。我倆輕輕跳躍、穿越溪流，誰都沒落到水裡。我們在懷柔縣城叫了輛小麵包車，手牽手地回到城裡。

不久我們就又去野營了，這次在虎峪，八達嶺長城的東南部。和上次在神堂峪一樣，路越來越難走，直到某處狹窄深潤小溪分流成幾個池塘，唯一的前行道路是陡峭岩石之間鑿開的僅供一人通過的縫隙。之後小路再次出現，不過最終被灌木叢擋住了。我們沿著彎彎曲曲的小路回到滿是樹木的溪穀中，一側下方是溪流，而另一側的上方則是平地，我們站在那裡，看到一片平坦的綠地，周圍是成蔭的樹木，這裡正好可以搭個帳篷。更遠處是一片農田，農民在這個時候應該已經回家了。如果有誰在下面小路經過的話，也不會看到我們。此處的田園風光質樸宜人，是露營的理想場所。

我們在小溪中間一塊平整的大石頭上準備晚餐。這次又忘記帶火鍋蘸醬了，只好用袋裝泡菜和辣椒調配醬汁。大家默不作聲地吃火鍋，然後她開口說話了。

"'二或三'，你怎麼看咱倆第一次在露娜家時她的所作所為？"

"如果你瞭解她的話，就不會感到驚訝了。"

"你難道不覺得她駭人聽聞麼？"

我知道她指的並不單單是那天晚上，她還在暗示我和露娜上次露營時在帳篷中的輕率舉動。"是的，她時常有一些駭人聽聞的舉動，難道這不比令人乏味、或過分拘謹好麼？"

"我接受不了這種行為，有些人會把她叫作流氓。"

"她喜歡打破常規。你似乎很喜歡和我們在一起。"

"我也沒說不喜歡啊，但她太離譜了。"

"那你為什麼不當面和她說？把誤會澄清？"

"你喜歡她什麼啊？"

"嗯，有一點就是，她讓咱倆相遇了。"

她清洗碗盤，我則在那裡搭帳篷。九月的夜晚十分暖和，但我們卻和衣而睡——她顯然不願意脫衣服。我們面對面側躺著，腿纏在一起，嘴與嘴之間只有一英寸遠，呼吸變得急促。我的手滑落到她大腿上，她把腿更緊地貼到我腿上。我倆一觸即發，其實我只需要吻她一下，或者用手撫摸一下她那貼在我胸口隆起的乳房就行了。幾個小時過去了，我倆一動不動地僵在那裡。這種舉棋不定的情形非常折磨人，我起身到月光下自慰。回到帳篷後我小睡了一會兒。清晨時分露娜第一個起床離開了帳篷。阿黛萊和我依偎在一起，我抓住了她的手。幾分鐘後我們聽到露娜的腳步聲，於是就起床了。

八月份我們去密雲縣的九道彎大峽谷。此處步行的話需要兩小時，有些地方需要費力攀爬。這時一下子就能看出誰身體比較好了。我和露娜把上氣不接下氣的阿黛萊遠遠地甩在了後頭。我們到達最高點時，一位元看管這片區域的老人告訴我們公園五點就關門了，我們得返回去。現在是四點半。可不能讓旅行計畫就這麼泡湯！我們往回走了一點點，然後躲在灌木叢中，邊喝啤酒邊等待。一小時後，我們返回去時，那個守護人已經走了。

　　唯一能搭帳篷的地方是一塊兒溪水環繞的高低不平的厚石板。附近的一汪泉水從被大岩石和陡峭山坡包圍的潟湖飛奔而下。潟湖對岸是個看起來頗為神秘的洞穴，要蹚水或者游泳才能過去。沒法知道水塘有多深以及下面是否有碎玻璃、生銹的鐮刀甚至是食肉魚。我踏到水中，發現水很冷，這在炎炎夏日真令人感到意外，看來只能等下次來才能去一探究竟了。

　　吃過辣味魷魚洋蔥火鍋後，我們準備上床睡覺。這次根本就用不著睡袋，至少要脫到只剩內褲才行，要不然這麼熱的天根本就睡不著，阿黛萊對此很清楚。她抱怨說攀爬得腿都酸了。我主動要給她按摩，本來以為她會拒絕，但她同意了。她和露娜換了位置，趴在那裡。我解開她的胸罩，把她內褲拉到臀中部，對此她沒說什麼，直到我讓她翻過身來時，她才喊停，讓我幫忙把胸罩重新扣上。我們努力想讓自己進入夢鄉。我用手指在她的肚子和腹股溝處畫小圖案。外邊有嗒嗒聲，似乎是動物發出的聲音。我拿著手電筒出去瞧了瞧，但什麼都沒看見。回到裡面後我換了位置，躺到她倆中間。一開始我還以為自己出現了幻覺，但阿黛萊的手指已經在我大腿上畫圈了。我把她的手拉到陰莖上，她把它從我內褲中掏了出來。這時露娜的手也伸過來抓陰莖。帳篷裡一片漆黑，兩隻手碰到了一起，都趕緊收了回去。

　　先是阿黛萊，之後是露娜走出帳篷去小便。阿黛萊回來後占了露娜的位置。幾分鐘後，露娜透過帳篷摸我的頭，招呼我去外邊找她。我出去後卻發現在外邊的是阿黛萊。我抱住她，把手伸到她內褲裡，用力揉捏她那豐滿的臀部。我把她放到附近的一塊兒岩石上，扯落掉她那礙事的內褲，岔開她的雙腿，聞到從中發出的令人陶醉的氣味。帳篷抖動了起來，我倆返回去看是怎麼回事，卻發現裡面一切都很安靜。令人大吃一驚的是，阿黛萊睡在那裡，或者是在裝睡。露娜和我蜷縮在一起。我睡不著，起身去小便，看到露娜赤裸著身子站在岩石上等我。這一切如此荒謬，讓我覺得厭煩、失去了興致。我倆回到帳篷，卻發現阿黛萊不見了。

阿黛萊回來了，占了露娜的位置。我趁機趴在中間。露娜開始給我按摩，叫阿黛萊幫忙。她褪掉了我的內褲，解開我從阿黛萊那借來的文胸。我本來是想和露娜借的，但她從不穿胸衣。此時情色意味極濃，我替阿黛萊感到難為情，在轉身前把胸罩扣上了。露娜想和阿黛萊靠在一起，於是我倆互換了位置。她倆擁吻起來。我也不知道誰的手伸向了我的陰莖，之後一個女人的外陰插落下來。我們精疲力竭地癱倒在那裡。阿黛萊離開了帳篷，之後露娜也出去了。露娜先回來了，我出去想弄清楚阿黛萊怎麼那麼長時間還不回來。她感到心煩意亂，想和我聊天。我和她說現在不行，先回去睡會兒覺，之後再聊。回到帳篷後，露娜睡在一邊，而我則在另外一邊。黎明破曉時，我發現睡在自己身旁的是露娜。

第二天一早我們被眼前的景象震驚了。到處都是血——我們的身上、手上還有臉上，墊子上以及帳篷外的岩石上。她們有一個人來例假了。按理來說她們應該當時就在那兒脫掉衣服洗個澡的。但她倆非得作出一副拘謹又難伺候的樣子，默不作聲地穿好了衣服。我們擔心工作人員會過來，於是往回走。在公園入口處，賣票的人說他們知道我們在裡面過夜了。這裡有大量狼群出現，他們很擔心我們的安全，於是派人去找我們。我們對他們如此用心表示了感謝，但又有些疑惑他們為什麼沒有一路搜尋到路盡頭這樣很容易就會發現我們，並開始懷疑他們或許壓根就沒有找過我們。

　　從九道彎出發，沿著雲蒙長城的遺址，順著東北方向東轉，就到了古北口長城的西側，兩處長城在此相接。阿黛萊和我，更確切地說，是露娜和我，乘車沿著京密路，到了一個村莊下了車。村莊就位於古北口長城腳下，長城在此再次出現、向東蜿蜒。村民給我們指路。我們能望見長城，但穿過很多片田野後，離那似乎還很遠。我們下午很晚才出發，而現在已經是七月的黃昏時分，天越來越黑了。我們得抓緊時間向前趕，否則就來不及把一切都準備妥當了。田野消失，出現了滿山坡的野草，此時已暮色四起。我讓露娜朝著遠處長城那有窗戶般小洞的地方走，我的步子則快一些，在她前面吃力地前行。長城就在山坡的另一頭，越來越近。我們到達後趁著最後幾縷光還沒散盡抓緊時間向上爬。這片長城原始而破敗，兩邊牆很陡。可以看到瞭望台就在遠處，但天已經這麼黑，走到那裡的話會太麻煩。我們就呆在原地，用勉強夠的空間搭了帳篷。凹凸不平的地面長著幾百年來吹到這裡的泥土滋養的茂密的野生植物。

　　我們給火鍋加熱，為晚餐做準備。我脫掉衣服，讓她把衣服也脫了。"咱們要光著身子吃飯。"

　　"不行。"

　　"沒事，反正又沒有人看到你。"

　　"不。"

　　"你的假正經真令人厭惡。"

　　我們默不作聲地在那吃飯。我喝了些二鍋頭，然後是幾罐啤酒。我決定直奔主題，餐具可以留到明天早晨再收拾。把墊子充好氣後，我把她拉進帳篷，脫光了她的衣服。她一路掙扎著反抗。

　　"你想幹什麼？"她倒吸了一口氣。我把她的衣服扔到了牆角。

　　"閉上嘴，回到帳篷裡。"

　　她哭泣起來。我把她摁倒，她雙腿叉開，讓我很容易就進去了。雖然帳篷蓋敞開著，但遠足的汗味、充滿暴力的性交以及帳篷裡令人窒息的熱流使空氣變得十分污濁，我倆一直到天亮都很疲憊地側躺在那裡，面向一側緊靠在一起。

　　我倆小睡一會兒，然後醒了。她把自己藏在我拿的那條放在氣墊子上的毯子裡，我則赤裸著身子，沿著牆一蹦一跳去給她拿衣服。此處長城在前後兩個方向急轉，擴展綿延，遠遠望去，十分壯觀。

　　我和阿黛萊回到村莊時已經過了晌午，饑腸轆轆。我們付錢給一家農戶做午飯，他們很爽快地答應了。他家是典型的中國式房屋，臥室最大。牆上隨意釘著汽車和內地明星的畫報。我倆坐在正對門口的一小塊活動空間的折疊桌旁，飯菜在屋外做好，是用豆油炒的青椒肥腸。但阿黛萊不吃豬肉，他們很快又做了道青椒土豆絲。

第二十二章： 現在

　　人們在午後外出可享用的三種飲料為茗茶、巧克力和咖啡。只有中國才有好茶，純的飲用巧克力歷經多年，到現在只有西班牙的巧克力館才有（便宜的熱巧克力或可哥不算在內）。這樣一來對美國人來說便只剩一種文明高雅的飲料了：咖啡。芝加哥最好的咖啡館位於湖景區的百老匯街道上，叫作"知識份子"。但我不明白他們為什麼不事先給厚厚的陶杯加熱，結果咖啡一倒入杯中就涼了好多。他們這種錯誤的做法，讓我陷入了進退兩難的境地：要麼讓他們把杯子事先蒸熱，而這就暗示了他們工作上的失誤；要麼要求用紙杯，但這會讓喝咖啡的快感大打折扣。

　　當地的咖啡館有條不成文的規定，即允許那些街頭流浪者光臨，前提條件是這些人不惹麻煩、為咖啡買單。每個咖啡館似乎都有位流浪漢常客。而"知識份子"的流浪漢則每天從開門到打烊，一直呆在那裡。為了掩人耳目，他每隔幾小時就換上不同的冬裝，一共三件，每日如此，有條不紊；每換一件，他都要消失一會兒，回到離這幾個街區遠的大街上討錢。我認為這不光是個哄騙店員忘記他在咖啡館歇腳的拙劣伎倆，還因為他的確需要出去討錢，為下杯咖啡買單。沒人知道這位看不出年齡、鬍子修剪得整整齊齊的人在哪裡吃飯睡覺、來自何方。一開始你不會注意到他，因為他坐在那裡，假裝注意力很集中的樣子，或者隨著耳機中的音樂打拍子。但之後你就能注意到一些不對勁的地方：他小聲自言自語，縮著脖子把頭埋在肩膀裡，像是在夜晚偷偷蜷縮到樓房通風口或者硬紙板中的習慣性姿態。許多顧客不知情，坐到他身邊，等發現這是個流浪漢時已經太晚了，只能無一例外地僵坐在位子上一動不動，陷入尷尬的沉默。我從來沒見到過這個可憐的傢伙和任何人搭上話，更不用說和我了，雖然我一直在好奇地打量他。

一天上午，咖啡館裡頭那張粗制的大木桌邊只有流浪漢一人，我通常也坐在那邊。這時進來一個人，居然是學術巨星——西蒙·伯德。我來解釋一下為什麼伯德光顧咖啡館這件事非同尋常。我在芝加哥的各個大學二十年，還從來沒看到過有哪位教授光顧咖啡館。有很多邋遢的學生來這，但教授？美國教授本質上都是一些隻關注生產力的官僚主義者，他們甚至都懶得裝裝知識份子的樣子。誰在乎佛洛德、列寧、畢卡索、喬伊絲、薩特，實際上現代每位西方文化的大家都常出沒於維也納、巴黎和蘇黎世的咖啡館呢！社會各階層的人都出沒於此，這裡彌漫著一種頹廢的氣息，美國教授才不會在這被人撞見呢，仿佛光顧咖啡館會妨礙他們拿到終身教授資格似的。

不過如果你像西蒙·伯德一樣成功的話，就有資格縱容自己、悄悄另類一把了。瞧，伯德走過來，沒有把他的咖啡放在空桌子另一端，而放在流浪漢的正對面。伯德也許遠遠地瞭見有個人，心想，這個質樸的老兄，倒是跟整個泡咖啡館的氛圍很搭呢；和他聊上兩句，算是調劑一下和系主任們開會的無聊。不過更可能的是他根本沒多想就坐到了流浪漢旁邊。無論怎樣，當我過一會兒再抬頭的時候，伯德已經拿著他的《今日美國》坐到靠近咖啡館門口、離這很遠的一張桌子那去了。他只瞭了流浪漢一眼。我當時正給學生們講授的課程內容碰巧是莎士比亞如何把宮廷和酒館中的角色放在一起，並讓他們彼此欣賞、融洽相處。不過我還是要對這第一位造訪咖啡館的美國教授豎起大拇指。

然後露娜走了進來。

"你怎麼來了？"我驚叫道。

"你知道我就住在附近。"

"我以為你還在北京呢。"

"我很早就回芝加哥了。"

"那你為什麼不告訴我？"

"我剛到城裡。沒告訴你又有什麼關係？我知道會在這裡找到你的。"

"點杯咖啡吧"

"不用，我什麼都不想喝。"

"但總該點些東西。不和朋友一起喝一杯不禮貌，再說無論如何也得在店裡買點什麼。"

"我真的什麼都不需要。"

"我請客。"

"不用，我什麼都不要。"

"中國人總是這樣，不能享受生活中小小的快樂。"

"聽著，'二或三'，我想和你說說阿黛萊的事情。她十分生你的氣。"

"真的麼？為什麼？"

"你知道原因。"

"我不知道。"

"你強迫了她。"

"你是說在長城上？我知道。我強姦了她。"

"你對她使用了暴力。"

"是的，沒錯。你是說我暴力程度太過了，還是不夠？"

"太過了。"

"我覺得強度剛好。她一脫去衣服，就向我敞開了。她側過身體對著我。"

"她還沒準備好。"

"她已經準備得非常好了。"

"她受到了創傷。"

"如果有人完全準備好接受創傷的話，那個人就是阿黛萊。你知道我在說什麼，但你不願意承認，因為你想保護她。"

"但她還沒有準備好。

"露娜，她當時側過身迎向我。是的，她是不情願，但她同時也在接受我的身體。她們總是不情願。如果她們明白無誤地表示反對，那好，我就停止。但進退兩難的情形一出現，她們就準備好了。實際上感到迷茫的時候是最佳時機。等太久，等到她們完全明白過來，就為時過晚了，因為她們這時已經反悔了。要在她們最為脆弱的時候抓緊行動。"

"你傷害了她。"

"她需要被傷害。"

"她是我希望我們倆能夠同時打開的聖誕禮物。"

"當時時機已經成熟，那很可能是唯一的機會。"

"但時機不對。"

"你說得太對了。看似錯誤的時機是最佳時機。"

"她的裡面在流血。我是指她的頭腦。"

"那是因為我刺穿了它。這事一個人做不了，自己不可能強姦自己。人們沒有力氣，更沒有觀念自己從裡面刺穿，你必須要借助外力刺破它，釋放其中的美。當生命第一次流入的時候，總是以焦慮的形式被感知，並持續如此，直到人們意識到焦慮與生命是一回事。當人們意識到這一點時，焦慮瞬間就轉化成了美感。"

"我知道，你和我說過許多次，這叫作安福塔斯傷口[7]。你想讓阿黛萊也有那個永遠不會痊癒的傷口。你傷害的人越多，你也就越能從中得到安慰，減輕自己那永遠無法癒合的傷口的痛苦。"

"隨你怎麼說。但你可以換個角度，把傷口看作知識。傷口不會，也不應該癒合。傷口越來越糟是因為它變得越來越好了。

---

[7] 安福塔斯是瓦格納歌劇《帕西法爾》中的一個人物，他有一個永遠不會癒合的傷口。

試想一下，在默契合作的正確情形下，強姦難道不可以看作是一種和野蠻的暴力截然不同的知識？當然這是一種很難掌握的知識。換句話說，強姦的方法有正誤之別。"

"你從沒在我身上展現過這點。"

"你需要更野蠻的攻擊。我可沒那麼大的力氣。"

"因為你缺乏技巧。"

"強姦你的技巧？我知道，或許我不是合適人選。但你已經掌握了知識，為什麼還需要被強姦？"

"這不是事情的關鍵所在。你不愛我。"

"你說對了，我愛阿黛萊。"

"但她不愛你。"

"你是怎麼知道的？"

"她告訴我的。她甚至都談不上喜歡你。"

"我不信。你在撒謊。"

"你可以去問她。"

"我會的。你為什麼告訴我這些？你是在毫無緣由地惹我不高興，我受夠了。"

"你說的不對，我是事出有因，我想讓你看看自己對女人多麼無情，多麼麻木不仁。"

"去你媽的！"

我跟跟蹌蹌出了咖啡館，進入了一場噩夢。我已經不在百老匯，而是來到了北京的簋街。由於時差關係這裡是晚上而非清晨。我不相信自己的眼睛。我走過一排招牌全是霓虹漢字、沒有任何英文字母的飯店，看到了遠處"東直門外"的標誌。我回到咖啡館，發現牌子上還是"知識份子"。我抓住那熟悉的窗格玻璃木門的鋼把手，推開門，一股濃郁的咖啡香迎面撲來。還是剛才的咖啡店員，還有西蒙·伯德和流浪漢，但露娜已經不見了。她的位置上坐著一位看起來似曾相識、身材豐腴的亞洲女人。她眯起眼睛瞧我，似乎認出了我。天哪，是古琳，我以前在北京星巴克遇到的那個瘋狂女人。她表情有些茫然、生氣。我逃離了"知識份子"，飛奔穿過街道，沖向二號線地鐵站。我身上帶著公交卡，還有總是在背包裡的護照，但護照上的簽證已經到期了，我現在已是在中國境內非法居留了。

我在建國門換乘一號線去北京城西。一號線是全世界最繁忙的地鐵，號稱民工交通線，農民工拿著大個的塑膠行李袋，佔據了車廂內的大部分空間。他們拖著行李輾轉於各個建築工地之間。那些衣服上還沾著泥土氣息的民工則是第一次進城，每天都有上千人。我在五棵松地鐵口出站，旁邊是301解放軍醫院的主大門，在這裡你可以看到很多因為支付不起醫藥費而在路邊哭泣的民工。我走到"今日家園"住宅區，阿黛萊每次來北京都住在這裡。她朋友說她現在在芝加哥。怎麼會這樣？為什麼她不告訴我？

我勃然大怒，但此時已經饑腸轆轆，於是走向西翠路拐角的一家穆斯林回民餐館，阿黛萊曾帶我去過那裡。這家餐廳的番茄羊肉清炒麵條堪稱一絕（紮啤也只要三塊錢）。但到那後，卻發現飯店關門了，幾個月前我還去過那裡。在中國這種事層出不窮。你去最喜歡的飯店或是商店，卻突然發現它已經被關掉了，連個告知顧客為何關閉或者是否會在別處繼續營業的通知都沒有。也許是因為開發商來了個突然襲擊，非法占了房子，房東自己都被逼得倉皇逃離，根本來不及通知。整棟樓被接管時，至少上面會有個"拆"字，讓裡面的居民能夠有序撤離。但如果是個體商戶的話，租客能夠提前24小時得到通知就不錯了。

我沿著太平路向東走到萬壽路，那裡的餐館多些。手機響了，我掏出手機接電話。是阿黛萊。還沒等我按下接聽鍵，一個女人就從綠蔭覆蓋的黑漆漆的街道向我走來，用自行車堵住了人行道。原來她是想賣我色情DVD，雖然封皮看起來蠻逼真的，實際上是空盤，裡面什麼內容都沒有，我以前被騙過。我往旁邊一躲，一腳踩到了沒放好的井蓋上。井蓋一下子旋開，我掉了下去。胳膊磕到了洞的邊緣，手機飛了出去，下跌過程中頭撞到梯子的橫檔上，我後背著地躺在井底暈了過去。不知道是過了幾秒鐘還是幾分鐘，我頭暈目眩地爬了出來。那個女人不見了，手機消失了，北京也沒了！我回到了芝加哥，確切一點說是在離戴弗西路不遠的松林路上，這裡也是綠蔭覆蓋，黑漆漆的一片。在我面前的是那棟沒電梯的建築物，我三四歲時曾在那兒上托兒所。

　　本來應該是早晨的，但這裡和北京一樣，也是黑夜。也說不清是為什麼，我突然拔起腿來，向北猛跑了一英里，來到韋夫蘭街附近松林路上的舊址，我讀本科時租住在這棟簡陋的樓房裡。我還記得那時這片社區令人嫌惡的境況，之後有了很多改善。當時很多孤獨淒涼的人住在自己狹小的公寓房間裡，過著與世隔絕的生活，他們經常漫不經心地在房間裡抽煙。每隔幾天就能聽到消防車駛向這裡，到這片街區停下車，關掉警報器。當我聽到警報器聲逼近，就知道不是我們那棟、就是與我們相鄰或者正對著的樓著火了，然後祈禱千萬不要是我們那裡，否則都沒法回去睡覺了。這種事不會發生在中國這樣的國家，因為這些國家的社會關係網更緊密，人們平時都會相互照應，又或者人太多，人們很難有自己的私密空間，卻能夠及時發現火災。

　　我轉身順著謝里登路向南跑，一直到了露娜的住處。我按門鈴但沒人開門。她倆的號碼和我的手機一道丟了，所以我沒法給她或阿黛萊打電話。我也不知道阿黛萊在芝加哥的住址。我抱著一線希望回到了"知識份子"，希望能在那碰到露娜。那裡沒有一個熟人，但一切還正常。也許過一會兒阿黛萊或露娜會出現。我點了杯咖啡，在裡頭的一個位置坐下，開始流覽從報紙筐中隨意拿的《紐約時報》。咖啡有些不對勁。這不是"知識份子"咖啡，而是星巴克咖啡！我把咖啡用力摔在地上，沖出這偽造的咖啡館。

我奔向自己位於海濱大道的寓所。至少在這裡我能放鬆一下、鎮定下來。我給自己倒了杯黃尾袋鼠紅酒，就在這時一些令人不安的事發生了，大行牌折疊自行車在門廳靠牆立著。但我早已把那輛車子帶到北京交給一個朋友保管了，以便回去時騎。我從來都沒把車子帶回過芝加哥。但它卻在這！我掃了一眼房間，看看還有哪些地方不對勁。浴室有些問題：這是我以前北京寓所的浴室。我立刻把自行車放到裡面，砰的一聲關上門，試圖這樣能把浴室和裡面的東西都送回北京，但是沒有成功。轉過身，我的心一沉。房間裡都是榻榻米席墊。這是我多年前在日本鄉下和歌山的寓所。我穿過房間，打開通向廚房的側滑門，卻走進了一所小木屋。

屋裡面是丹尼、布魯斯和伊恩。這是75年暑假因弗米爾的那夥玩伴。露娜也在那裡。這些人喜歡喝金馥力嬌酒喝到酩酊大醉。我不喜歡這種酒。沒人像加拿大鄉下人那樣把醉酒如此當回事。我一下子想起當時的情形。我們中午才起床，然後去遠足。在這些人面前需要耍酷，承認自己餓了想吃東西是件很丟面兒的事情，所以我們沒吃午飯。我們在加油站稍微停了一小會兒，趁他們去廁所的空兒，我趕緊喝了一聽從加油站商店買的巧克力牛奶。我們開著那輛破舊的雪佛蘭，經過荒野的鄉村路，一直到深深的樹林之中。周圍沒有巡警找我們的麻煩。廢棄的小木屋位於一片綠地之中，陽光透過樹枝傾灑下來，頗具田園風情，這可真是個好地方，正適合實現此次冒險之行的目的——同時使用迷幻劑、吸食大麻、飲酒，變得神魂恍惚、酩酊大醉。雖然手頭沒有迷幻劑，但有大麻和酒，這能夠達到同樣的效果。

下個目標就是喝到酩酊大醉，以致隨時可能發生撞車事件。我不太熱衷於這種事。這些人在獲得駕照一兩年後，如果沒有在駕駛中出現一些事故，就不敢出來開車了。因為你得為自己晉級，最好是受到重傷。這是一項成年儀式，但很可能因此喪命。對於家庭而言是悲劇性事故，但那些死去的人會被自己的朋友們敬畏，他們的傳奇故事被競相傳頌。一旦與虛無的死亡擦肩而過，你就會從此欲罷不能，蓄意危險駕車被看作是理所當然的事情。

我們回到車裡。我完全不記得當年是誰開的車，這次是露娜坐在了駕駛座上，她和當年開車的那個人一樣醉得一塌糊塗。丹尼緊挨著她坐在前面，我和布魯斯還有伊恩坐在後排。車被停到了一條窄路上，我們得掉頭。露娜一踩油門，邊轉方向盤邊倒車。哐當一聲，我們掉到了路邊的斜坡裡。播放著巴赫曼透納·加速齒輪樂隊的八音軌答錄機掉到了丹尼的腿上。

"哇，怎麼了？"我們問道。

"哇塞，"丹尼驚異地笑道，"我剛要伸手去開答錄機，它就掉到了我腿上！"

車子卡住了。

"我們得出來，把車子推出溝，"露娜說道。然後她把頭轉向我，慢吞吞、口齒不清地和我說道，"最近有沒有聽到曲奇的消息，"二或三"？"

"沒有，怎麼了？"

"你不會認出她的。"

"為什麼？"

"待會兒再告訴你哈。咱們得先從這活著出去。"

"曲奇是誰？"丹尼問道。

"我正在追的一個女孩。"

"哎，女人哪，"他又拿出他那套語出驚人的泡妞箴言，"毫不放棄地追下去就行了。"

我們以每小時六十英里的速度飛奔著，我想起接下來發生的事了：我們沿著曲折的路面前行，到了一條小溪前，溪上有座小橋。橋的寬度只能容納一輛車，兩面是木樁。我們得像嗖的一下穿過球筐的籃球那樣穿過木樁，否則就會喪命。我要是在這個時候要求提出放慢速度，顯然不合時宜的。露娜臉上露出一絲憂慮的神情，這說明她雖然酩酊大醉，但對這危險的局面還是有一絲意識的。無論如何我們有驚無險地安全過關，這倒不是因為她的駕駛技術有多好，而是因為當年我們的確是順利穿過去了。

第二十三章：現在

我和露娜在因弗米爾下了車，告訴她我在父母的夏日度假小木屋中還有些事情要處理。我倆走到刷成櫻桃紅的小房子前，不，確切地說應該是果脯櫻桃、霓虹燈或消防車那種紅色。

"嘿，混蛋，開門！"我大聲叫喊，連踢帶踹，猛砸房門。

當喬開門時，我用盡所有力氣，朝他鼻子揮了一拳。啪的一聲，他表情驚異地朝後倒了下去。我湊到他臉旁警告道："以後不要再去找我，要不然我就殺了你。"

我們走到第十大街，想找個小餐館吃東西。我還真不知道哪裡有餐館，因為當時我們總在家吃飯。一輛警車駛了過來，員警不停地打量我們。"跑！"我喊道。

"不用擔心我，"露娜說道。"我能對付他們，但你不能困在這裡！"

我沿著馬路朝金斯曼海灘跑去，回頭張望，發現警車已經追上露娜。剛到沙灘，載著露娜的警車就也趕到了。我鑽到了沙灘狹小的廁所間中，卻發現這變成了另外一個公廁。

我走進一所大樓，一下子就認出了這個地方：芝加哥克拉克和貝爾蒙特街口交匯處著名的唐恩都樂店，店前面的空地在八九十年代曾是朋克搖滾迷的聚集地。我孤身一人。媽的！我希望露娜已經逃了出去。我隨手拿起一個巧克力甜甜圈，忽然想起之前要是我們走進一家加拿大餐館，身上僅有的美元應該花不了。不過沒准他們也會接受。此時是傍晚時分，朋克們成批出來了。話說現在是哪年？我瞟了一眼街上的汽車，好像是21世紀，好吧。我還以為朋克們很早之前就不來這了呢，看來並沒有。奇怪，他們中有很多都是亞洲人，說的是漢語。

我沿著貝爾蒙特往東走向"知識份子"咖啡館，走到有很多同性戀出沒的霍爾斯特德街時，路過一家似曾相識但看起來卻變了樣的理髮店。這家店比以前大了，有大約二十個亞洲年輕男子在裡面工作，每個人的頭髮都向後梳得整整齊齊。在中國，髮型師是一些沒上過大學的男同性戀們的理想職業，並且他們的數量簡直比顧客還要多。我對這些地方能付那麼一丁點工資，雇來這麼多技師一直感到費解。再往前走一點點，可以看到一個白人同性戀男子拿著本書、端了杯葡萄酒，坐在二層公寓房的窗戶邊。他穿著牛仔短褲，裡面沒穿內褲，一個睾丸垂落在外面。

我在百老匯大街左轉，尋找那些熟悉的建築，以確認我真的置身於芝加哥那片曾經住過的街區，而不是困在令人恐懼的幻想之城。梅爾羅斯餐廳，沒錯。光顧的顧客大多是同性戀，如我所料，他們都筆直地坐在桌邊微笑著，洗得乾乾淨淨的臉上帶有一種小男孩光顧共同興趣愛好者商店的快樂神情。同性戀收藏品小店"吃泥巴的人"，沒錯。賣原版同性戀題材書籍的書店，沒錯。我走進去，裡面沒什麼不對勁的，不過書店已經擴展到地下室。我順樓梯往下走，來到一間醜陋的點螢光燈的房間，裡面擠滿了書架，都沒有空間供讀者彎下身查看底層架子上的圖書。所有書名都是中文，裡面的顧客也都是中國人。

我離開書店，穿過貝爾蒙特，沿著百老匯大街往回走。我最喜歡的二手CD店，"恣意唱片"，沒錯。我走了進去，覺得一切都正常，直到發現頂層架子一直整整齊齊按字母順序排列的DVD全亂了。它們變成了盜版的中國DVD，盒子上面是漢字，盒背面是內容介紹，但和封面及標題完全對不上。我和店員說了這事兒，他們聳聳肩，說要是哪張盤有問題的話，可以拿回去換。

我順著大道繼續前行，路過　"知識份子"咖啡館，沒錯。我打算待會兒再回那裡。似乎有什麼東西把我吸引到了戴弗西區前。空氣好像都變了味兒。我到了西衝浪街，此處百老匯街開始右拐，克拉克和貝爾蒙特街口映入眼簾。這時雖然有所心理準備，我還是看到一副觸目驚心的景象。走上前去，原本應該是家居店BBBY的地方矗立著雕刻時光咖啡館，就像北京理工大學南門的那家，位於二層。但博多斯書店還在那裡。前方不是戴弗西路，而是為公橋，汽車在三環路高架橋上疾馳而過，橋兩邊是北京外國語大學東西兩院。此時我早就沒了走進咖啡館的心情，看看我那經常光顧的可愛小館是否完好，還是變成了更為詭異的地方，比如說正在運營的劇院，或者是太平間。我走上前去確認一下，哎呀，立交橋上是藍色標牌，赫然用中英文寫著"為公橋"。

但讓我擔心的還不止這一件事。我快速返回"知識份子"，徑直奔向洗手間的鏡子。我本想安慰一下自己，說這一切都是幻覺，但於事無補。我的臉龐和鼻子正在變得扁平，眼睛不再是藍色，而成了棕色，皮膚也在變黃。我看了下手臂，以前的淡黃色汗毛已成縷縷黑色。儘管明顯的面部特徵還在，但我已經變成了東方人。我驚出一身冷汗，離開衛生間，想逃出咖啡館。

一位店員向我喊道："請問您是艾沙姆·庫克嗎？"

"是啊。"

"有人給店裡打電話找你，我這就給她撥回去。"

他把電話遞給了我。原來是阿黛萊。"艾沙姆，真高興你給我打電話。"

"我也是。你在哪呢？"

"北京。"

"我去你在北京的朋友家，她說你在芝加哥。"

"不是的，我當時在回北京的路上，正打算找個地方和你一起住。"

"我把手機丟了。"

"我知道。我現在正用它給你打電話呢。有個女人撿到你的手機，她給我打了電話，告訴我你是怎麼掉到井蓋下的。你有露娜的消息麼？我聯繫不上她。"

"她困在了加拿大1975監獄中，好像是被指控為鬥毆罪的共犯。"

"你說什麼？我不明白。1975是監獄的編號麼？"

"不是，是1975年。我現在解釋不清楚，太複雜了。聽著，阿黛萊，我們現在就能在北京見面。你能在北外西院門口等我麼？"

"什麼？！你不是在芝加哥的咖啡館麼？怎麼又來北京了？"

"簡單來說是通過傳送。"

"你的通話被傳送到了不同的地方？"

"應該是我被傳送到了不同的地方。相信我，我五分鐘就能到，之後我再解釋給你聽。"

"這可真讓人摸不著頭腦。沒問題，我這就過去，得半小時才能到。"

我謝過店員，端杯咖啡，萬分沮喪地坐在那裡。我從報紙筐的一堆中國報紙中找出一份《紐約時報》，隨意掃了幾篇文章，但實際上一個字都沒看進去。我像往常一樣續了杯咖啡，然後起身去趕赴這奇異之約。在我走向克拉克和貝爾蒙特街口的時候，一位拄著拐杖、坐在"雕刻時光"咖啡館外人行道旁的殘疾黑人沖我喊道："嘿，老兄，給一美元買些吃的。"

我走過去給了他一美元。

"上帝保佑您。"

我感覺有人在拽我的衣服，是一對行乞的中國夫婦，已經上了年紀。我沒理他們，繼續向前走。我非常恐懼，為公橋似乎起了火，燃起熊熊烈焰。我壯起膽，走過為公橋下的十字路口，左轉，走向北外西院門口。阿黛萊已經到了。她一開始並沒有認出我。我顯然得對自己那改變的容貌做一番解釋才行，還沒等我說話，阿黛萊已經跑掉了，她驚異得一句話都說不出來。

外貌的變化已經基本完成，我開始沿著那條熟悉的路線向北走，這條路每走一圈需要三十分鐘，我連著來回走了100次，兩天兩夜沒有睡覺，餓了就去肉市場直接吃大塊的生羊肉補充能量；沒多久肉販已經認得我，開始免除客套直接餵我肉吃，然後從我兜裡掏出應付的美金。我這麼做是為了徹底偵察這片區域，尋找可疑的蛛絲馬跡。確認這片地盤是安全的後，我在廠窪中路的一片灌木叢中睡了一覺，只有這才能把我遮掩起來。

又到巡視的時候了。我把這片區域仔細走了一遍，包括其中的各條小路。從蘇州橋出發，向西走向長春橋路，沿途是一片出售低檔裝修材料的商店。沿著廠窪中路向南走，路邊是北京隨處可見的槐樹，為路人遮擋陽光。廠窪東一街拐角處有個垃圾回收場，散發出陣陣難聞的氣味。對面的"鳳凰樓"是為有頭有臉的人而設的妓院；停車場的服務人員在那忙遮掩車牌號，防止車主的身份被洩露。我借助身體長出的輪子和爪子向前行進，一直到了一個丁字路口，先向左，然後向右，順著廠窪東一街繼續前行，中途經過一片軍事管理區，回到了西三環主路。

我倒轉身體順著這條街往回走去，在水果攤南轉來到了廠窪東二街，也就是美食北街。先往東、再南轉，之後西拐前行。街角處有一家日本餐館，之後是美髮店、按摩院、驢肉火燒、雜貨店、一家頗受歡迎的滿族餐館、湖南餐館、新疆餐館，在這條街西邊較暗的地方有更多的髮廊，之後就又回到廠窪中路，這條街上也有很多髮廊，檔次更低些，提供"打飛機"服務。街角是另一家日本餐館，對面有家茶館。這裡看起來是個伺機等候的絕佳地點，我駛入一處灌木叢。這是場時機和耐心的較量。

我再次來到廠窪中路，這一次沿著廠窪西街往南走。這裡的樹陰更為茂密，到處都是綠油油的植物，槐樹與柳樹、松樹和雲杉相間，西院院牆裡頭滿是藤枝與灌木，楊樹參天聳立，在高處提供又一層綠陰。路面上形成一片叢林，其散發的味道使我動彈不得。就像犬類沒有識別顏色的能力、但能辨出人類聞不到的氣味一樣，我能分辨出這些絢麗多彩的顏色，但有一股氣味我卻始終無法將其與灌木叢各種樹木的味道分割開來：渴望性愛的外陰的味道——腫脹、閃耀著梅子般的紅潤、如同植物對入侵者吐毒液一般噴灑著分泌液。我彷彿被灌了迷藥，精神恍惚、非常無助，可以輕而易舉地被殺死。恢復些體力後，我繼續前行，回到廠窪街，也就是美食南街，沿著校園的圍牆向東用爪子爬行到三環路邊，回到最初的那段路。

我找到個住處，是由防空洞改成的無窗公寓。房東願意接受美元，也不在意我沒有身份證以及居留證件。考慮到我發狂的狀態下可能對公寓造成破壞，保證不了傢俱的安全，所以堅持要了一個不帶傢俱的房間，把屋內的床、椅子、冰箱和所有東西都清了出去。房東拒絕了我想把馬桶也清出去的請求，於是我自己去掉了馬桶蓋。我把肉鉤釘在天花板上，然後把自己掛在上面。

大部分人都會在生命中的某個時刻被惡魔控制，無力阻止自我毀滅。一個經典的例子就是嚴重的失眠：絕望地被困在清醒的狀態中，被一股莫名的力量牢牢攫住，失去了放鬆下來的能力、身體裡那可愛的天然麻醉劑也不再起作用。只有在魔鬼偶爾大發慈悲恩惠時，我才能斷斷續續地睡上一會兒，好抵擋因失眠肆虐而加劇瘋狂或引發猝死。雖無法獲得深度睡眠，我還能打個盹。時間變得支離破碎、雜亂無序，直到開始分崩離析，就像被拉長了的太妃糖和達利畫中柔軟的鐘錶一樣，我不禁開始疑惑時間到底是由什麼組成的。人怎樣才能把握時間，或把握某個支撐整個時間概念的更為具象的基礎？當然，我們有升升落落的太陽，但這是個迴圈重複的過程，與逐漸流逝、隨意無序的生命進程截然不同。這給我製造了進退兩難的困境，把我夾在兩種不可靠的時間表達方式之間。

睡覺時最能夠深刻感知時間，當睡眠變得支離破碎時，時間也開始分崩離析。但儘管如此，日子還是大踏步向前，不受失眠的任何影響。太陽按照其自身節奏升起和降落，可方便地作為人們理解時間的尺規，但日升日落本身並不是時間，不能混為一談。睡眠、人體的老化與死亡需要時間來完成，也表明著時間的存在，但它們同樣也不是時間，而只是標記時間的參照物。這樣說來，鐘錶和人體其實極為相似，前者用刻度精確記載時間，後者則是通過階段來記載；前者規律，後者不規律。但時間本身卻難以找尋，只能通過人類發明的度量方法被感知。

儘管如此，失眠的折磨卻讓我切身、實際地感知到了時間。時間是真實存在的。我從這些體驗中得到一個驚人的發現。黎明不期而至前的清晨時分，我懷疑那疼痛的腎臟怎能經受得住再多欠下一天的"睡眠債務"！我還能把自己從鉤子上放下來繼續前行，我能動彈、甚至可以走路，這種能力完好無損。並且一旦移動起來，覺得精神煥發。如同不斷向前的日子一樣，我也能不停向前行進，仿佛成了時間的化身。我似乎回到了原點，時間的流逝仿佛從未發生過，而我所有累計的睡眠債務都一筆勾銷了。

宛如幻覺般，時間被突然抹去，這當然是要付出代價的。毋庸置疑，我根本沒有復原，而是處於另外一種狀態，一種低一等的狀態，不知道會給自己及他人帶來何種後果。即使我變成個冒牌貨，不再是以前那個我了，這又有什麼關係呢？我只知道一回到那條路上，我不僅能夠前行，而且行走得毫不費力、精力十足。我和以前不一樣了，但大致還在運轉。我順著這條路向前滑行，對自己清醒時都製造了何種破壞渾然不覺。當深夜筋疲力盡時，我又把自己掛了回去。

由於缺少睡眠，長此以往，產生了這樣一種結果：面前開始出現花園的幻象。閉上雙眼，就看到小風車和曼荼羅不停旋轉，發出螢光燈的光彩，結構造型以及發出的嗡嗡聲宛如轉動的機器，以相同的時間速度來回飛旋、變換著花樣。它們變得越來越大，直至其中一個壓過其它所有圖案，向我逼來，隨後飛出我的視野，被另一種幻像代替，如此循環往復。我睜開雙眼，這些圖案仍停留在那裡，但變得不那麼喧鬧，一顆顆寶珠在狹縫中輕輕搖晃著。空氣也晃動起來，隨它們一起發光。很明顯，這些景象不會立刻消失。但這嶄新的宛如絢麗糖紙般的幻象使我得到啟示，實際上我很喜歡。而其中最大的發現就是我不僅能夠生存下去，繼續運轉；並且與得到休息的狀態相比，我開始更喜歡這種長期睡眠不足的狀態。

第二十四章：現在

　　"要是我這俗手上的塵污，褻瀆了你神聖的廟宇……"羅密歐究竟是如何把這些話說給茱麗葉的呢？魯莽地大聲說出，全然不顧暴露自己的身份？如果在舞臺上如此表演，倒也不失為一種大膽的解讀方法。但我們一般會下意識地認為羅密歐是輕聲柔和地說出這番話的，宛如耳語一般，但這就給當時以及後來劇場中的現場表演帶來了問題。《羅密歐與茱麗葉》無論是在大劇場、幕帷劇院還是玫瑰劇院首演時，劇院構造與音效都差不多——都是露天舞臺位於場地中間，能夠容納2000以上的觀眾（之後建造的環球劇場能容納3000人）。換而言之，成千的觀眾得豎起耳朵傾聽在此關鍵時刻男主角都說了什麼，如果輕聲細語觀眾們根本不可能聽清。

　　誠然，他們那個時代的環境要比現在安靜得多，即便在城裡（交通堵塞的倫敦橋除外）。那時還沒有我們現在習以為常的嗡嗡電流聲，人們的耳朵也肯定要靈敏得多。儘管如此，用正常音量演戲也是行不通的，即便是對於觀看莎士比亞戲劇的觀眾來說也是如此，何況我們知道這其實是非常喧鬧的一個群體。空間太大，觀眾又很吵鬧，內場人們不間斷地竊竊私語，看臺上幾百人在可笑之處捧腹大笑，或是覺得沒勁發出嘲笑，賣水果的和妓女忙著招攬生意，躁動的人群覺得厭煩了，隨時會離開前去競技場看戲熊、鬥牛這些血腥表演。劇作家們肯定在某些時候能夠吸引所有人的注意力，但卻無法在任何需要安靜的時候都能讓觀眾靜下來，當時去劇院觀戲的人們遠沒有現在的觀眾有禮。無論是哪種情況，我認為當時的解決辦法與現在並無二致，雖然需要觀眾們放下對其真實感的懷疑：大聲念出臺詞讓整個場地的人都聽到，而臺上參加舞會的其他人則裝作什麼都沒聽到，繼續各自的表演。

　　羅密歐的臺詞有可能是被吟唱出來的——當然沒有固定的旋律，而是介於念白與歌唱之間，這是一種有旋律的發音方法和演唱風格，作為一種英式表演門類流傳至今。受電影影響，現在通行的方法是模仿人們自然狀態下的說話方式。通過提高音高和音調，拉長音節，運用誇張的口音與重音，利用吟唱的韻律使得聲音可在巨大的空間中回蕩。現代歌劇院與莎士比亞時代的劇院在大小和容量方面都差不多，在沒有電子擴音器材的情況下，觀眾也可以毫不費力地聽到歌唱聲（古典音樂表演中，使用擴音器是禁忌）。歌劇演員的演唱聲能夠漂浮於整個管弦樂團聲音的洪流之上。然而即使樂團很安靜，人們也難以聽清演員們放鬆的念白。因此，德國"歌唱劇"的演員就面臨很大的挑戰。他們得大段地說唱臺詞，而當今的觀眾則不習慣這種沒有任何聲音做背景的對話。

　　中國戲曲針對類似問題，也找到了其解決方案。其最初是在街邊或市場臨時搭建的檯子上表演，用鑼鼓及各種打擊樂器隨著有棱有角的節奏製造出刺耳喧鬧的聲音，來吸引觀眾的注意力。與之相伴的還有顏色鮮亮的絲質戲服、生動的雜技表演，以及那廣為人知、拖長聲音的依依呀呀的奇怪京劇唱腔。戲中對話也飽含唱腔，吐字都用有節制的悲鳴拉得很長，宛如空靈的汽笛聲。對於懂行的人來說，京劇有著穿透性的美感，但其中各種技巧的初衷只是為了蓋過市場的喧鬧聲，被觀眾聽到。

　　古希臘埃皮達魯斯劇院達到的音效效果（據說一萬五千名觀眾能夠輕而易舉地聽到每句話）被羅馬的龐培劇場發揮到了極致。龐培劇院可容納四萬人，和美國棒球場一樣大，舞臺寬度是莎士比亞時期的六倍。但話劇在大型表演場地是永遠都行不通的，即使在之後修建的小一些的馬賽魯斯及巴爾博斯劇場也不行（它們分別能夠容納一萬五千和八千人）。問題在於那些躁動不安的平民觀眾根本就不肯安靜地坐下來看戲，惹怒了坐在前排的戲劇迷，這在賀拉斯的《使徒書信》（第二冊，第一章，第200-201節）中有記載："劇場中回蕩著持續的嘈雜聲，如何才能聽到臺上演員的聲音？"最後屬於多數的那撥贏了，話劇被受平民歡迎的一種混合了音樂、舞蹈與默劇的粗俗表演形式所取代。為了滿足高雅人士的口味，出現了專門用作話劇表演與詩歌朗誦的小型劇院，能夠坐幾百至幾千人，通常都設在羅馬帝國的浴場中。

　　劇院自誕生之日起，就開始努力在音樂與念白，喧鬧與沉默之間尋找平衡。雖然趣味高雅的藝術愛好者對音樂劇不屑一顧，但當今音樂劇要比歌劇、話劇都受歡迎，因為它兼顧音樂與念白，是二者結合的最好載體。龐培劇院為話劇與角鬥比賽而設計，分別展現了兩種截然不同的表演形式，它的舞臺上曾回蕩過戲劇表演的死亡尖叫，以及真正的死亡吶喊。多數觀眾最想看的是後者，因為暴力性的死亡——死亡引發的慘叫，是唯一一個演技再高超的演員都無法模仿的物件：一個真實的將死之人所發出的吶喊是最逼真的表演都無法比擬的。

　　演員們通過努力可以表演好所有其它場景，他們能生動刻畫人類的全部情緒：在設定的時刻流出動情的眼淚，暴怒或發瘋；如果允許，他們完全可以在臺上性交、高潮；他們能夠表演死亡，甚至是由暴力引發的死亡，只要這暴力來得快，比如說被捅了一刀或打了一槍。但演員們模仿不了身體被撕裂時的吶喊，那種眼睜睜看著自己被砍成碎片、剖屍裂肢、在火刑柱上焚燒、軀幹在雄獅爪下、鯊魚齒中粉碎而發出的慘叫。他們大可盡其所能去嘗試，但都只能是蒼白的模仿罷了，虛假而拙劣。

　　《泰斯特·安德洛尼克斯》中拉維妮亞被肢解，因為太觸目驚心，莎士比亞沒有直接讓該場景展現在臺上，當拉維妮亞再次上臺時，她的舌頭已經被割掉，那無聲的沉默生動地展現了恐怖，其表現力絲毫不亞於嘶喊。《李爾王》中葛羅斯特伯爵被康華爾公爵剜掉雙眼時，發出慘叫，觀眾由此可以管中窺豹地見識一下那種原始的吶喊。但這種折磨瞬間結束，不能全面展示死亡吶喊的種種特質。儘管如此，在我看來沒有任何演員能把這種吶喊表演到位（大部分劇團為了降低難度，讓葛羅斯特伯爵背對觀眾）。同樣道理，偉大的作家三島由紀夫，因為對僅在小說中描繪的剖腹自殺的武士道精神感到不滿意，最終於1970年在東京自衛隊總部發動政變失敗後親身嘗試了剖腹。

沉默與尖叫。象徵派與模仿派。象徵派刻畫的是社會現實，模仿派刻畫的則是心理狀態。象徵派戲劇需要一套大家都知道的戲劇符號與既成表演程式，觀眾須全部安靜下來，唯有如此說唱表演才能進行下去。模仿派戲劇則需要製造喧鬧、混亂、震駭與恐怖。這種戲劇不需要觀眾無聲的配合，而是把種種喧鬧駭人的場景強加給觀眾。鬥牛、馬戲表演、賽車與飛行表演有個共同點，那就是它們本不應該出錯，但偶爾會出事故，這是每個人害怕出現但又暗暗希望看到的場景：鬥牛士死於牛角之下，人體大炮走火，獅子反攻馴獸員或是沖向觀眾，賽車開到了看臺，飛機墜毀到觀眾群中。2002年在烏克蘭斯克尼利夫機場飛機在特技表演時墜毀，77人死亡，500人受傷。1988年德國拉姆施泰因空軍基地航展中70人死亡，1000人受傷。這些例子都是古代角鬥比賽的當代版本，區別在於如今已不再允許表演者在表演過程中死亡（除非是意外），而觀眾則獻身成了犧牲品。

劇場可以定義為啟迪觀眾（或者是表演者，如果觀眾與演員是一體的話）、容納思想轉變的空間。關鍵在於這些轉變開拓了一片新的知識領域。直到來了靈感，頭一次把自己掛在肉鉤上，我才理解將要在屬於我自己的劇院中上演的場景。經過幾小時的痛苦掙扎，我終於能夠完全放鬆地把自己掛穩。痛苦消失，我酣睡起來，身體在鉤子上找到重心，雙腳在另外兩隻鉤子上找到了平衡，鋒利的鋼鉤穿過直腸，但沒有刺到直腸壁。

如果可能，我是願意用拳頭肛交的。據說沒有什麼比用拳頭更能得到性快感了。除了深諳此道的專業拳頭肛交者，沒人知道自己錯過了何種極樂享受，這是身體的性快感煉金術，每個人都有能力掌握。

我們從肛門處的括約肌，也就是全身最有力的一塊兒肌肉說起。括約肌如此有力是有原因的。因為它不僅得極為高效地為人體排便，更為重要的是，如果時間或地點不合適，它還得把糞便控制在體內，這點在人類進化中堪稱巧妙。這真是不同尋常，因為在碰到腹瀉時，為了排除毒素，極大的壓力沖向腸子，而括約肌居然能夠控制得住這股衝力。大部分人覺得肛交不可嘗試，要麼基於無端懷疑，要麼是嘗試後而不得要領，那是因為肛門在受到外物捅戳時會感到不適，但經過慢慢訓練，先是用一根潤滑過的手指，然後逐漸升級到尖金屬錐、一根陰莖、兩根手指、四根手指，整個拳頭。緊縮的肛門學會如何在侵入的物體上不斷地鬆開、咬合，直到與插入物合為一體，這說明肛門的適應力極強，就像蛇能夠吞下比自己大得多的生物一樣。

實際上直腸的構造正好能夠包下手。一旦指關節通過了裡面的括約肌，手臂就會被直腸咬合到合適的位置，肛門也會緊緊地箍住手腕。被穿透者的肛門劇烈抽搐，達到肛門高潮，一陣極度放鬆的感覺襲來，這比生殖器高潮要強烈得多。之後手指可在裡面張開舒展，玩弄直腸上無數的褶皺，甚至伸出腸子去按摩心臟，這時直腸會擴展開來把整個手臂都吞服在內，直到肘部，甚至到肩膀。

吸入亞硝酸戒脂（一種使平滑肌松的藥物）能夠放鬆括約肌，使陰莖或拳頭更容易插入肛門。亞硝酸戒脂也因為能增強性快感而在同性戀男子中十分流行。但我最終追求的不是性快感，而是知識。而知識或恩典只能通過"肛門"進入體內。我們永遠無法一次性承受恩典，但我們的吸收能力可以逐漸遞增，直到恩典達到一隻拳頭的大小。就像直腸能夠接納手一樣，經過諸多的痛苦拉伸，大腦容納恩典的能力也是無限的。痛苦既為該過程提供燃料，也同時是過程中燃燒的能量。痛苦，正意味著無法忍受——然而這種無法忍受卻可以逐漸被人們適應。訓練和拉伸大腦所產生的痛苦以焦慮症發作的形式表現出來：是一種逆向發生的性高潮。性高潮當然會引發焦慮，但很少有人能夠以焦慮為手段，達到性高潮。

肛門第一次被拳頭穿過時引發的那種不由主的呻吟與嚎叫，讓我沉思吶喊的本質，尤其是那十分有趣、不同尋常的"臨界點吶喊"——在恐怖與極樂之間有一條分界線，臨界點吶喊同時表達了上述兩種情緒。那吶喊既是快樂的也是痛苦的，既是人類發出的同時也是出於動物本能的，既是個體的也是集體的。所有這些都融匯在一起。

泰坦尼克號一位倖存者，曾回憶起她當時在救生艇上目睹船最後沉入海底前的那幾秒鐘的情景。在那之前船一直是緩慢地下沉，能看到幾百名乘客有人緊緊抓住船尾，有人縱身一躍，入水時跌斷脊椎。突然間人群中發出一陣尖叫，原來船尾與海面呈直角筆直豎立起來，然後俯衝入海。沒有親眼目睹，我無法描述當時那種集體性吶喊的場面。但我能想像當主隊成功得分，傳至棒球場外的那震耳欲聾的歡呼聲應與其出奇相似。並且如果體育場倒塌，其引發的喊叫聲也應是一樣的。

將單個人被推向死亡時發出的尖叫聲累加堆積，同體育迷們的集體歡呼其實是一樣的。僅因為疊加效應，悲傷的顫慄消失為遙遠的回聲，人們的哭喊變得難分彼此，宛如吹過的一陣強風或叢林中發出的一聲啼叫。最原始的哭喊出現於語言之前，是深嵌於爬行動物下丘腦內的反射，這種哭喊並非極度狂亂的表現，而是脫離本能瘋狂狀態過程中產生的爆破。每個人在極度恐怖或欣喜時會哽咽起來，使其原本極具豐富表現力和韻律的語言失去作用。而若是集體發出的聲響，就會變成猶如燈泡接觸冰塊的爆破聲一般淩冽而空洞。

我一旦習慣了呻吟，便不再意識到它的存在，一切開始變得安穩。我能更好地入睡了。我每天充滿活力地離開住所沿著老路線走個來回，用嗅覺尋覓獵物，將勃起塞在腰帶下，尋思著今天我將會遇到多少令人垂涎欲滴卻又黯然神傷的身體，以及我該如何應對。我總能碰到特別漂亮精緻的女人。如果每次遇到類似情形都要躊躇是否上前打招呼，我一定會把自己折磨瘋的。我們外出時希望是放鬆的，會本能地避免戲劇性事件或其它容易引起神經緊張的情況。我們培養起保護殼，這樣每天散步時就可以自由自在地沉浸于自己寧靜的思緒中。當然沒人禁止我們停下來和陌生人打招呼，但我們需要一套行為準則，一個清晰的標準來判斷是否需要破例上前搭訕。

今天時機不錯，我已經準備好，從廠窪東一街出來，北轉前行，路過了軍隊大院，其建築前部是熟悉的沿街店面：麵包房、24小時便利店、美容美髮店、馬蘭拉麵、杭州小吃、廉價化妝品店、低檔女子服裝店、酒品專營店、國營火車飛機售票點。走在我前方的是個身穿做舊緊身牛仔褲和牛仔上衣的女人，臀部特別豐滿。受好奇心驅使，我加快腳步，經過火鍋店，新疆飯館、滿族飯館，在走到蘇州橋的時候超過了她，想一睹芳容。每次遇到這種情況，若我看到的是一張平凡的臉，會如釋重負；而當我看到的是與其身體相稱的美麗容貌，則會感到一陣絕望。眼前的這個女人的確非常迷人，眼眸深邃，30歲左右的年紀，身上有一種質樸的美，能與周圍的環境融為一體，卻並非對自身魅力渾然不覺。她望著前方，沒留意到我在打量她。我不回頭地繼續前行，正打算不去理會掠過心頭的痛苦，但猶豫著，放慢了腳步。

作者其他作品：

庫克的情色怪誕故事集像是一面哈哈鏡，映射出來華外國人最為荒誕的遭遇，堪稱一部絕無僅有的作品。

——*James Farrer, 《Opening Up: Youth Sex Culture and Market Reform in Shanghai》作者*

破除了以往描寫中國的作家們建立起的文學創作陳規，為我們提供了一杯新鮮調製的有關肉體和幻想的中國雞尾酒，讓人如癡如醉。

——*Tom Carter, 《Unsavory Elements》作者*

打破所有禁忌……讓人想起韓邦慶的《海上花列傳》

——*Susan Blumberg-Kason, 《Good Chinese Wife》作者*

某外教艱難地學習著如何鞭打調教他的女學生，另一外教則讓學生服下一種叫做LSD的神秘物質。在其他故事裡，性機器人強姦主人，不穿內衣的女教授光顧各大咖啡館"獵豔"，售貨員用拳頭對付小氣的顧客，外國人太晚醒悟自己捲入的不是一次普通的家庭拜訪而是一場騙局。

在這個毫無規則、叫做"中國"的大棋盤內上演的，無論是當地人與外國人之間，還是當地人彼此之間的衝突，在一名絕不循規蹈矩的外國人筆下發酵成比黑洞更為深邃的黑色喜劇，並凝結成這本讓人不安卻不失娛樂性的先鋒故事集。